SALVARE KASSIE

Delta Force Heroes, Book 5

SUSAN STOKER

Titolo originale: *Rescuing Kassie*

Traduzione dall'inglese di Patrizia Zecchin per One More Chapter Translations

Editing di Nadia Carena

CAPITOLO UNO

A: Graham
   Da: Kassie
   Oggetto: Ciao

Ciao Graham. Mi chiamo Kassie. Ho visto il tuo profilo sul sito web *Matches-R-Us* e ho pensato che fossi interessante. Mi piacerebbe parlare con te.

   - Kassie

———

A: Graham
   Da: Kassie
   Oggetto: Sono sempre io

Ciao Graham. Sono io, Kassie (di nuovo). Ti ho mandato un messaggio la scorsa settimana, ma non ho ricevuto risposta. Ho pensato di riprovare nel caso in cui il mio messaggio si fosse perso nel mezzo delle centinaia che ricevi ogni settimana. *sorriso*

Che ne dici se ti racconto qualcosa di me? Forse conoscendomi meglio potresti prendere in considerazione di rispondermi. Ho vissuto ad Austin per tutta la vita. Ho una sorella che frequenta l'ultimo anno del liceo. Lei e i miei genitori vivono nella zona di Barton Creek, che si trova a ovest di Austin (nel caso in cui non lo sapessi). Ho trent'anni e sono la manager del negozio di abbigliamento *JCPenney*. Non sono né alta né bassa. Sto nel mezzo, circa un metro e sessantotto.

Accidenti. Ho provato a pensare a qualcosa di più interessante su di me... ma non ci sono riuscita.

Ad ogni modo, nella foto del profilo sembra che tu fossi a pesca, ci ho provato anch'io ma non ho catturato nulla. Però mi è piaciuto il giro in barca. :)

Comunque, questa sono io. Spero di avere tue notizie.

- Kassie

————

A: Graham

Da: Kassie

Oggetto: Sono un lupo mannaro mutaforma...

...che sta per entrare nella stagione dell'accoppiamento...

sorriso

Va bene, è una bugia (ma va?), ma probabilmente hai un sacco di e-mail con oggetti noiosi come "ciao" e "sei carino".

Dato che non hai risposto alle mie mail precedenti, immagino che tu non sia interessato, ma ho pensato di provare ancora una volta nel caso avessi una ex psicopatica che ha hackerato il tuo profilo ed eliminato tutti i messaggi.

Comunque, non so cos'altro dire per convincerti a darmi una possibilità.

Non sono niente di speciale. Non sono ricca. Non sono bella. Non sono super intelligente e non ho un lavoro eccitante. Pensavo solo che sembrassi la mia versione maschile: noioso e normale.

Merda, non volevo dire noioso nel senso di *noioso*, ma... meglio che stia zitta prima di scavarmi una fossa più profonda. *lol*

Ora che ti ho insultato e probabilmente stai alzando gli occhi al cielo chiedendoti perché diavolo ti ho inviato un messaggio e perché lo stai ancora leggendo, ti lascio in pace.

Spero che troverai ciò che stai cercando in questo sito. In bocca al lupo.

- Kassie

———

A: Kassie

Da: Graham

Oggetto: Re: Sono un lupo mannaro mutaforma...

Adesso hai la mia attenzione. *sorriso*

Il motivo per cui non ti ho risposto è perché non controllo molto spesso questo profilo. Ad essere sincero, mi sono iscritto a *Matches-R-Us* solo perché i miei amici mi hanno più o meno obbligato. Di solito nemmeno rispondo ai messaggi che ricevo. Avrei dovuto eliminare il profilo, ma per qualche motivo non l'ho fatto.

Allora, perché ti sto rispondendo? Perché mi hai fatto morire dal ridere. Una delle cose che apprezzo di più in una donna è il senso dell'umorismo.

Come sai, mi chiamo Graham e mi piace pescare. Sono

alto circa un metro e ottantatré e ho trentadue anni. Sono nell'esercito e vivo vicino a Fort Hood.

Posso dire che nessuno mi ha mai definito noioso prima... ma mi piace quella descrizione. :) Sono solo un uomo che fa il suo dovere per il proprio Paese, e a cui piace di tanto in tanto uscire con gli amici a bere una birra.

Perché stai cercando un ragazzo su un sito di incontri? Da quello che posso vedere dalla tua immagine del profilo, sei carina e non sembri un grande lupo mannaro peloso muta-forma. *lol*

Non vedo l'ora di chiacchierare di più con te.

~ Graham

———

A: Graham

Da: Kassie

Oggetto: L'apparenza inganna

Non sembro un grande lupo mannaro peloso nella foto del profilo perché sono in forma umana... sciocco. *sorriso*

Ma sul serio, a essere onesti la foto è di circa quattro anni fa, anche se ho praticamente lo stesso aspetto di allora. Capelli castano chiaro, occhi nocciola, non sono grassa, ma nemmeno magra. Odio fare attività fisica e presumo, dato che sei nell'esercito, che a te invece piaccia. Non ne vedo il motivo, visto che lo odio. Però cerco di mantenermi in salute... sai... parcheggio negli spazi più lontani, salgo le scale quando posso, cose del genere. Ma la palestra? No.

Cosa fai per l'esercito? Qual è la tua MOS? (Non sei impressionato dal fatto che conosca quell'acronimo? Non esserlo troppo però... Ho cercato su Google "Acronimi dell'e-sercito" ed è uscito quello per specialità professionale militare. Ah!) Una volta uscivo con un soldato e, sinceramente, era troppo fanatico per i miei gusti. Spero che tu non sia uno di quegli uomini che dice "hooah" tutto il tempo. Il mio ex lo grugniva anche quando... beh, lo sai. *vomito*

Dovresti sapere che sono molto più divertente online che di persona. Sono per lo più introversa... e sì, so che è strano che io sia una manager, ma non mi piace stare in mezzo alla gente. *Ci sto comunque* ma, se potessi scegliere, preferirei stare a casa. Quello che sto cercando di dire è che non dovresti abituarti al mio essere divertente. Mi rifiuto di parlare con persone che non conosco e sono il tipo che riesce a rispondere con la battuta perfetta con due ore di ritardo. (Hai visto quell'episodio di *Seinfeld*? Oh, mio Dio, è stato esilarante quando George Costanza l'ha fatto... "Ha telefonato il negozio di cretini e tu stai per finire" HAHAHAHAHAHA)

Ok, non è stato tanto divertente, ma io sono proprio così, e il mio senso dell'umorismo è decisamente distorto. Se mai ci incontreremo, probabilmente offenderei te e tre delle quattro persone con cui ci troviamo.

Mi piacerebbe saperne di più su di te. Genitori? Fratelli? Quando sei con i tuoi amici a bere birra, ne bevi un paio o un'intera confezione da dodici? Mi interessa qualunque cosa tu voglia dirmi!

Ora devo andare, c'è la luna piena e sento il bisogno di mutare. *sorriso*

- Kassie

———

A: Kassie

Da: Graham

Oggetto: Non è sicuro...

. . .

Non è sicuro parcheggiare in un posto lontano. Penso che sia fantastico che tu voglia fare qualche passo in più, ma non dovresti metterti in pericolo, soprattutto se lavori in un negozio. Immagino che a volte finisci di lavorare quando fuori è già buio, quindi fammi un favore e fai i tuoi passi in più in qualche altro modo. :)

Per quanto riguarda ciò che faccio io, non posso parlare molto del mio lavoro... sai, OPSEC e tutto il resto... (dato che hai cercato gli acronimi su Google, dovresti sapere cosa significa. :)) Ma posso dirti che sono un B12.

E credimi, *hooah* è l'ultima cosa che *direi* in compagnia di una donna... se capisci cosa intendo. :)

Non c'è niente di male a essere introversi. E non lo dico così per dire. Ormai è da tanto che non ho più voglia di passare il tempo in un bar o in una discoteca. Stare a casa e godermi una buona cena, conversare e magari guardare un film o un telefilm alla TV, mi sembra un modo perfetto per trascorrere una serata. Ma non preoccuparti, riesco a cavarmela bene anche negli eventi pubblici, puoi semplicemente stare lì a osservare.

E scommetto che sei divertente anche di persona... sei tu che pensi di non esserlo. Chiunque citi George Costanza è un grande per me, e ora non devo preoccuparmi di offenderti con la *mia* vena sarcastica. Quindi urrà!

Come te, ho una sorella più piccola, si chiama Jade. Ha solo due anni meno di me, attualmente vive a Chapel Hill e insegna all'Università della Carolina del Nord. È lei quella che ha ereditato tutta l'intelligenza. *sorriso*

E non preoccuparti, Kass, mi piace bere una buona birra ogni tanto, ma sono lontano dall'essere un alcolizzato e sono troppo orgoglioso della mia forma fisica per farmi una cosa del genere. I soldati con cui lavoro fanno affidamento su di me per essere protetti, proprio come mi aspetto io da loro. Ma hai fatto bene a chiederlo.

Allora, devi aspettare la luna piena per mutare forma o puoi farlo quando vuoi?

Ci sentiamo, Graham.

———

A: Graham

Da: Kassie

Oggetto: Sei uno di quei ragazzi...

... che compra una pistola alla sua donna e le fa prendere lezioni di autodifesa per assicurarsi che sia "al sicuro"? Non sai che abbiamo molte più probabilità di fare un incidente d'auto che di essere tenute sotto tiro o aggredite? Ma... posso capire il tuo punto di vista. Quando devo chiudere il negozio, parcheggio sempre sotto un lampione e c'è un agente di sicurezza che mi accompagna alla mia auto. E, prima che tu mi dica che non posso fidarmi degli agenti perché di solito sono sottopagati e potrebbero essere loro ad aggredirmi, lo so già. Chiamo sempre una mia amica prima di uscire e resta in linea fino a quando non entro in macchina e chiudo le portiere.

In realtà, parlare con te è probabilmente una delle cose più "pericolose" che ho fatto. Potresti essere un serial killer di sessantatré anni, che ha cercato su Internet immagini di uomini di bell'aspetto da usare sul profilo per attirare le donne nelle sue grinfie. E sì, so che potrebbe essere vero anche il contrario... ma fortunatamente per te, non è così. Sono davvero Kassie Anderson, ho trent'anni e vivo nell'area di Austin, anche se ho pensato di trasferirmi. A volte si ha solo bisogno di allontanarsi dal passato... sai? Conosci qualcuno che ha un appartamento da affittare dalle tue parti? Sto solo scherzando... più o meno.

Ma grazie per esserti preoccupato per la mia sicurezza.

Quindi, sei del genio militare eh? (Ora devi proprio essere impressionato dalle mie abilità con Google! *sorriso*) Mine, ponti e roba del genere. Sembra... noioso. *lol* (Scusa, è stata una cattiveria.) Sul serio, allora devi essere piuttosto intelligente, probabilmente troppo per me. (E non credo che l'abbia ereditata tutta tua sorella l'intelligenza.)

Visto che sei un maschio... puoi chiarirmi una cosa? Perché diavolo gli uomini ritengono necessario inviare le foto del loro cazzo alle donne? Non capisco. Pensano che aprirò i loro messaggi e dirò "Oh, mio Dio, che cazzo enorme! Devo rispondere subito e chiedergli di incontrarmi in un vicolo in modo da poter avere un incontro ravvicinato". Sul serio, a essere sinceri, i peni hanno un aspetto strano; penzolano, ballonzolano, perché diavolo un uomo dovrebbe pensare che sia giusto (o sexy, o fico) inviare una foto del genere a una ragazza che non ha mai incontrato o con cui non ha mai parlato?

Ora, capisco che se dovesse succedere il contrario probabilmente non sarebbe disgustoso per un uomo. Se all'improvviso le donne iniziassero a inviare foto delle loro tette a sconosciuti a caso, sono abbastanza sicura che sarebbero a favore. Tipo, "Oh sì, ho ricevuto altre tre foto di tette oggi! *Hooah*." *risatina*

Ad ogni modo, forse puoi spiegarmelo tu perché proprio non lo capisco. (E segue la falsariga di un ragazzo che fischia a una donna per strada. Pensa davvero che ne sarà lusingata e andrà da lui per chiedergli di uscire? Non ha senso per me.)

A questo punto, credo di aver oltrepassato qualsiasi limite dovremmo avere qui. Probabilmente c'è un dipendente di *Matches-R-Us* che monitora i nostri messaggi e quando domani accederò, scoprirò che sono stata bannata dal sito per aver tirato fuori il problema delle "foto dei cazzi". :)

Spero che tu abbia passato una buona giornata oggi. La mia è stata ok. Ho avuto a che fare tutto il giorno con degli stronzi che mi hanno incolpato perché le loro carte di credito venivano rifiutate, o insistevano sul fatto che i vestiti che volevano acquistare erano in realtà sullo scaffale degli sconti del cinquanta per cento e non del dieci... quando era ovvio che avevano staccato l'adesivo da un capo per attaccarlo a quello che volevano comprare. (Ti avevo detto che la mia vita è noiosa.)

Non credo di averlo ancora fatto ma ti ringrazio per il tuo servizio al nostro Paese. So che a volte non piace sentirlo, ma voglio dirtelo lo stesso. Grazie.

-- Kassie

––––––––

A: Kassie
  Da: Graham
  Oggetto: No. Proprio no.

Non ho idea del motivo per cui gli uomini possano pensare che inviare foto del loro pacco sia bello. O sexy. O che una donna che non conoscono voglia vedere quella roba. Detto questo... non credo che vorrei vedere foto di tette a caso, ma sentiti libera di inviare le tue...

SCHERZO! :) Non sono un pervertito. Ammetto di aver navigato su Tumblr alcune volte e di aver visto la mia buona parte di nudità, ma nel mondo digitale di oggi, tutto può essere monitorato. Messaggi, e-mail, telefonate e sì, anche quelli che ci scambiamo qui su *Matches-R-Us*. Non esiste un sistema a prova di hacker. Ricordalo, Kassie. A prescindere da ciò che dici o a chi lo dici, ti si può sempre ritorcere contro, o ti può aiutare.

Mi dispiace che tu abbia a che fare con degli stronzi.

Succede anche a me, ma non allo stesso modo... almeno io posso ucciderli. *sorriso* Scherzo. (Più o meno.)

E hai fatto un buon lavoro a cercare su Google la mia MOS. :) Pensa, vent'anni fa avere a portata di mano quel tipo di informazioni era impossibile. Di certo, talvolta rende più facile il lavoro di un criminale o di un terrorista. A proposito, se non mi senti per lunghi periodi di tempo, non farti prendere dal panico, sono solo via per lavoro. A volte non riesco ad accedere se sono occupato in qualche compito.

Detto questo, mi piaci Kassie Anderson (e se il tuo fosse un nome più raro, ti avrei rimproverato per avermi dato il tuo nome completo, l'età e il luogo in cui vivi... ma dal momento che ci sono oltre centocinquanta donne che si chiamano Kassie Anderson, nel raggio di centocinquanta chilometri intorno ad Austin, non ti sgriderò - e sì, ti ho cercata!). Ci stiamo scambiando messaggi da un po' e posso dire con certezza che mi piacerebbe conoscerti meglio. Considereresti mai di incontrarci di persona? Possiamo farlo come preferisci. Posso venire lì, è solo circa un'ora di auto oppure puoi venire qui tu. Ci potremmo trovare in un luogo pubblico, così ti sentirai al sicuro.

E per tua informazione, non ho mai fatto una cosa del genere prima. Non ho mai voluto incontrare qualcuno con cui ho parlato online. E non ti sto prendendo in giro. Pensaci.

-Graham

———

A: Graham

Da: Kassie

Oggetto: Scusa

Scusa se non ho più scritto. Lo ammetto, il tuo ultimo messaggio mi ha spaventata. Voglio dire, non avrebbe dovuto perché anche tu mi piaci, ma mi sono ritrovata a pensare a quanto sia stato stupido parlare online con un uomo che non conoscevo. Poi a quanto sarebbe stato ancora più stupido incontrarti di persona.

Ma il fatto è che *voglio* farlo. Non avrei mai pensato di essere di nuovo interessata a qualcuno che lavora nell'esercito dopo l'esperienza con il mio ex. Ad Austin non hanno una moralità molto rigida pur essendo una città militare, se capisci cosa intendo. Dopo averci pensato, ho deciso che non avevo davvero scelta. Sono molto attratta da te e vorrei provarci.

Ma Graham, ti prego di capire che, quando ti ho mandato il primo messaggio non credevo che mi avresti risposto. Ho pensato di farlo così per gioco, io ti avrei scritto un paio di messaggi, tu mi avresti ignorato, e chiusa lì. Ma poi *hai* risposto. Mi sono lasciata coinvolgere dalla tua gentilezza e ho dimenticato che le storie d'amore nella vita reale, in genere non funzionano per me. C'è una ragione per cui sono introversa.

Quindi, qualunque cosa accada, non sei tu, sono decisamente io. Va bene?

~ Kassie

———

A: Kassie
   Da: Graham
   Oggetto: Non scusarti

Mi dispiace di averti spaventata, non era affatto mia intenzione.

Le storie d'amore nella vita reale non funzionano per te? *Sei* proprio tu nell'immagine del profilo, giusto? Perché trovo quella donna affascinante, hai l'aspetto da ragazza della porta accanto... e devo dirtelo, ho avuto una cotta per la mia vicina di casa per tutta la durata delle elementari. Lei frequentava le medie, portava gli occhiali e ogni sera si sedeva nel portico dietro casa a fare i compiti. *sorriso*

Tutto quello che chiedo è un incontro, poi vedremo.

E non pensare che non abbia capito che c'è qualcos'altro sotto, oltre a quello che hai scritto. Sono molto attento e so leggere tra le righe. Ma non preoccuparti ci andremo piano. Ok?

Spero che tu abbia trascorso una bella settimana al lavoro e non abbia dovuto sparare a nessuno. :)

- Graham

———

A: Graham

Da: Kassie

Oggetto: Niente spari

Sarai felice di sapere che non ho dovuto sparare a nessuno oggi... ma ci sono andata vicina. *sorriso* Probabilmente non dovremmo scherzare su questa cosa, sai (ma penso che sia comunque divertente).

Grazie per essere così comprensivo per quel che riguarda il discorso di incontrarci. Continuerò a pensarci.

Ti capita di guardare *Criminal Minds*? Ieri sera è stato molto inquietante. Ho una mente piuttosto perversa e vedo cattivi dietro a ogni angolo, ma è stato pazzesco! La mia preferita è Garcia. Nella vita reale non è possibile ottenere le informazioni con la stessa facilità con cui le ottiene lei, ma è comunque divertente da guardare (e sì, ricordo cos'hai detto su tutto ciò che può essere hackerato e monitorato, e potrei sembrare poco normale, ma penso che sia piuttosto fico...

soprattutto perché se mi uccidi, tutti i nostri messaggi saranno in giro affinché qualcuno possa rintracciarti). *sorriso*

Ok, oggi sarò breve, sono sfinita. Spero che la tua settimana sia andata bene.

\- Kassie

PS: Hai un soprannome? Ci stavo pensando, e in tutti i film e telefilm che ho visto, i militari ne hanno di fantastici. :)

———

A: Kassie
    Da: Graham
    Oggetto: Soprannome

Sì, ho un soprannome, è Hollywood. Sai come te li affibbiano, vero? Di solito è qualcosa di imbarazzante che un soldato fa o dice, o per l'aspetto, e i loro amici li battezzano con un nome che poi rimane. Quindi sì, Hollywood. Una volta mi è stato detto che ero così bello che avrei dovuto recitare a Hollywood e ovviamente uno dei miei amici stronzi lo ha sentito, ed eccomi qua.

L'altra sera non ho visto l'episodio di *Criminal Minds*, ma ora lo cercherò online. Se ti ha spaventata voglio sapere perché... così potrò tenere a bada i mostri in futuro. E saresti sorpresa della facilità con cui si possono ottenere informazioni...

Oggi devo andare al matrimonio di un amico, ma volevo inviarti un breve messaggio per farti sapere che stavo pensando a te. Buon fine settimana.

\- Hollywood

———

A: Graham
   Da: Kassie
   Oggetto: Mi piace

Mi piace il tuo soprannome. Ho controllato di nuovo la tua foto del profilo (ok, lo ammetto... l'ho guardata parecchie volte), e anche con un berretto da baseball abbassato sugli occhi, mi ricordi un po' Colin Egglesfield. :)
   Scusa se mi hai sentito poco. Al lavoro è un delirio.
   - Kassie

———

A: Kassie
   Da: Graham
   Oggetto: Accertamento
   Volevo solo verificare. Non ho tue notizie da un po'. Tutto ok? Mi mancano i nostri scambi.
   - Hollywood

———

A: Graham
   Da: Kassie
   Oggetto: Sono solo occupata

Sto bene. Sono solo occupata.
   È una bugia, sono un caso disperato. Dovresti eliminare tutte le mie informazioni di contatto e dimenticare che esisto. Sul serio. Per il tuo bene.
   - Kassie

———

A: Kassie
  Da: Graham
  Oggetto: Non posso

Non posso dimenticarti. In qualche modo mi sei entrata dentro e non riesco a smettere di pensarti. E ora sono preoccupato. Cosa c'è che non va? Puoi parlarmene, sono un buon ascoltatore.
  - Hollywood

———

A: Kassie
  Da: Graham
  Oggetto: Ballo dell'esercito

Ciao Kassie. Non ho molto tempo, quindi sarò breve. Abbiamo parlato abbastanza a lungo e posso dirti che mi piaci davvero. Sei divertente e dolce e mi piacerebbe incontrarti di persona, ma non voglio che tu ti senta costretta. C'è un ballo dell'esercito tra poche settimane. È un evento elegante e si tiene ad Austin. Ho pensato che forse potresti volere incontrarmi lì. Potremmo capire se l'intesa che abbiamo online, esiste anche di persona. Se fosse così, possiamo partire da lì. In caso contrario, amici come prima. Cosa ne pensi?
  - Hollywood

———

Kassie Anderson abbassò con trepidazione lo sguardo sul telefono quando vibrò nella sua mano. Sperava fosse Hollywood, ma aveva anche paura di ciò che avrebbe detto. Era sopraffatta, e non sapeva come uscire dalla situazione in cui si era cacciata.

Vedendo che l'e-mail non proveniva da Hollywood, avrebbe voluto spegnere il telefono e ignorarla, ma non ci riuscì. Non poteva. La aprì, senza sorprendersi di ciò che vi lesse.

Jacks è soddisfatto dei tuoi progressi. È ora di alzare il tiro. Riferisci il prima possibile.

Kassie avrebbe voluto vomitare.

Il suo ex ragazzo non l'avrebbe mai lasciata in pace. Mai.

Pensava che avrebbe potuto finalmente rilassarsi senza più doversi preoccupare di lui, dopo che era stato arrestato per rapimento e aggressione. Ma era stata un'illusa. Non aveva importanza che fosse dietro le sbarre, aveva un sacco di amici che la tenevano d'occhio. Se non avesse fatto ciò che voleva, avrebbe pagato.

Il suo telefono vibrò di nuovo. Un'altra e-mail.

Era quella che stava aspettando, da Hollywood.

Kassie la lesse due volte, con gli occhi pieni di lacrime. Voleva incontrarla. Perché lei gli *piaceva*. E non voleva solo incontrarla, ma portarla al ballo dell'esercito. Ne aveva letto online, quando aveva cercato con ossessione su Google tutto ciò che poteva sul mondo militare. Il ballo era un evento importante. E aveva invitato *lei*.

Richard non l'aveva mai portata a un ballo formale, ma l'aveva costretta ad andare a uno dei suoi ritrovi militari. Le aveva raccontato cosa succedeva in quelli eleganti e ufficiali e ne aveva "ricreato" uno nel suo appartamento.

La parte peggiore era stato bere il grog. Richard le aveva

detto che era una tradizione, che tutti coloro che partecipavano lo avrebbero bevuto... e se non riuscivi a rispondere a una domanda, eri costretto a berlo... e se guardavi qualcuno nel modo sbagliato, dovevi bere ancora.

Era stato orribile. Terribile. Richard ci aveva mescolato dentro ogni tipo di alcol che aveva trovato, insieme alla salsa piccante, la salsa Worcester e qualsiasi altra cosa che avrebbe potuto renderlo sgradevole. Il grog era inteso come una punizione, e si era divertito molto a punire *lei* il più possibile... facendole domande alle quali sapeva che non avrebbe potuto rispondere e ridendo mentre i suoi amici la tenevano ferma e lui glielo versava a forza in gola.

Kassie rabbrividì e sperò con tutto il cuore che Hollywood non glielo avrebbe fatto bere al ballo.

Ma il punto era che non meritava ciò che gli stava facendo e il brutto era che lui le piaceva davvero tanto. Non sembrava affatto come il suo ex, o come glielo avevano descritto gli amici di Richard. Sentiva che c'era una bella intesa tra loro, e se era così potente online, come sarebbe stato di persona?

Ciò che era iniziato come una vendetta su richiesta del suo ex, si era trasformato in qualcos'altro di totalmente diverso. Il suo compito era far sì che Hollywood fosse interessato a lei, così gli amici di Richard avrebbero potuto incastrarlo in qualsiasi cosa avessero pianificato, ma si era lasciata attrarre da lui e aveva fatto un casino.

Avrebbe voluto dire di no a Hollywood, che non voleva vederlo, che non voleva parlare mai più con lui, ma era impossibile. Jacks aveva il coltello dalla parte del manico.

Scrisse piano una risposta, odiandosi a ogni parola.

Mi piacerebbe. Non vedo l'ora di incontrarti. - Kassie.

CAPITOLO DUE

«Sono davvero contenta che ti sia finalmente decisa a uscire di nuovo con qualcuno» disse Karina con un sorriso enorme sul viso mentre esaminavano una serie di abiti.

«Non è questa gran cosa» ribadì Kassie alla sorella, per quella che le sembrava la centesima volta.

«Invece sì» ribatté lei. «Non sei uscita con nessuno dopo Richard. Stavo iniziando a pensare che non l'avresti più fatto.»

Kassie cercò di non sospirare. I genitori e la sorella sapevano qualcosa di ciò che aveva passato con il suo ex, ma non tutto. Era imbarazzante che fosse rimasta con lui per tutto quel tempo, e si sentiva sporca e disgustata di se stessa per non riuscire ancora ad andare avanti con la sua vita. Certo, non per scelta.

Karina continuò ad elencarle nel dettaglio cosa pensasse del suo prossimo appuntamento al ballo dell'esercito. «Voglio dire, Richard era carino e tutto il resto, ma non era giusto che volesse che rimanessi a casa ad aspettarlo mentre lui faceva ciò che voleva. Se mai dovessi uscire con un militare, non rimarrei assolutamente qui ad Austin mentre lui se ne va in

giro a fare le sue cose, insisterei per farmi sposare e mi trasfe-
rirei ovunque fosse di stanza.»

Kassie sussultò alla frecciatina. Sapeva che sua sorella non
lo intendeva in senso dispregiativo, ma ciò non impedì che le
sue parole la ferissero. Richard aveva dichiarato più volte di
volerla sposare e che lo avrebbe seguito ovunque fosse stato
trasferito, ma non era accaduto. Dopo essere stato ferito, non
aveva più parlato di matrimonio ed era diventato più possessivo nei suoi confronti. Kassie lo avrebbe sposato in un batter
d'occhio... prima dell'incidente, ma era sollevata di non averlo
fatto visto l'uomo che era diventato, anche se ciò la rendeva
una cattiva persona. Dopo la terribile faccenda del grog al
finto raduno militare che lui aveva organizzato, aveva pian
piano cercato di allontanarsi da lui... senza successo.

«Non posso credere che tu abbia davvero accettato di
uscire con un altro soldato» proseguì Karina. «Voglio dire, eri
stata così irremovibile sul fatto di non uscire mai più con
nessuno che facesse parte dell'esercito.»

«Lo so, ma mi sono resa conto che non era esattamente
l'esercito che non mi piaceva... era proprio Richard.»

«Oh, mio Dio!» esclamò Karina all'improvviso, spaven-
tando Kassie e facendo voltare di scatto la testa alle tre donne
accanto a loro. «Ho trovato l'abito perfetto!»

Prese un vestito dalla rastrelliera e lo sollevò per
mostrarglielo.

Rimase senza parole.

Anche se avevano tredici anni di differenza erano molto
legate, Kassie si era prefissata di parlare con sua sorella quasi
ogni sera e di andare a casa dei genitori per vederla almeno
una volta alla settimana. Avevano gusti simili, anche se Karina
era molto più estroversa e socievole di lei.

Il vestito che le stava mostrando era bellissimo. Kassie
allungò una mano per toccarlo prima ancora di rendersene
conto. Era di un viola intenso, quasi nero. Aveva le maniche

corte ad aletta e lo scollo a V davanti e dietro. Sembrava molto aderente attorno al busto, ma poi si allargava in vita con quelli che sembravano chilometri di tessuto vaporoso. Poteva quasi immaginarlo turbinare intorno alle sue gambe mentre camminava. Era il vestito più bello che avesse mai visto.

«Sembra troppo lungo» disse in tono sommesso.

«Provalo» la sollecitò Karina. «Puoi sempre farlo modificare.»

Kassie annuì e deglutì a fatica. Fino a quel momento non aveva preso realmente coscienza di tutta la faccenda del ballo dell'esercito. Stare in mezzo ai militari la intimidiva, soprattutto dopo aver incontrato gli amici di Richard. Parlare con Hollywood al computer era una cosa, ma essere faccia a faccia con lui era tutt'altro. Sì, le piaceva, ma lo stava anche ingannando e questo la consumava dentro.

Gli aveva scritto solo perché era stata costretta a farlo, ma il fatto che le piacesse davvero era quasi peggio. Se fosse stato uno stronzo avrebbe reso più facile ciò che era stata obbligata a fare.

«Dai, sciocchina. Muoviti» la sollecitò Karina.

Guardò la sorella e annuì. Mentre andavano verso il camerino, era così persa nei suoi pensieri che non sentiva nemmeno più le sue chiacchiere. Si assomigliavano molto, ma Kassie sapeva che non sarebbe mai stata bella come lei. Era una cheerleader, aveva giocato in una squadra di pallavolo, e partecipato a un paio di spettacoli teatrali. Non permetteva a nessuno di etichettarla come uno stereotipo e a scuola aveva amici di ogni estrazione sociale. Era socievole, amichevole e non aveva una preoccupazione al mondo.

E Kassie voleva che continuasse così.

Il pensiero dell'amico di Richard, Dean, che le metteva le mani addosso, le fece venire voglia di vomitare. Quando il suo ex era finito nella prigione federale a Fort Leavenworth, in

Kansas, Kassie aveva pensato che il regno del terrore in cui l'aveva fatta vivere fosse finalmente finito. Ma a quanto pare nemmeno le sbarre e il filo spinato potevano fermare un bastardo ossessivo.

Era riuscito a convincere il suo amico di vecchia data a riprendere da dove lui era stato interrotto. Dean era alto circa un metro e ottanta, muscoloso con i capelli castano scuro che teneva corti in cima e ai lati e lunghi dietro, stile anni 80. Molto spesso si faceva la coda di cavallo, che gli pendeva lungo la schiena, e più di una volta Kassie avrebbe voluto prendere un paio di forbici e tagliargliela da quanto era ripugnante.

Aveva le labbra sottili, e quando era arrabbiato e le stringeva sembravano scomparire. Il naso era lungo e stretto e se avesse dovuto descrivere i suoi occhi, li avrebbe definiti "porcini".

Non era attraente, ma era forte. L'aveva imparato nel peggiore dei modi quando era stata trattenuta mentre Richard le faceva bere il disgustoso intruglio del grog.

Dean la seguiva ovunque. Kassie non sarebbe stata sorpresa di saperlo in agguato nel parcheggio del centro commerciale, a osservare e aspettare che lei e sua sorella fossero uscite. Lui sapeva con chi trascorreva il tempo. L'unica volta in cui aveva provato ad andare a un appuntamento, dopo che Richard era finito in prigione, si era presentato al ristorante e si era seduto al bar, vicino al tavolo in cui c'erano lei e il suo compagno. Le aveva fatto foto con il cellulare per tutta la sera.

Il giorno dopo, Dean le aveva telefonato dicendole che Richard non era felice di aver sentito che lo stava tradendo.

Kassie voleva andarsene da Austin, allontanarsi da Dean e dai ricordi del suo ex, ed era stata sul punto di farlo. Ma lui aveva alzato la posta.

Ora non usava più il suo compare per minacciare *lei*; si era concentrato su sua sorella. Quando Kassie faceva qualcosa che i due non approvavano, Dean la teneva in riga con minacce verso *Karina*.

Avrebbe voluto andare dalla polizia, ma aveva paura di ciò che avrebbe potuto fare. Quindi, continuava a rimandare sperando che sarebbe stato troppo occupato con la sua nuova vita dietro le sbarre e che i due si sarebbero dimenticati di lei e della sua famiglia.

Quando Dean le aveva riferito che Richard voleva che avvicinasse uno dei soldati che gli avevano "rovinato la vita" in modo da poter ottenere informazioni riservate per capire come distruggerli, Kassie si era categoricamente rifiutata. Non voleva essere una spia e portare ulteriore dolore al gruppo di uomini che il suo ex aveva già terrorizzato. Il fatto che avesse rapito una donna e la sua bambina la disgustava.

Eppure eccola lì, a cercare un vestito per un ballo dell'esercito. Proprio quello che non voleva succedesse. Ma avrebbe fatto tutto il necessario per proteggere sua sorella, anche affrontare le sue paure andando a questo tipo di eventi.

«Dai! Sbrigati!» ordinò Karina fuori dal camerino. «Voglio vedere!»

Kassie lasciò cadere i jeans sul pavimento e si infilò il vestito. Chiuse la cerniera e si voltò verso lo specchio.

L'abito le stava in modo impeccabile, come se fosse stato creato per lei. E non era per niente troppo lungo. Indossando un paio di scarpe con il tacco alto la lunghezza sarebbe stata perfetta. La scollatura a V sul davanti scendeva abbastanza da essere sexy, senza però mostrare troppo. Kassie aveva sempre pensato di essere troppo formosa, ma quel vestito accentuava le sue curve, e in qualche modo la faceva sentire sensuale piuttosto che grassa.

Si voltò per dare un'occhiata dietro. Il tessuto si abbassava, esponendo la fascia del reggiseno. Prese mentalmente nota di fermarsi nel reparto lingerie prima di andarsene; uno normale non andava bene con quel vestito.

Kassie si girò e la stoffa si sollevò in un turbinio di viola, poi si adagiò di nuovo attorno alle sue gambe. Lo fecero anche i suoi capelli castani, accarezzandole il seno quando si fermò; erano folti e morbidi, le ci voleva un'eternità per asciugarli, ma Kassie li adorava, li considerava una delle sue migliori caratteristiche.

Per la prima volta, da *moltissimo* tempo, Kassie si sentì bella.

Karina, evidentemente stanca di aspettare aprì la porta del camerino. «Sei troppo lenta, così ho... oh, mio Dio. Sapevo che ti sarebbe stato magnificamente!» disse eccitata. «Possiamo tirarti su i capelli, e hai quella collana che sarà perfetta per questo abito, sai, quella con il pendente particolare, che si infilerà tra i seni, attirando l'attenzione proprio lì.»

Kassie alzò gli occhi al cielo, ma sua sorella continuò senza sosta.

«Dobbiamo trovarti un reggiseno che ti tiri su le tette, ma che non faccia vedere la fascia dietro. E le calze. Non puoi non metterle con un vestito del genere. Autoreggenti, quello è certo. Hai quel paio di scarpe nere che ci staranno benissimo. Oh mio Dio, Kass. Lo adoro!»

«Anch'io.»

Le due sorelle si scambiarono un sorriso.

«Non vedo l'ora che arrivi il prossimo mese, per andare anch'io al ballo» disse Karina.

«Non ti ha invitato nessuno?»

Scosse la testa. «No, ma è ancora presto.»

«Hai messo gli occhi su qualcuno?» la stuzzicò Kassie.

«C'è un nuovo ragazzo a scuola che è molto sexy.»

«Ah, sì?» disse distratta, i suoi occhi erano incollati al riflesso nello specchio. Non riusciva a credere a quanto fosse bello il vestito su di lei.

«Sì. Ha i capelli castano chiaro con delle ciocche che gli ricadono sulla fronte, e quando getta la testa indietro per togliersele dagli occhi mi sento svenire. Quando ti guarda, è come se tu fossi la cosa più importante del mondo. I suoi occhi azzurri ti trafiggono. È intenso e fantastico. Oh, ed è alto e muscoloso, ma non tutto gonfio, che mi farebbe schifo. È dell'ultimo anno ma sembra che abbia molto più di diciotto anni.» Scrollò le spalle. «Dicono che sia dovuto restare fermo un anno o due a causa di problemi familiari, ma si è appena trasferito ad Austin e voleva prendere un diploma vero piuttosto che ottenere il GED, la certificazione di esame equivalente. Comunque, basta parlare di me. Togliti quel vestito e andiamo a vedere se riusciamo a trovarti un intimo adatto»

Kassie rise per l'eccitazione incontenibile di sua sorella. Fare shopping non era la sua attività preferita, ma ai suoi occhi qualsiasi giornata in cui poteva passare del tempo con Karina era bella. Avrebbe fatto qualsiasi cosa per lei, compreso andare a un appuntamento con un soldato che aveva conosciuto online, con l'intenzione di ingannarlo per dare informazioni all'amico delinquente del suo ex fidanzato per far sì che potessero continuare a trovare modi per tormentarlo.

Dio, si odiava per ciò che stava facendo.

«Aspetterò fuori. Sbrigati!» ordinò Karina, poi lasciò il camerino.

Ma per tenere sua sorella al sicuro, avrebbe fatto tutto il necessario. Doveva solo incontrarsi con Hollywood, vedere se riusciva ad ottenere qualsiasi informazione che Dean potesse considerare utile, e non avrebbe mai più dovuto rivedere quell'attraente soldato.

Guardò di nuovo il suo riflesso prima di chiudere gli occhi per la disperazione. La cosa brutta era che sapeva che non sarebbe finita lì. Nel momento in cui avrebbe dato a Dean qualche informazione, lui e Richard ne avrebbero volute di più. Si stava illudendo se pensava che la serata del ballo avrebbe posto fine alla minaccia verso di lei e Karina.

Kassie si sentì improvvisamente stanca. Esausta. Se fosse stata in pericolo solo lei, avrebbe detto a Dean di andare a quel paese. Non le sarebbe più importato di quello che lui avrebbe fatto. Avrebbe potuto picchiarla – non sarebbe stata la prima volta – farla licenziare – ancora, perché era già successo che a causa di Richard o Dean avesse dovuto trovare un nuovo lavoro – ma quando coinvolgevano la sua famiglia, lei non poteva ribellarsi, e sembravano averlo capito.

Gli occhi si riempirono di lacrime mentre apriva la cerniera del vestito e se lo toglieva. Se solo avesse avuto qualcuno a proteggerla, non si sarebbe sentita così sola. Ma avrebbe potuto anche desiderare dieci milioni di dollari, tanto non sarebbe successo. Non con Dean che osservava ogni sua mossa e la riportava a Richard.

Con un respiro profondo, appese l'abito e si rivestì. Piangere per la sua vita non avrebbe cambiato nulla. Doveva solo superare oggi, poi domani, e il giorno successivo; uno alla volta. Era il modo in cui aveva superato tutto ciò che aveva dovuto affrontare finora, e come avrebbe superato qualsiasi cosa le avesse riservato il futuro.

La cosa più importante della sua vita era la famiglia. Che fosse dannata se Richard gliel'avrebbe tolta.

CAPITOLO TRE

«Basta!» annunciò Harley.

«Che c'è?» chiese Rayne nello stesso momento in cui Emily disse: «Non ancora.»

«Siamo qui da due ore. Ragazze, avete provato tutti gli abiti del negozio, avete trovato quello che volevate indossare, ma non esiste proprio che ne passerò altre due mentre cercate di trovare la borsa, le scarpe, l'intimo, le calze, gli accessori perfetti, e qualsiasi altra cosa di cui pensate di aver bisogno per quel cavolo di ballo» disse Harley.

Stava lì con le braccia incrociate sul petto e fissava imbronciata le due donne.

«Sei sicura di non voler provare altri abiti?» le chiese Rayne. «Hai scelto il primo che hai provato.»

«Sono più che sicura» rispose. «Sul serio. Ora come ora, sono più che pronta ad abbandonarvi per andare a casa, mettermi dei pantaloni comodi e lavorare sul videogioco. So bene quanto sia importante per Coach, ma io qui ho finito.»

Emily abbracciò Harley. «Va bene. Nessun problema. Posso portarti a casa e poi tornare qui.»

Harley scosse la testa. «No. Ho già scritto un messaggio a

Coach. È nel mezzo di qualcosa, ma ha mandato Hollywood. Sarà qui il prima possibile.»

Rayne socchiuse gli occhi. «Avevi già predisposto un piano di fuga?»

«Assolutamente» le rispose senza un grammo di rimorso. «Non volevo che tiraste fuori un motivo per farmi sentire in colpa e quindi restare.»

Rayne ed Emily ridacchiarono.

«Ok, ok, sei stata un'ottima compagnia. Grazie per essere venuta con noi. Il vestito che hai preso è bellissimo. Coach perderà la testa quando te lo vedrà addosso.»

«Lo so» ammise Harley senza presunzione.

Il suo telefono vibrò, abbassò lo sguardo per leggere il messaggio. «È Hollywood. È qui fuori.» Abbracciò le due amiche. «Ci sentiamo più tardi ragazze.»

Si salutarono e uscì con il vestito nuovo gettato sul braccio. Individuò subito Hollywood con l'Highlander di Coach. Aveva parcheggiato vicino al marciapiede ed era in piedi accanto alla portiera del passeggero con le braccia incrociate sul petto e le dita che tamburellavano impazienti sul bicipite. Indossava la mimetica da combattimento dell'esercito che lui e gli altri usavano quotidianamente, non era una cosa insolita in quell'area del Texas.

Come tutti i ragazzi del team, Hollywood era un bell'uomo, ma aveva quel qualcosa in più che attirava l'attenzione delle donne, a prescindere dalla loro età. Harley ne vide almeno cinque lanciare più di un'occhiata verso il veicolo. Lei apprezzava il suo aspetto per quello che era, ma aveva occhi solo per Coach.

«Ehi, Hollywood. Grazie per avermi salvata» gli disse mentre si avvicinava.

«Nessun problema» le rispose.

Harley sapeva che probabilmente era stato un problema, ma non glielo fece notare. Gli permise di aprirle la portiera e prendere il suo vestito nuovo prima di farla salire in auto. Non era a suo agio con il fatto che tutti i ragazzi facessero il possibile per trattarla come se fosse la regina d'Inghilterra, ma aveva imparato ad accettarlo.

Hollywood appese il vestito su un gancio sui sedili posteriori e salì sul lato del conducente. Stavano percorrendo la strada verso casa sua quando il telefono di Hollywood emise un suono. Lui abbassò lo sguardo sul cellulare agganciato alla cintura e poi di nuovo sulla strada.

Quando ne arrivò un altro, Harley gli chiese: «Vuoi che lo controlli per te?»

Esitò, ma alla fine prese il telefono, lo aprì con il pollice e glielo porse. «Di solito non mi importerebbe, chiunque sia potrebbe aspettare. Ma siamo nel mezzo di una faccenda importante al lavoro e, nel caso fosse Ghost, devo verificare.»

«Nessun problema» gli disse, guardando lo schermo. «È un'e-mail di qualcuno di nome Kassie.» Alzò gli occhi su di lui, sorpresa di vedere la sua espressione impaziente e pragmatica trasformarsi in una di piacere. «Vuoi che la legga?»

«Sì, grazie.»

Fu ancora più sorpresa del fatto che le avesse permesso di leggere un'e-mail personale, ma anche elettrizzata. Lei, Rayne ed Emily sapevano che Hollywood avrebbe portato qualcuno al ballo dell'esercito il fine settimana successivo, ma non sapeva nulla della ragazza che aveva invitato. Era stato riservato su come l'avesse conosciuta e anche su tutto il resto quindi, avere quel piccolo scorcio della donna misteriosa, era irresistibile.

Aprì l'e-mail e lesse ad alta voce.

«Dato che sei un soldato, sai come nascondere un corpo in modo che nessuno possa trovarlo, giusto? Mi sto stancando degli stronzi al lavoro. Ho appena avuto a che fare con una donna che voleva restituire un vestito, ha affermato che non le andava bene, ma era ovvio che l'avesse indossato a qualche festa. Sapeva di profumo e aveva persino macchie di sudore sotto le ascelle. Quando mi sono confrontata con lei e le ho detto che non potevamo riprendere vestiti che erano stati indossati, ha fatto una scenata. Ha minacciato di farmi licenziare, che avrebbe detto a tutti i suoi amici di non fare più acquisti qui, e in generale, si è resa ridicola. È come se io indossassi il vestito per il ballo la prossima settimana e poi lo riportassi indietro. Mi piace risparmiare, ma non sono *così* tirchia. Buon Dio. In ogni caso, spero che la tua giornata stia andando meglio della mia. E per rispondere alla tua domanda, no, non alloggerò in hotel. Troverei difficile giustificare la spesa visto che vivo così vicino al centro (ti ho detto che sono tirchia). Spero che tu stia passando una buona giornata. Kassie.»

Dopo che Harley smise di parlare rimasero in silenzio. Guardò Hollywood e notò che il sorrisetto che aveva prima che iniziasse a leggere era sparito e si era trasformato in un sorriso vero e proprio.

«Ti piace» sbottò lei.

«Che cosa?»

«Ti piace» ripeté.

Hollywood scrollò le spalle. «Sì. Non l'avrei invitata al ballo se così non fosse.»

«Come l'hai conosciuta?»

«Su internet.»

«Davvero?»

«Sì, davvero.» Le lanciò un'occhiata. «Perché?»

Fu il turno di Harley di scrollare le spalle. «Non lo so. È spassoso. Voglio dire, sei il ragazzo più attraente del team, che tu abbia conosciuto qualcuno su internet è molto divertente. Le hai chiesto se avrebbe alloggiato in hotel?»

Per fortuna Hollywood era abituato al modo che aveva Harley di cambiare argomento durante la conversazione. «Sì.»

«E vive ad Austin?»

«*Sì*, Harley. Perché tutte queste domande?» si lamentò.

«Perché non sappiamo nulla di questa donna. Se diventerà una di noi, vogliamo sapere più cose possibili.»

Gli occhi di Hollywood si spostarono su quelli di Harley, poi tornarono sulla strada. Parlò in tono sommesso: «Non pensare che la sposerò. Non è così. Non l'ho nemmeno incontrata di persona. Sì, mi piace, ma non la conosco. Non proprio.»

«Cosa *sai*?» gli chiese, non permettendogli di lasciar cadere il discorso.

Hollywood sospirò, poi disse: «Ha trent'anni e ha una sorella che frequenta il liceo. Come avrai capito, lavora in un negozio e non le piace molto. Ho la sensazione che non sia così a suo agio con il fatto che sono nell'esercito, ma sta cercando di non lasciarsi influenzare. Ma...» fece una pausa.

«Ma cosa?» incalzò Harley.

«Non lo so. È divertente e mi fa ridere, ma sento che sta nascondendo qualcosa.»

«Certo che lo sta facendo» gli disse convinta.

Hollywood ridacchiò sottovoce, ma lei lo ignorò e continuò: «Ti ha conosciuto su internet. Non vi siete mai incontrati di persona. Sei incredibilmente bello. È intimidita, Hollywood. So come mi sentivo con Coach la prima volta che l'ho incontrato. Devi capire che la maggior parte delle donne normali non sono abituate al fatto che degli uomini bellissimi siano interessati a loro. Non so che aspetto abbia, ma immagino che sia più come me, Rayne ed Emily che una cheerleader dei Dallas Cowboy. Ovvio che ti stia nascondendo una parte di sé, sta a te farla sentire a suo agio e farle abbassare le difese in modo che possa esprimerti i suoi veri pensieri e sentimenti.»

«Chiedermi di nascondere un corpo non sono i suoi veri sentimenti?» scherzò Hollywood.

«Sai cosa intendo» insistette Harley, le sue labbra non

accennarono il minimo sorriso a quel tentativo di alleggerire l'atmosfera.

«Sì, e mi rendo conto che quando conosci qualcuno su internet non riveli molte cose. Ma è più di quello. Non riesco a individuarlo con precisione, ma ho l'impressione che stia proprio nascondendo qualcosa più che essere a disagio a raccontare i fatti suoi a un ragazzo conosciuto sul web» spiegò Hollywood.

«Stai attento» gli disse. «Vedi di non farti assassinare da una ragazza incontrata online, mi sono affezionata troppo a te.»

Harley girò la testa e guardò fuori dal finestrino. Si erano fermati davanti a casa sua senza che lei se ne fosse resa conto. Si chinò, prese la borsa e fece per aprire la portiera. Fu fermata dalla mano di Hollywood sul braccio.

«Non mi ucciderà, ma hai ragione. Lei mi piace. Non sono stupido, so che quello che abbiamo in questo momento è piuttosto superficiale. Andiamo molto d'accordo via e-mail, ma temo che potrebbe non essere lo stesso quando ci incontreremo di persona. E mi dispiacerebbe, perché mi piace davvero tanto. Odio che venga trattata di merda al lavoro, ma non posso farci niente. L'unica cosa che posso fare è cercare di farla sorridere e replicare alle sue battute. Ma non posso fare a meno di pensare che quello che mi sta nascondendo sia molto più importante del semplice fatto che odia il suo lavoro. È *questo* che intendevo. Sono più che un bel viso, anche se è ciò che la maggior parte delle persone vede quando mi guarda.»

Harley fissò gli intensi occhi castani di Hollywood. «Lo so. Io e le ragazze vedremo cosa possiamo scoprire per te al ballo.»

«No, non fatelo» ribatté pronto. «Non mi piace l'idea che siate le mie spie. Voglio scoprire tutto di lei da solo. Sarebbe meschino e subdolo sguinzagliarvi addosso a lei, promettimi che non la interrogherete.»

«Lo prometto» lo rassicurò. «Odierei scoprire che qualcuno mi ha fatto una cosa del genere se fossi nei suoi panni.»

«Esatto.»

«Ora lasciami andare così potrai tornare a qualunque gioco di guerra stai facendo con il mio uomo, ok? Ho perso troppo tempo al centro commerciale con Rayne ed Emily e ho un milione di cose da fare per il nuovo *This is War* a cui sto lavorando. Sai a che ora potrebbe tornare a casa Coach, stasera?»

Hollywood scrollò le spalle. «No, non lo so. Se le cose vanno come vogliamo, probabilmente verso le sei. In caso contrario, potremmo tirarla fino al mattino.»

Harley si girò per recuperare il vestito dal sedile posteriore e prima di scendere dal SUV chiese: «Dovete partire? *Riusciremo* ad andare al ballo?»

«Andremo al ballo» rispose con fermezza. «Non perderò l'occasione di incontrare Kassie.»

«Bene.» Annuì e uscì dall'auto. Chiuse la portiera, si appoggiò al finestrino abbassato e gli disse: «Kassie. Mi piace il suo nome.»

Hollywood sorrise. «Anche a me. Ci vediamo.»

«Ciao. Grazie per avermi salvata.»

«Quando vuoi.»

Harley lo osservò tirare su il finestrino mentre usciva dal parcheggio. Aveva mille pensieri per la mente mentre andava verso casa. Era ovvio che Hollywood fosse molto curioso riguardo alla misteriosa Kassie, ma ora lo era anche lei.

CAPITOLO QUATTRO

KASSIE SI SEDETTE sul grande divano, era nervosa, più di quanto ricordasse di essere mai stata da tanto tempo. Non aiutava il fatto che ci fossero dappertutto uomini con l'elegante uniforme blu. Non poté fare a meno di ricordare la festa militare da Richard. Era stato orribile e l'ultima goccia per la loro relazione. Odiava aver buttato via due anni con lui ma dopo quell'evento, aveva capito senza ombra di dubbio di non voler più avere niente a che fare con quell'uomo... o i suoi amici.

Mentre attendeva l'arrivo di Hollywood avrebbe voluto tenere le mani occupate, per non dare l'impressione di essere sul punto di vomitare, ma resistette alla tentazione di tirar fuori il telefono e fingere di essere impegnata a guardarlo.

Karina era andata nel suo appartamento e l'aveva aiutata a prepararsi per il ballo. Le aveva dato consigli sul trucco e avevano scattato un milione di foto. Era sabato e non era potuta rimanere a lungo perché doveva andare a scuola; c'era una partita di football e le cheerleader dovevano essere lì presto per aiutare a intrattenere il pubblico e dare il benvenuto alla squadra in campo. Kassie odiava mancare alla partita, cercava di andare a tutti gli eventi, ma Karina non se l'era presa con lei per averlo saltato.

Avevano riso e spettegolato mentre si preparava per la serata, aiutata dalla sorella che le aveva raccontato qualcosa di più del nuovo misterioso ragazzo a scuola, dicendole anche che pensava potesse essere interessato a lei. Quella notizia non l'aveva elettrizzata, ma Karina era quasi adulta, quindi aveva lasciato perdere. Era stato bello vederla così eccitata per un ragazzo.

Aveva cercato di nasconderle il più possibile la pazzia del suo ex ma l'ultima volta che erano stati tutti insieme, Karina lo aveva visto urlare contro di lei. Aveva anche tentato di intervenire, ma Richard l'aveva a malapena guardata. Non era stata una bella serata e, di conseguenza, la sua sorellina era stata riluttante a impegnarsi davvero con qualcuno... fino a quel momento.

Una volta vestita, truccata e dopo aver ricevuto un discorsetto su come divertirsi e "darsi da fare", era partita per andare in città. Era ancora abbastanza presto – Kassie era sempre in anticipo, ovunque andasse – e ora era seduta nell'atrio del *Four Seasons* nel centro di Austin, aspettando con ansia Hollywood.

All'inizio lo aveva chiamato Graham, ma dato che lui firmava tutte le sue e-mail con "Hollywood", aveva cominciato a chiamarlo così nella sua mente.

Kassie cercò di non agitarsi mentre osservava le persone intorno a lei. Le donne indossavano abiti fantastici, lunghi fino al pavimento, in ogni gamma di colore. La maggior parte erano scuri, neri o blu, ma c'era anche qualche vestito arancione o giallo. Avrebbe dovuto essere affascinata da tutti gli uomini con le loro eleganti uniformi ma, a essere sincera, le riportavano alla mente così tanti brutti ricordi del "ballo" che Richard aveva organizzato nel suo appartamento con tutti i suoi amici che indossavano proprio quelle uniformi, che preferiva concentrarsi solo sulle donne.

Kassie teneva la pochette appoggiata sulle cosce e sentì il telefono vibrare per l'arrivo di un messaggio o un'e-mail. Considerò di ignorarlo immaginando che fosse sua sorella, ma poi pensò che magari era Hollywood. Forse voleva cancellare l'appuntamento e lei avrebbe potuto andarsene.

Aprì la cerniera della piccola borsa, tirò fuori il telefono e guardò lo schermo, aspettandosi di vedere un pensiero di incoraggiamento di sua sorella o un messaggio di Hollywood. Ma non fu quello che ricevette.

Divertiti stasera. Succhiagli il cazzo, lasciagli infilare l'uccello dentro di te, non importa cosa, basta che tu faccia il tuo lavoro. A proposito, stasera Karina è adorabile in uniforme da cheerleader. Ci sentiamo.

Kassie ansimò e schiacciò il tasto sul telefono per spegnere lo schermo. Lo rimise in modo meccanico in borsa e fissò dritto davanti a sé. Trattenne le lacrime con la sola forza di volontà. Dean aveva già fatto delle minacce verso Karina, ovvio, era per quello che ora si trovava nella hall di un hotel, ma non aveva mai fatto niente del genere.

Il fatto che fosse alla partita di football a spiare sua sorella, le fece venire voglia di urlare per la frustrazione.

In quel momento prese la decisione di avvertire la sua famiglia. Non avrebbe più nascosto loro la malvagità di Richard e Dean. Ma nessuno dei due era stupido. Il messaggio che le aveva appena mandato non era esattamente amichevole, ma non aveva nulla che potesse essere interpretato come una palese minaccia... anche se lo era.

Ma nemmeno Kassie era stupida, lo sarebbe stata se avesse

continuato a tenere le minacce per sé. Accidenti, lo era stata tenendolo segreto per tutto quel tempo, ma in tutta onestà aveva pensato che Richard si sarebbe stancato di lei e avrebbe lasciato perdere. Aveva tutte le prove delle vaghe minacce nei messaggi e nelle e-mail di Dean, mentre per le altre cose che Richard le aveva fatto, purtroppo si trattava solo della sua parola contro quella di Kassie, ma era comunque qualcosa.

Doveva andare alla polizia e ottenere un ordine restrittivo, non che sarebbe servito a molto, ma era meglio di niente. Doveva riprendersi la sua vita.

Lanciò un'occhiata all'orologio, Hollywood sarebbe dovuto arrivare a momenti. Aveva una vaga idea del suo aspetto, l'immagine sul sito di incontri non mostrava molto, il berretto gli nascondeva gran parte del viso. Poteva dire che era alto e in forma. Le sue braccia sembravano muscolose mentre teneva in alto il pesce per la foto.

Un trio di donne entrò dalle porte dell'hotel e Kassie non riuscì a far altro che fissarle con ammirazione. Erano stupende. Se le donne che aveva visto in giro fino a quel momento erano belle, quelle tre davano un nuovo significato alla parola.

Avevano più o meno la stessa statura, erano tutte piuttosto alte, soprattutto con i tacchi. La più longilinea indossava un abito nero che avvolgeva il suo corpo snello. Era il più castigato dei tre, poiché aveva le maniche lunghe, il collo alto e non mostrava un centimetro di pelle. Su di lei era sexy, e pur essendo molto aderente, non era affatto indecente. Era di classe e in un certo senso la faceva sembrare ancora più slanciata.

Un'altra era l'esatto contrario. Indossava anche lei un abito nero lungo fino a terra, appropriato per quell'evento militare formale, ma era senza maniche e con lo scollo rotondo. Aveva la vita in stile impero e diversi strati di tessuto. L'abito luccicava per gli strass del corpetto. E mentre la prima donna era snella, lei era formosa. Il vestito nascondeva un po' le curve, ma era evidente che fosse sicura di sé e del suo corpo. Rise gettando la testa indietro per qualcosa che aveva detto la sua amica e Kassie notò che molti uomini si voltarono a fissarla.

La terza donna indossava un abito azzurro, aveva la gonna a sirena, la parte posteriore si trascinava un po' a terra mentre si muoveva, sulla parte anteriore l'orlo era alto a sufficienza da mostrare delle bellissime scarpe blu. Aveva uno scialle bianco gettato sulle spalle, ma poteva vedere il pizzo che la copriva dal collo alla vita

Sembravano a proprio agio tra di loro e non erano affatto consapevoli dell'effetto che faceva il loro aspetto. Non andarono verso la sala da ballo, rimasero vicino alle porte d'ingresso, ovviamente aspettando chi le aveva accompagnate.

Kassie sorrise tra sé, anche quando stava con Richard e aveva pensato di sposarlo, non era mai stato così cortese da lasciarla alla porta di un locale mentre parcheggiava la macchina. Probabilmente il pensiero non gli era nemmeno mai passato per la testa. Allora non ci aveva dato peso, ma vedere le tre amiche ridere e parlare insieme, sapendo che avevano degli uomini a cui importava abbastanza di loro da farle scendere davanti alle porte, così da non dover attraversare un parcheggio con i tacchi, magari anche sporcando gli abiti, le metteva un po' di tristezza.

Gli occhi di Kassie percorsero la hall. Si erano messi d'accordo di incontrarsi lì e Hollywood aveva persino suggerito di prendere un drink al bar prima dell'inizio dei festeggiamenti. Non avrebbero avuto molto tempo, ma era felice di potergli parlare faccia a faccia prima di dover affrontare le formalità e le tradizioni dell'evento. Rabbrividì al pensiero della cerimonia, ma fece un respiro profondo per calmarsi.

Odiava ingannare Hollywood. Aveva sentito tutto ciò che Richard aveva fatto alla donna di nome Emily e a sua figlia

Annie, ed era rimasta sconvolta di scoprire che il suo ex aveva perso così la testa da arrivare quasi a uccidere delle persone. Ma in un certo senso era egoisticamente sollevata di non essersi trovata *lei* in quella posizione. L'aveva picchiata un paio di volte ed era stato sufficiente a farle capire, senza ombra di dubbio, che se non fosse andato in prigione probabilmente avrebbe finito per farle davvero male... forse addirittura ucciderla.

Ma non si sentiva a suo agio a dover spiare uno degli uomini che Richard riteneva responsabile di averlo mandato in galera, anche se era per tenere Karina al sicuro. Qualcosa doveva cambiare, e avrebbe iniziato raccontando alla sua famiglia di come, anche da dietro le sbarre, la stesse terrorizzando con la complicità di Dean. Forse se lo avessero saputo, il potere che i due avevano su di lei sarebbe diminuito e avrebbe capito cosa fare.

Le porte che si aprirono di nuovo attirarono la sua attenzione, Kassie girò la testa e vide un gruppo di uomini entrare nell'hotel. Tre andarono dalle donne che stava ammirando prima. Le sembrò quasi di guardare qualcosa che non avrebbe dovuto, poiché salutarono le fidanzate come se non le vedessero da un anno invece che da un paio di minuti.

Le manifestazioni di affetto in pubblico erano appropriate in quell'occasione ma, in un certo senso, quelle sembravano troppo intime per esserlo; una carezza qui, uno sguardo di adorazione lì e il modo in cui baciavano le loro donne... wow. Distolse lo sguardo dalle coppie per trovare qualcos'altro su cui concentrarsi e i suoi occhi si posarono sugli altri uomini. Erano vestiti tutti allo stesso modo, con le uniformi, ma in realtà erano molto diversi.

Due attirarono subito la sua attenzione. Uno era l'uomo più alto e più grosso del gruppo. Doveva essere più di due metri, e aveva un'espressione accigliata, resa ancora più spaventosa a causa della cicatrice che gli scorreva lungo la guancia. Kassie prese mentalmente nota di stargli lontano ad ogni costo. Lo sguardo irritato e impaziente sul suo viso, le ricordava troppo quello di Richard quando era incazzato per qualcosa che lei poteva aver o non aver fatto.

L'altro attirò il suo sguardo semplicemente perché era bellissimo. A un uomo non dovrebbe essere permesso di essere così attraente. Aveva i capelli neri un po' lunghi che si arricciavano attorno al collo e gli cadevano sulla fronte tanto che doveva scostarseli di continuo. Aveva zigomi forti, labbra rosa e carnose, un naso perfetto e Dio, quando sorrise, Kassie poté giurare di aver sentito diverse donne lì intorno ansimare.

Era quasi sconcertante quanto fosse affascinante. La divisa gli stava in modo perfetto, il papillon nero, la camicia elegante bianca, la giacca e i pantaloni blu scuro... se non avesse saputo che non era così, avrebbe pensato che fosse un modello di professione che indossava l'uniforme per un servizio fotografico. Kassie apprezzava la bellezza in un uomo, ma questo era a dir poco stupendo.

Si costrinse a distogliere lo sguardo. Sembrava non fosse con nessuno, ma era sicura che si sarebbe incontrato con qualcuno lì. I tipi come lui non erano mai soli.

Abbassò di nuovo lo sguardo sull'orologio e sospirò. Odiava quando le persone erano in ritardo, ed era un punto a sfavore per Hollywood... non che stesse tenendo il punteggio. Più pensava a ciò che stava facendo lì e che la notte avrebbe implicato, più si innervosiva. Non vedeva l'ora che finisse la serata. Se solo Hollywood fosse arrivato.

———

«Ehi, Hollywood, dov'è la tua amica?» chiese Beatle con la sua caratteristica parlata del sud. Quando erano in missione, riusciva a perdere quell'inflessione e sembrare un cittadino qualunque in qualsiasi paese si trovasse, ma quando era a casa, rilassato e con gli amici, il suo naturale accento marcato ritornava tranquillamente.

«Sono piuttosto sicuro che sia lei quella sul divano» rispose al suo amico, indicando una donna seduta da sola nella hall.

Come se si fossero messi d'accordo, Truck, Beatle e Blade girarono tutti la testa all'unisono nella direzione indicata da Hollywood.

«La ragazza con il vestito viola?» domandò Blade.

Truck non disse una parola, ma il suo fischio basso parlò per lui.

«Maledizione, trovi sempre le più carine» si lamentò Beatle.

«Smettetela, stronzi» intimò, dando una spinta a Blade sulla spalla. «Non vedete che è già nervosa? Fissarla come sciacalli che vedono un pezzo di carne non la farà sentire meglio.»

«È lei?» sussurrò Harley accanto a lui.

Hollywood si voltò e la vide sorridere da un orecchio all'altro.

«Sì.»

«Allora vai a prenderla!» gli ordinò, spingendogli la spalla proprio come aveva fatto lui con il suo compagno di squadra un attimo prima.

«Ragazzi, andate avanti» disse al gruppo. «Vi raggiungerò per l'inizio delle presentazioni. Prima andiamo a prendere qualcosa da bere al bar.»

«Scelta intelligente» si intromise Rayne. «L'alcool dovrebbe rilassarla e puoi anche conoscerla un po' meglio prima di dover affrontare tutta la formalità dell'evento.»

«Esatto. Ora andate» li pregò Hollywood.

«Hai paura che ci veda e si chieda perché si sia impelagata con te?» chiese Truck, sorridendo.

«Taci» ribatté, voltò le spalle ai suoi amici e si diresse verso la donna sul divano.

Li sentì ridere mentre si allontanava da loro, ma li lasciò

perdere quando vide gli occhi della donna spalancarsi in modo quasi comico mentre si avvicinava a lei.

Non appena fu abbastanza vicino, Hollywood fu sicuro che fosse Kassie. Aveva guardato la foto sul sito così tante volte che avrebbe riconosciuto i suoi bellissimi occhi nocciola ovunque. Lei si alzò mentre si avvicinava, ma l'espressione sul suo viso non cambiò. I suoi occhi spalancati mostravano un misto di terrore, confusione e desiderio. L'eccitazione e la confusione non lo preoccupavano, ma detestò vederla così terrorizzata.

«Ciao. Sei Kassie, giusto?» disse con dolcezza, porgendole la mano per presentarsi.

Lei la guardò, poi tornò con lo sguardo sul suo viso. Per un secondo, Hollywood pensò che non gliel'avrebbe stretta, ma alla fine lo fece.

«Sì. Sono Kassie. Sei Graham? Cioè, Hollywood?»

La sua mano era fredda, ma morbida. Hollywood usò anche l'altra per racchiudere le delicate dita tra i suoi palmi, volendo rassicurarla e riscaldarla allo stesso tempo. «Sì, sono io. È fantastico conoscerti, Kassie. Sei bellissima.» E lo era davvero.

Hollywood non riusciva a distogliere lo sguardo. Aveva lasciato i capelli sciolti e le ciocche castane ricadevano fino ad arricciarsi contro il tessuto all'altezza del seno. Non pensava che lei se ne rendesse conto, e molto probabilmente sarebbe rimasta inorridita se lo avesse saputo, ma ciò attirava di più l'attenzione sui suoi seni piuttosto che nasconderli. Il viola intenso del vestito faceva un magnifico effetto contro la sua pelle. Avrebbe voluto rapirla, sedersi in una stanza tranquilla e conoscere tutto di lei. L'ultima cosa che voleva era dover avere a che fare con gli ufficiali e i protocolli noiosi del ballo dell'esercito.

«Grazie. Anche tu sei fantastico.»

Pronunciò quelle parole in modo educato, ma a lui sembrò

che sotto sotto nascondessero un senso di... delusione? Le lasciò la mano e fece un passo indietro, dandole spazio. Non succedeva spesso che fosse subito attratto da una donna, ed era spiacevole avere la sensazione che lei non si sentisse allo stesso modo. Doveva aver interpretato male lo sguardo di desiderio di prima.

«Guarda» iniziò in tono tranquillo «se hai cambiato idea, non c'è problema. Voglio dire, conoscersi online è un po' un rischio. Forse dall'immagine ti eri fatta un'idea diversa rispetto a come sono in realtà. Io ero già affascinato dalla tua foto sul sito, ma capisco benissimo che solo perché sono attratto da *te*, non significa che il sentimento debba essere reciproco. Possiamo cancellare tutto, se vuoi. Non c'è davvero nessun problema.»

Per un attimo sembrò sbalordita, poi si guardò le mani che stringevano una piccola borsetta. Ci giocherellò per un momento, poi sollevò la testa, incontrò i suoi occhi e sbottò: «Sei davvero fantastico.»

«Ehm... grazie?» replicò Hollywood, non comprendendo la sua reazione.

«Non mi aspettavo... la tua foto non era così chiara e io...» si interruppe mentre cercava di raccogliere i pensieri. Poi alla fine disse: «Non stiamo bene insieme.»

«Kass, non capisco cosa stai cercando di dirmi.»

«È solo che... non pensavo che saresti stato così bello.»

«E questo è un problema?»

«Be'...» scrollò le spalle.

Hollywood si passò una mano tra i capelli, sospirò frustrato e disse in tono sommesso: «Odio questi balli.» Poi, con voce più normale, continuò: «Per favore, dammi la possibilità di mostrarti quanto mi piaci.» Non poteva dirle che avrebbe voluto *non* essere così bello. Sarebbe stato superficiale e stupido. Ma per tutta la vita era stato giudicato per il suo aspetto esteriore. Aveva messo di proposito un'immagine scadente sul sito perché desiderava una donna che volesse conoscerlo per ciò che era, non che gli mandasse un messaggio perché lo considerava attraente.

La osservò deglutire a fatica e poi fare un respiro profondo. «Mi dispiace. Sono stata così scortese. Non mi aspettavo che fossi così bello, mi aspettavo qualcuno del tipo ragazzo della porta accanto.»

«Vuoi uscire con il tuo vicino?» le chiese Hollywood con un sorriso, per farle capire che stava scherzando. Si rilassò quando lei ridacchiò.

«In senso metaforico. Se incontrassi il mio vicino sapresti quanto è sbagliata quell'affermazione. Ha vent'anni e pensa di essere un dono di Dio alle donne.» Gli tese la mano. «Possiamo ricominciare da capo? Ciao. Sono Kassie Anderson. È un piacere conoscerti.»

Strinse di nuovo le sue dita fredde, e rispose: «Graham Caverly. Ma puoi chiamarmi Hollywood. È un piacere conoscerti, Kassie.»

Si sorrisero per un istante poi le chiese, senza lasciarla andare: «Hai freddo? Hai uno scialle?»

«Sto bene» lo rassicurò. «Ho sempre le mani fredde. Cattiva circolazione o qualcosa di simile.»

«Dimmelo se hai freddo. Quando avremo finito la cerimonia di presentazione, posso darti la mia giacca.»

Lo fissò come se le avesse appena detto che le avrebbe dato un milione di dollari. Odiando che fosse così sorpresa dal suo gesto, le chiese: «Vuoi prendere un drink prima di entrare?»

«Mi piacerebbe.»

Hollywood le lasciò andare la mano e si sentì sciocco perché avrebbe voluto prenderla di nuovo, poi tese il braccio indicando il bar dell'hotel dall'altra parte della hall. «Prima le signore.»

Mentre si dirigevano verso il bar ebbe l'opportunità di

guardarle il sedere. Avrebbe dovuto sentirsi un depravato ma aveva quel tipo di culo che ogni vero uomo avrebbe ammirato: formoso e sodo. Era più piccola rispetto al suo metro e ottantadue, ma non troppo. Non riusciva a vederle i piedi, ma immaginava che indossasse i tacchi alti, che la facevano essere circa quindici centimetri più bassa di lui. Gli piacevano Rayne, Emily e Harley, ma preferiva le donne più piccole e Kassie Anderson rispondeva perfettamente ai requisiti.

Hollywood la condusse verso un tavolino laterale. Prese una sedia per lei poi le si sedette di fronte, in modo da vedere l'ingresso. Per quanto volesse concentrarsi esclusivamente su Kassie, il fatto di essere un soldato della Delta Force era troppo radicato in lui. Notò che il corridoio che conduceva alla cucina sulla sinistra poteva essere una possibile via di fuga, così come la porta dell'uscita di sicurezza dall'altra parte del bar.

«Ciao. Posso portarvi qualcosa da bere?» chiese la cameriera mentre posava due tovaglioli sul tavolo rotondo davanti a loro. Sorrise a Hollywood e si chinò un po', mostrando il décolleté.

«Vorrei un margarita con ghiaccio. Niente sale» le rispose Kassie.

«Mi va bene qualunque cosa abbiate alla spina» le disse, senza guardare la quantità di pelle che offriva la cameriera.

Lei annuì e fece scorrere le dita lungo il suo braccio in una lieve carezza. «Mi chiamo Becky, se hai bisogno di qualcosa, fammelo sapere.»

Ignorando il palese flirtare della cameriera, Hollywood si concentrò sulla donna di fronte a lui, che si morse nervosa il labbro ma non distolse lo sguardo. Aveva le ciglia più lunghe che avesse mai visto, e le facevano risaltare ancora di più gli occhi nocciola. Avrebbe potuto restare lì a guardarla per sempre, ma sembrava renderla nervosa. «Grazie per aver accettato di incontrarmi. Mi pare di conoscerti bene, ma in realtà siamo quasi dei perfetti sconosciuti.»

«Non *del tutto* sconosciuti, direi» scherzò. «So che ti piace pescare, che sei nell'esercito e che probabilmente domani potresti ritirarti per lavorare nell'industria cinematografica, se lo volessi.»

«Se potessi cambiare il mio aspetto, lo farei» disse Hollywood con un tono basso e intenso, e senza darle la possibilità di rispondere proseguì: «Per tutta la vita, le donne hanno guardato il mio aspetto piuttosto che quello che sono come persona. Devo ammettere che a vent'anni non mi dispiaceva affatto ma, ora che sono più vecchio, lo odio. Non sono interessate ai miei gusti, se mi piacciono più i gatti dei cani, o che la più bella sensazione al mondo per me sia alzarmi presto e andare a correre prima che il resto della città si svegli. A loro interessa solo farmi una foto da pubblicare sui social o vedere se riescono a portarmi a letto. La cosa migliore dell'esserci incontrati online è che abbiamo potuto conoscerci senza che entrasse in gioco l'aspetto esteriore.»

Non aveva intenzione di sfogarsi così, ma ormai non poteva più rimangiarselo.

Kassie rimase in silenzio per un momento, poi disse: «Immagino sia come si sentono le donne per la maggior parte del tempo. Se sono in sovrappeso anche solo di quattro o cinque chili, vengono giudicate perché non assomigliano alle attrici del grande schermo o alle modelle delle pubblicità. E se pesano venti o quaranta chili in più di quanto l'industria della moda ha deciso che debba essere una donna per definirsi "carina", le fanno sentire in qualche modo inferiori. Lo ammetto, sono intimidita dal tuo aspetto, Hollywood. Non sono orribile ma, come la maggior parte delle donne, non mi sento nemmeno molto bella. Quindi devi darmi un po' di tregua mentre mi abituo all'idea che tu non sia il ragazzo della porta accanto a cui piace pescare, ma l'uomo più bello che abbia mai incontrato.»

«Posso farlo» replicò pronto Hollywood, adorando il suo candore.

«Anche se» disse, arricciando il naso e sorridendo per fargli capire che stava scherzando, «non sono sicura che mi piaccia il discorso della corsa mattutina. Non sono una persona mattiniera e non faccio esercizio fisico.»

Hollywood rise con lei poi le prese la mano e si sporse un po' in avanti per portarsela sulle labbra. Ne baciò il dorso, notando di nuovo quanto fossero fredde le sue dita, e disse piano: «Per tua informazione, non sei di certo orribile; non sei solo carina, sei mozzafiato.»

«Aspetta di vedermi al mattino senza trucco, i capelli tutti arruffati perché ci ho dormito sopra in modo strano e con il mio abbigliamento da relax.»

Hollywood non riusciva a immaginare niente di più sexy. Aveva sempre preferito una donna con un look naturale piuttosto che elegante, truccata e formale... sebbene Kassie, in quel momento fosse sorprendente.

Come se si fosse resa conto che ciò che aveva appena detto era sfacciato, balbettò: «Voglio dire... non era un invito, era solo...»

Hollywood ridacchiò e cercò di rassicurarla. «So cosa intendevi, Kass. Ma dovresti sapere che un vero uomo ama l'aspetto della sua donna indipendentemente da ciò che la società pensa sia bello. Taglia quaranta, cinquanta, o qualsiasi altra, se lo ama ed è una brava persona, l'aspetto esteriore è solo quello... aspetto esteriore.»

Si sorrisero per un attimo, finché la cameriera non tornò interrompendo quel momento intimo. «Ecco qua. Un margarita e una Lone Star alla spina per il bel soldato.»

Hollywood si rifiutò di lasciar andare Kassie, si limitò a

spostare le loro mani unite sul bordo del tavolo, per dare a Becky lo spazio per posare le bevande.

«Posso portarvi qualcos'altro?» disse quasi facendo le fusa e senza distogliere lo sguardo da lui.

«Siamo a posto. Io e il mio *ragazzo* ti faremo sapere se abbiamo bisogno di qualcos'altro» la informò Kassie in tono piatto, con un gran sorriso finto sul viso.

«Certo» disse Becky, raddrizzandosi. «Divertitevi.»

Hollywood prese la sua birra con la mano libera e la sollevò. «Facciamo un brindisi. A una bella serata e a conoscerci meglio.» Fece una pausa quando lei prese il bicchiere, poi aggiunse: «E alla mia *ragazza* che mi protegge dalle cameriere eccessivamente zelanti e che oltrepassano i limiti.»

Una vampata di calore le pervase le guance, ma Kassie disse solo: «A una bella serata» e fece tintinnare il bicchiere contro il suo.

Le rivolse un gran sorriso e bevve un sorso di birra. Era stato nervoso al pensiero di incontrarla e di vedere se l'intesa che sentiva nel loro scambio di e-mail ci sarebbe stata anche di persona. E in realtà c'era. Non vedeva l'ora di farle conoscere i suoi amici e di saperne di più su di lei. La serata non poteva far altro che migliorare.

CAPITOLO CINQUE

LA SERATA non poteva far altro che peggiorare.

Kassie di solito non era una persona pessimista ma mentre lei e Hollywood andavano verso la sala da ballo, non poté fare a meno di sentirsi nervosa. Dopo il cosiddetto ballo e le tradizioni militari propinatele da Richard, aveva fatto qualche ricerca su Google scoprendo così che erano tutte stronzate. Nonostante sapesse che il suo ex le aveva mentito, su ciò che accadeva in un vero evento militare, all'improvviso non poté fare a meno di sentirsi insicura e in ansia. Aveva detto a Hollywood che ci sarebbe andata, e non poteva tirarsi indietro ora.

Si asciugò di nascosto la mano libera sulla stoffa del vestito e sperò che andasse tutto bene.

«Hai detto di avere un ex che era nell'esercito. Sei già stata a un ballo?»

Kassie fece un respiro profondo e rispose: «No, non proprio. Ha organizzato una cosa con alcuni amici. Tutti si sono vestiti in uniforme e ha detto che stavano seguendo il corretto protocollo militare, ma in seguito ho controllato su internet perché alcune delle cose che sono successe mi sembravano strane.» Sapeva che stava parlando troppo, ma non riuscì a fermarsi. «Voglio dire, la maggior parte delle cose che ha fatto erano *basate* su tradizioni militari da quel che ne so, ma le ha cambiate e... in ogni modo... la risposta alla tua domanda è no.»

Hollywood strinse le labbra, senza commentare il suo farfugliamento. «Quindi più o meno potresti sapere cosa aspettarti. Ma per ricapitolare, prima c'è una sorta di happy hour in cui si socializza un po' con tutti. Poi si procederà con la cerimonia di presentazione. Ti presenterò per primo all'ufficiale aiutante e poi proseguiremo lungo la fila. Non so chi ci sarà stasera, ma chiunque sarà presente tra gli ufficiali di alto grado, sarà allineato insieme alla sua accompagnatrice. Poi ceneremo e di seguito inizieranno i discorsi tradizionali. Dopodiché si balla. Hai qualche domanda?»

Kassie scosse la testa. No. Aveva capito il concetto quando l'aveva cercato online, ma ciò che Richard e i suoi compari le avevano fatto fare era ancora abbastanza fresco nella sua mente, anche se era successo più di un anno prima.

«Bene. Non vedo l'ora di presentarti ai miei amici.»

«Li conosci da molto?» gli chiese, cercando di togliersi dalla testa il ballo.

«I ragazzi, sì. Lavoriamo insieme da qualche anno. Sono come fratelli. Due hanno una ragazza fissa e un altro è sposato.»

«Mmm» mormorò, non volendo sembrare disinteressata, ma stava ricordando alcune delle cose che Richard le aveva fatto fare e sperava proprio che la sua ricerca fosse corretta. Non era possibile che tutti quegli uomini e donne, vestiti con abiti eleganti, facessero le cose orribili che lui e i suoi amici le avevano fatto fare... o almeno non lo pensava.

«Truck ha quel soprannome perché una volta sì è mangiato un motore, e Beatle ha tre mogli segrete che tiene chiuse nel seminterrato di casa sua.»

«Fantastico» disse Kassie, i suoi occhi si spostavano a destra e a sinistra mentre entravano nella sala da ballo. Non era buio, grazie a Dio, ma le luci non erano proprio a piena potenza. Si guardò intorno, incuriosita di vedere come appariva un vero evento militare. Certo, l'appartamento di Richard non si poteva minimamente comparare, ma si era chiesta se la sala da ballo sarebbe stata simile a quella pacchiana di un ballo studentesco, o una cosa più distinta, come immaginava fosse un vero ballo.

Quando Hollywood la prese con dolcezza per le spalle e la fece indietreggiare fino ad appoggiarla contro un muro, lo guardò sorpresa. «Cosa...»

«Non hai ascoltato una parola di quello che ho detto, Kass. Cosa c'è?»

«Sì che ho ascoltato» protestò.

«Che cos'ho detto?» chiese con dolcezza.

«Ehm...» Kassie si scervellò cercando di ricordare, ma si rese conto di non avere idea di ciò che le aveva raccontato.

«Rilassati» le ordinò. «Ti comporti come se fossimo appena entrati in una camera di tortura. Accidenti, e dire che pensavo di essere io quello che odiava queste cose» mormorò, più a se stesso che a lei.

«Mi dispiace» gli disse, guardandolo negli occhi. «Sono solo nervosa.»

«Non c'è nulla di cui essere nervosi» la rassicurò.

«Non voglio farti fare brutta figura.»

«Kass, a meno che tu non ti spogli e balli nuda sopra i tavoli, non puoi farmi fare brutta figura.»

Lei lo guardò e gli fece un piccolo sorriso. «Non ho intenzione di farlo... mi spoglio solo quando lavoro di notte.» Kassie cercò di tenere sotto controllo il tremore del suo corpo mentre scherzava con Hollywood.

Fece un sorrisetto al suo tentativo di fare dell'umorismo, ma non lo commentò, invece disse: «Bene.» La fissò per un momento. «Forse sto per oltrepassare un limite, ma vorrei abbracciarti»

«Davvero?»

«Davvero.»

Ci rifletté e decise che era una tentazione allettante. «Mi farebbe piacere.»

Senza dire una parola, Hollywood eliminò la distanza tra loro e la attirò con delicatezza a sé.

Kassie chiuse gli occhi mentre gli metteva esitante le mani sui fianchi. La sensazione di essere stretta contro il suo corpo forte la fece più che rilassare. Hollywood non era Richard. Nemmeno lontanamente. Non stava cercando di palpeggiarla, la stava solo abbracciando. Ed era fantastico.

«Rilassati, Kass. Andrà bene» sussurrò, e mettendole una mano sulla testa la incoraggiò a posarla sulla sua spalla.

Appoggiò la guancia contro la giacca blu scuro e fece scivolare le braccia un po' di più attorno alla vita.

«Respira» mormorò lui.

Kassie fece un respiro profondo, poi un altro e un altro ancora. Hollywood aveva un profumo fantastico. Percepì l'odore dei prodotti chimici usati per lavare a secco l'uniforme, ma era quello silvestre che le fece sollevare il mento per appoggiare il naso contro il suo collo.

Sentì la mano di Hollywood spostarsi sulla nuca, ma era troppo concentrata a trovare la fonte del fantastico profumo che emanava per rendersene davvero conto. Inspirò di nuovo. Eccolo. Era decisamente più forte sul collo.

«Mi stai annusando?» le chiese con voce sommessa.

Imbarazzata di essere stata beccata, Kassie cercò di allontanarsi dal suo abbraccio, ma lui la strinse di più interrompendo la sua fuga, quindi, decidendo che sarebbe stato meglio non doverlo guardare, posò la guancia sul suo petto e disse: «Forse.»

Lo sentì muoversi con lo sbuffo d'aria che gli sfuggì dalla

bocca. «Penso che nessuna donna mi abbia mai annusato.»

«Non sanno cosa si sono perse» scherzò Kassie.

«Ti piace?»

Annuì contro la giacca. «È tenue, ma dimostra che ci hai messo impegno, o forse non l'hai fatto ed è solo il tuo sapone, ma mi piace.»

«Probabilmente è il dopobarba.»

Kassie non riuscì a resistere. Si spostò tra le sue braccia e fece scorrere di nuovo il naso sotto la mascella, inspirando. «Hai un buon profumo» ripeté.

Hollywood fece un piccolo passo indietro e le prese il mento con la mano, sollevandole la testa in modo che non avesse altra scelta che guardarlo. «Sei piena di contraddizioni, Kassie Anderson. Un attimo prima sei divertente e mi fai ridere a crepapelle, e quello successivo ti comporti come se pensassi che l'uomo nero sta per sbucare da un angolo. Poi mi annusi e dici che ho un buon profumo.»

Scrollò le spalle un po' imbarazzata. «Non lo faccio apposta.»

«Mi piace. Ma se vai in giro ad annusare i miei amici come hai appena fatto con me, non ne sarò felice.»

Gli sorrise. «Non lo farò. Promesso. Ma devi sapere che... adoro il profumo degli uomini, almeno quando fanno lo sforzo di metterlo. Rich... ehm... il mio ex non si è mai preso la briga di farlo, diceva che la colonia e il dopobarba erano per le mammolette. Sono famosa per complimentarmi con gli estranei in ascensore o con i camerieri per il loro buon profumo.»

«Lo terrò a mente» osservò. «E il tuo ex si sbagliava, voler avere un buon profumo per la donna con cui hai un appunta-mento o per la *tua* donna, non rende un uomo una mammo-letta. *Non* voler fare qualcosa che le faccia piacere lo rende tale.»

Oh, Signore. Hollywood diceva e faceva tutte le cose

giuste. Il senso di colpa minacciava di sopraffarla di nuovo. Kassie odiava ingannarlo. Fino a quel momento era stato meraviglioso e di sicuro non era lo stronzo che le avevano descritto Richard o Dean.

Deglutì a fatica. Karina. Doveva ricordarsi di sua sorella, lo stava facendo per lei.

«Andiamo a cercare i tuoi amici?» Prima si fosse tolta il pensiero, meglio sarebbe stato. Non sapeva che tipo di informazioni Dean voleva che ottenesse, ma forse qualcuno avrebbe detto qualcosa che lei avrebbe potuto riferire.

«Sì» rispose Hollywood distrattamente, fissandola negli occhi come se stesse cercando qualcosa. Non aveva idea di cosa, ma sperava che il senso di colpa che provava per avergli mentito non brillasse come un faro sul suo viso.

Lui sciolse l'abbraccio e le prese una mano intrecciando le dita con le sue, dandole una stretta prima di voltarsi verso la grande stanza. Andarono un po' in giro e Hollywood annuì a varie persone mentre procedevano. Kassie gli rimase aggrappata come se fosse un'ancora di salvezza.

Dopo un paio di minuti, la condusse verso lo stesso gruppo che Kassie aveva notato in precedenza. Se prima ne era stata intimidita, ora lo era ancora di più.

«Ehi, Hollywood» lo salutò uno degli uomini mentre si avvicinavano.

«Ehi, Beatle. Ragazzi, lei è Kassie Anderson.»

Kassie fece un piccolo cenno con la mano, sentendosi imbarazzata e fuori posto. «Ciao.»

«Oh, mio Dio, adoro il tuo vestito!» esclamò una delle donne. «Quel colore è bellissimo. All'inizio ho pensato che fosse nero, ma ora vedo che è viola scuro.»

«Grazie» rispose, e inconsciamente strinse più forte le dita di Hollywood.

«Sono Rayne» si presentò, tendendo la mano.

Kassie dovette lasciar andare quella di Hollywood, che la

portò sulla sua schiena, mentre lei si sporgeva in avanti per salutare Rayne. «È un piacere conoscerti».

«Sono Emily» disse un'altra con un tono tranquillo. «È così bello conoscerti.»

Strinse la mano anche a lei.

Anche l'ultima si presentò. «E io sono Harley. Sì, è un nome strano. I miei genitori erano motociclisti e hanno chiamato i figli come la loro cosa preferita al mondo.»

«Sono Kassie. Con la K» scrollò le spalle. «I miei genitori hanno pensato che sarebbe stato carino avere un nome unico, e quando è arrivata la mia sorellina, hanno deciso di attenersi al tema della lettera K e di chiamarla Karina.»

Hollywood terminò le presentazioni: «L'uomo accanto a Rayne è Ghost, Emily è sposata con Fletch e Harley è con Coach. Gli altri sono Beatle, Blade e Truck.»

Lei fece un cenno con la testa a ciascuno degli uomini, e Truck disse: «Signore, volete del punch? Ho intenzione di fare un giro.»

Kassie guardò il punto che aveva indicato il tizio grande e grosso e sussultò. Si era guardata in giro cercando il contenitore del grog e non capiva come avesse fatto a non vederlo. Su un lungo tavolo contro la parete opposta c'erano due grandi ciotole.

«Non voglio il grog» sbottò Kassie.

«Come scusa?»

«Grog? Ha detto grog?»

«Che cosa?»

Le domande mormorate giunsero dagli amici di Hollywood, ma Kassie aveva occhi solo per lui. «Non so che cos'ho fatto di sbagliato, ma per favore non farmelo bere.» Sapeva di essere in preda al panico, ma non poteva farne a meno. La ciotola del grog era una delle cose che aveva cercato su internet riguardo al finto evento militare a casa di Richard, ed era risultata vera.

«Kass...» iniziò Hollywood, ma lei lo interruppe.

«Prometto che mi comporterò bene. Non ti metterò in imbarazzo. Solo non farmelo bere, perché vomiterei, lo so. È solo...»

«Kassie» le disse in tono duro, mettendole le mani su entrambi i lati del collo e costringendola a guardarlo. «Qui non c'è nessuna ciotola di grog. È punch. Solo punch.»

Sollevando le sopracciglia, lo guardò confusa. Gli afferrò i polsi come se la sua vita dipendesse da quello. Non vide altro che un paio di occhi preoccupati che la guardavano e non sentì nemmeno i suoi amici sussurrare fra loro. «Punch?»

«Sì, Kass. Il buon vecchio punch alla frutta, probabilmente annacquato. Non grog.»

Deglutì a fatica. «Sei sicuro? C'è sempre il grog a questi eventi, l'ho ricercato su Google.»

Senza distogliere gli occhi dai suoi, Hollywood chiese al suo compagno di squadra: «Blade. Puoi raccontare a Kassie la tradizione del grog?»

«Certo. È comune nelle cerimonie ufficiali per i militari. È una tradizione che risale ai Cavalieri della Tavola Rotonda. A causa del peso dell'armatura di quei tempi, era difficile muoversi e bere qualcosa. Quindi era usato come punizione per qualcuno che era fuori controllo o indisciplinato. La stessa si applica al giorno d'oggi. Di solito esiste una versione alcolica e una analcolica e le persone che violano qualsiasi tipo di regola devono bere dalla ciotola del grog.»

«E in cosa consiste questa cerimonia ufficiale?» lo spronò Hollywood, continuando a mantenere gli occhi su quelli di Kassie.

«È un evento destinato ai membri di un'unità, per favorire il cameratismo e lo spirito di squadra» disse pronto Blade.

«E sono invitate spose, fidanzate o compagne?»

«No» fu la sua risposta secca.

Hollywood socchiuse gli occhi e le chiese con un tono di

voce basso: «Tesoro, quand'è che hai partecipato a un evento in cui c'era il grog?»

«Io... ehm...» All'improvviso Kassie fu più che consapevole che tutti intorno a lei la stavano fissando. Deglutì a fatica, imbarazzata, ma il senso di terrore non l'aveva abbondonata.

«Il tuo ex ti ha portato a un evento in cui c'era il grog? Hai visto delle persone berlo?» insistette Hollywood.

«Una sera ha organizzato un evento a casa sua che includeva quella tradizione» gli disse, poi si morse il labbro. «Te l'avevo detto, c'erano anche i suoi amici vestiti con le uniformi eleganti. Come al solito, ho sbagliato un sacco di cose, e ho dovuto berne per tutta la serata. Lo trovavano divertente.»

Hollywood chiuse un attimo gli occhi e avrebbe potuto giurare di aver sentito uno dei suoi amici mormorare "figlio di puttana". Prima che lei potesse dire altro, li riaprì e con un'espressione seria disse: «Mi dispiace che ti sia successo, Kassie. Come diceva Blade, il grog è riservato a eventi speciali a cui partecipano solo i soldati. Non posso negare che sia disgustoso, tutti noi abbiamo dovuto sopportarne la nostra buona parte, ma dovrebbe essere un momento divertente. E te lo giuro, tutto quello che c'è in quella ciotola stasera è punch. Niente di sgradevole. Ok?»

Kassie annuì. Ora era davvero imbarazzata, si era resa ridicola. Avrebbe dovuto sapere che Richard non aveva seguito il protocollo militare appropriato. Il grog era una cosa reale, ma solo per cerimonie private... non per amici o familiari.

«Non credo che mi piaccia questo tuo ex» disse Hollywood, raddrizzandosi e prendendole di nuovo la mano.

«Siamo in due» ammise lei con una risatina nervosa.

«Ora che ci siamo tolti di mezzo questa cosa... qualcuno vuole un bicchiere di punch annacquato alla frutta e a malapena bevibile?» chiese Truck in tono secco.

«Oh, con quella descrizione come possiamo dire di no?»

rispose Emily con una risata.

«Quattro bicchieri in arrivo» disse, sollevando il mento verso Kassie in quello che pensava volesse essere un gesto rassicurante, ma che in realtà la rese solo più confusa.

Tornò dopo un paio di minuti e distribuì i bicchieri.

Kassie guardò il suo, non ancora convinta al cento per cento che non fosse una miscela di aceto, salsa piccante e qualsiasi altra cosa disgustosa Richard avesse versato nella ciotola del grog alla sua festa. Tentò di annusare di nascosto il drink prima di sorseggiarlo, ma Hollywood che la stava guardando se ne accorse.

Senza dire una parola, le tolse con delicatezza il bicchiere di mano e se lo portò alle labbra, bevendone un sorso, per dimostrarle che era sicuro berlo. Lo restituì e annuì.

Sentendosi stupida, Kassie bevve un sorso del liquido rosso. Era esattamente come lo aveva descritto Truck, nient'altro che punch annacquato. Sentendosi ancora *più* stupida, lasciò che la conversazione continuasse attorno a lei, e ascoltò più che partecipare.

«Non posso credere che Mary non sia venuta con noi stasera» disse imbronciata Rayne. «Uno di voi avrebbe dovuto invitarla» continuò in tono accusatorio, fissando Beatle, Blade e Truck.

«Io l'ho fatto» replicò Truck con nonchalance.

Lo guardò a bocca aperta. «Ah, sì?»

«Sì, e ha declinato.» Non sembrava così sconvolto per essere stato rifiutato.

«Dannazione. Non mi dice più niente» mormorò in tono triste Rayne.

Ghost le mise un braccio attorno alle spalle e la strinse, senza dire una parola.

«Non prenderla sul personale» la rassicurò Truck. «Si sta adattando al nuovo lavoro, alla nuova città e al fatto che la sua migliore amica è praticamente sposata.»

«Non importa» protestò Rayne. «Siamo state come sorelle per una vita. Quando ha dovuto affrontare la chemio, abbiamo trascorso quasi ogni giorno insieme. C'è qualcosa che non va e mi sta uccidendo il fatto che mi tenga all'oscuro.»

«Non credo sia un affronto a te» disse Emily. «Dopo che Annie e io siamo state rapite, è stata meravigliosa. Ha cucinato per noi e ha tenuto Annie per diverse notti mentre io e Fletch cercavamo di farci una ragione per quello che era successo. Dalle un po' di tempo. Le amicizie forti come la vostra non finiscono. Sta solo cercando di capire il suo ruolo nella tua vita ora che hai Ghost.»

A Kassie andò di traverso il punch che stava bevendo e fissò Emily a occhi spalancati. *Lei* era Emily? *Quella* Emily? «Il tuo nome è Emily Grant?» le chiese.

Gli occhi di tutti si voltarono verso di lei mentre Emily rispondeva: «Lo ero. Ora sono Emily Fletcher. Mi sono sposata un paio di settimane fa.»

La sua testa turbinava di pensieri. Sapeva che quello era il gruppo di uomini che Richard odiava, ma non lo aveva ancora concretizzato davvero nella sua mente. Li aveva immaginati più rozzi, violenti e stronzi, ma finora erano stati tutti molto carini con lei. Non riusciva a conciliare la rabbia di Richard e Dean verso di loro, con le persone che le stavano di fronte.

«La conosci?» chiese Fletch confuso.

Kassie scosse la testa. «No, non proprio. Ma ho letto di te sul giornale» disse, cercando di trovare una ragione per il fatto che fosse a conoscenza del cognome di Emily, e che avesse senso per loro.

«Maledetti giornali» borbottò Fletch.

Emily fece un sorriso triste. «Sì, non avrei mai pensato di diventare famosa, e di certo non per essere stata rapita da un soldato psicopatico.»

«Ma stai bene? E tua figlia?» chiese Kassie, avendo bisogno di sapere.

Emily annuì. «Sì, stiamo entrambe benissimo. Annie pensa che sia stata un'avventura emozionante. Ho odiato quell'esperienza, ma grazie a Dio mia figlia è resiliente e ne è uscita ancor più avventurosa piuttosto che scombussolata.»

«Bene» disse Kassie in tono sincero. Più conosceva quelle persone, più aumentava l'ansia. Se avessero saputo perché era lì l'avrebbero odiata, e quel pensiero stava diventando sempre più ripugnante.

Uno scampanellio risuonò nella stanza e tutti gli uomini guardarono verso la porta.

«È il momento di mettersi in fila per le presentazioni» informò Blade.

«Bene. È la mia parte preferita della serata» ribatté Coach, mettendo il braccio intorno alla vita di Harley.

Kassie si irrigidì. Dio, le presentazioni. Le immagini di ciò che Richard le aveva fatto fare turbinavano nella sua testa. Ancora una volta, grazie a Google, sapeva che la sua versione era stata perversa e contorta, ma non riuscì a fare a meno di rabbrividire mentre ci pensava.

«Non è così brutto come pensi» le sussurrò Hollywood all'orecchio mentre le toglieva il bicchiere ormai vuoto dalla mano e lo metteva su un tavolo vicino. «Sarò accanto a te per tutto il tempo.»

Tutti iniziarono a camminare verso le porte e Hollywood tirò Kassie con sé. La sua mente ritornò a quella sera nell'appartamento di Richard.

Uscirono dalla stanza per tornare nella hall, dove si era formata una fila che andava verso una seconda sala da ballo più grande. Dopo averla percorsa tutta per le presentazioni, avrebbero cenato... se Kassie fosse riuscita a far entrare qualcosa nello stomaco. Era nervosa e incerta su tutto ciò che le stava accadendo intorno.

«Sei molto tesa. Stai bene?» le chiese Hollywood piano mentre si chinava per parlare accanto al suo orecchio.

Kassie annuì di scatto.

«Non credo che tu lo sia» replicò, e ancora una volta la girò in modo da vederla in viso. «Cosa c'è che non va?»

«Niente.»

«Kassie» la avvertì.

«È solo... ho avuto una brutta esperienza con la cerimonia di presentazione» sbottò.

«Cristo» mormorò Hollywood. «Che cosa ti ha fatto fare quel coglione al suo cosiddetto ballo questa volta?»

Beatle e Blade li affiancavano da entrambi i lati e Kassie non avrebbe voluto ammettere ciò che Richard le aveva fatto fare. Strinse con ansia le labbra poi alla fine disse, provando a scherzare: «Cos'è che si dice? Quando sei nervoso, prova a immaginare che tutta la gente davanti a te sia in mutande?»

Hollywood sospirò, come se si fosse reso conto che non gli avrebbe raccontato cos'era successo con il suo ex. «Quello si dice quando stai per tenere un discorso, Kass. La cerimonia di presentazione è un'altra tradizione che risale a molto tempo fa. È una cosa seccante e un po' arcaica, ma non c'è nulla di cui aver paura. Diremo all'aiutante i nostri nomi e ci annuncerà, poi cammineremo lungo la fila degli ufficiali di rango più alto e dei sottufficiali che partecipano stasera. Stringerai loro la mano, saluterai e proseguirai. Tutto qua. Questo è tutto ciò che accadrà.»

«Lo so.» Ed era vero, ma ciò non impediva ai ricordi di spuntare nella sua mente.

«Che cosa ti ha fatto fare?»

Si leccò le labbra nervosa, ma non rispose. Se allora aveva pensato di essere imbarazzata, non era niente in confronto al pensiero di confessare a Hollywood ciò che era stata costretta a subire.

«Dimmelo, così posso rassicurarti e puoi toglierti quell'espressione spaventata dal viso. La odio, tesoro. Odio che questa cosa ti stia terrorizzando. Vuoi andare via? Possiamo decisamente andarcene. In effetti, penso che lo faremo. Beatle, di' a Ghost che...»

«Mi ha fatto baciare tutti i suoi amici mentre percorrevo la fila.» sbottò Kassie.

Hollywood la guardò con una tale espressione di orrore sul viso che si affrettò a fare una battuta. «So che non è quello che succederà stasera. Voglio dire, riesci a immaginare l'aspetto che avrebbero gli ufficiali una volta finito, con tutto quel rossetto sul viso?»

«Per baciare, cosa intendi?» chiese Hollywood in tono letale. «Sulla guancia?»

Kassie scosse la testa.

«Un bacetto sulle labbra?»

Lei scosse di nuovo la testa e si morse il labbro. Si era davvero incazzato. Avrebbe dovuto tenere la bocca chiusa.

«Fammi capire bene. Ti ha fatto passare tutta la fila dei suoi amici e pomiciare con loro? Mentre lui era lì con te? Che cazzo di problemi ha?»

Hollywood aveva parlato a voce abbastanza alta, tanto che Blade e Beatle lo avevano sentito. Kassie guardò i loro volti e fece una smorfia. Sembravano inorriditi anche loro.

Si voltò verso Blade e disse in tono secco: «Torniamo subito.» Quindi afferrò la mano di Kassie e la tirò verso l'inizio della fila.

Presa dal panico, cercò di liberarsi dalla sua stretta, ma lui non la lasciò andare. «Hollywood, per favore, so che non è vero, è uno stronzo e...» Si interruppe quando oltrepassò la gente che aspettava sulla soglia della sala da ballo e la attirò da un lato, contro il muro. Si appoggiò alla parete e se la sistemò con la schiena contro il petto. Le mise le braccia attorno alla pancia e la tenne stretta a lui.

Poi si chinò per posare il mento sulla sua spalla e le disse all'orecchio. «Guarda, Kass. Ecco come si svolge la cerimonia di presentazione a un ballo dell'esercito. Come si svolge quella *vera*, non quella che ti ha fatto fare il tuo ex.»

Senza dire una parola, Kassie osservo a occhi spalancati. Le coppie e i soldati single si presentavano allo stesso modo all'ufficiale aiutante all'inizio della fila, e lui a sua volta diceva il loro nome quando salutavano la prima persona schierata. Poi la percorrevano, stringendo la mano a ognuno. Nessuno indugiava. Nessuno baciava nessuno. Tutti erano sorridenti ed educati. Era esattamente come l'aveva visto online.

Sentendosi ancora una volta umiliata per quello che aveva confessato a Hollywood e per quello che Richard le aveva fatto subire, Kassie iniziò a tremare. Lui le strinse le braccia attorno al corpo, impedendole di rompersi in un milione di pezzi per la mortificazione.

Portando le labbra all'orecchio ancora una volta, le disse con dolcezza, provocandole dei brividi quando il suo respiro caldo le sfiorò quel punto sensibile: «È ovvio che tutto ciò che quello stronzo del tuo ex ti ha detto e fatto fare è stata un'enorme stronzata. Ha abusato di te e ti ha usata, e questo non è accettabile, nel modo più assoluto. Mi dispiace tanto che ti sia successo, ma sono contento che tu sia stata abbastanza intelligente da cercare online e scoprire come si svolge un vero ballo, però mi dispiace comunque che tu abbia dovuto subire tutto quello. L'esercito crede nel rispetto, tesoro. Sì, possiamo essere degli stronzi senza peli sulla lingua, ma le tradizioni hanno lo scopo di onorare coloro che ci hanno preceduto. Non umiliare e insultare.»

Fece un sospirò e passò con delicatezza il naso sul lato del suo collo, proprio come aveva fatto lei prima. Kassie lo sentì inspirare profondamente prima di continuare: «Per niente al mondo permetterei a qualcuno di mancarti di rispetto. Quando sarai con me, nessuno ti toccherà. Nessuno ti bacerà. E di certo non starei vicino a te lasciando che accada.

Sono un po' possessivo quando si tratta delle mie ragazze.
Non condivido. Non ti condividerei *mai*.» Si raddrizzò e la
girò.

Il cuore di Kassie batteva troppo forte, ma le piaceva
essere tra le braccia di Hollywood. Invece di sentirsi in trappola, come succedeva con Richard, si sentiva protetta e al
sicuro.

Si chinò e le baciò delicatamente la fronte prima di chiedere: «Stai bene?»

«Mi dispiace, non era mia intenzione essere continua-
mente paranoica, stasera.»

«Non ti biasimo. Se avessi subito quelle cose, anch'io sarei
paranoico. Ma fidati di me quando dico che nulla di ciò che
accadrà stasera ti metterà in imbarazzo o umilierà. Mangeremo, poi ci saranno i discorsi che probabilmente ti annoie-
ranno a morte. Ci saranno brindisi per l'esercito, per Fort
Hood e per le nostre unità. Poi ci sarà il ballo. Un ballo piacevole e rispettabile. Nessuno dovrà togliersi i vestiti. Ok?»

Kassie sapeva che stava scherzando per farla rilassare, e lo
apprezzò. «Maledizione, e io che avevo messo i copri capezzoli e tutto il resto.»

Lui sorrise e scosse la testa divertito. Le passò l'indice sul
naso e disse: «Se ti preoccupa qualcosa, chiedimi pure. Non
riderò.»

«Lo farò. Anche se si sa che quando qualcosa è su Internet, deve essere vero. Non vedo l'ora di vedere la sfilata di
leoni, tigri e orsi che dovrebbe esserci alla fine di ogni ballo
dell'esercito.»

Lo sguardo sul viso di Hollywood non aveva prezzo, come
se sperasse che stesse scherzando, ma non ne fosse sicuro al
cento per cento. Kassie cercò di mantenere una faccia seria,
ma non ci riuscì. Dovette mordersi il labbro per evitare che le
sfuggisse un sorriso.

«Gesù» sospirò Hollywood «per un secondo ho pensato

che fossi seria. Ho capito che vicino a te dovrò stare sempre all'erta.»

«Ho la tendenza a scherzare quando sono nervosa» gli disse Kassie. «Cercherò di trattenermi.»

«Non farlo. Mi piace.» Si chinò e la baciò sulla fronte, poi le prese di nuovo la mano e tornarono nell'altra stanza per raggiungere il loro posto nella fila.

«Tutto ok?» chiese Truck quando arrivarono.

«Sì» rispose Hollywood.

«Voglio sapere cos'ha fatto quello stronzo del suo ex con le presentazioni?»

«No.»

«Te lo dirò più tardi» disse Blade a Truck, sembrando incazzato.

Kassie arrossì e si morse nervosa il labbro. Accidenti, quegli uomini dovevano pensare che fosse una completa idiota. Si trattenne a malapena dal fare una brutta battuta.

Si spostarono pian piano fino a quando arrivò il loro turno. Kassie osservò con attenzione Harley, Rayne, Emily e i loro uomini percorrere la fila. Poi fu la volta di Blade, Truck e Beatle.

«Continua a respirare, tesoro» mormorò Hollywood prima di dare il nome all'ufficiale aiutante.

Prima che lei se ne rendesse conto, avevano percorso la fila ed era tutto finito. Hollywood le aveva tenuto la mano sulla schiena per tutto il tempo, dandole il sostegno di cui non sapeva di aver bisogno per tenere a bada i suoi ricordi.

Ghost condusse il loro gruppo a un tavolo a un'estremità della stanza. «Dove volete sedervi?» chiese Rayne a nessuno in particolare.

Seguendo l'esempio di tutti, Kassie rimase accanto al posto che aveva scelto. Mentre la sala da ballo si riempiva e diventava più rumorosa, si sporse verso Hollywood e chiese: «Perché siamo ancora tutti in piedi?»

Senza dirle che era stupida per averlo chiesto o denigrarla, rispose alla sua domanda. «Aspettiamo che lo facciano le donne al tavolo d'onore. È considerato maleducato sedersi prima di loro.»

«Oh» mormorò. Alla festa di Richard aveva dovuto servirli, e non le era sembrato strano dato che lui si faceva sempre servire da lei e mangiava per primo, quindi non aveva fatto ricerche al riguardo.

Alla fine, le donne al tavolo d'onore si sedettero e di conseguenza i ragazzi offrirono la sedia alle proprie compagne. Sorrise mentre si sedeva con cura e Hollywood si accomodava accanto a lei.

Kassie prese il programma che si trovava sul tavolo per studiare i vari passaggi mentre la serata iniziava. Per prima cosa si alzarono per assistere alla presentazione della bandiera e rimasero in piedi per l'invocazione, e di seguito per fare vari brindisi.

Poi puntarono un riflettore su un tavolo vicino all'entrata della stanza. Era coperto da una tovaglia bianca e sopra c'era una rosa rossa in un vaso con un nastro giallo legato intorno alla parte superiore. Lo scenario era completato da un bicchiere rovesciato, una candela, un piatto che conteneva qualcosa e una sedia vuota.

Le luci si abbassarono e un uomo vicino alle porte cominciò a parlare.

«La stoffa bianca, simboleggia la purezza delle loro ragioni quando rispondono alla chiamata per servire la patria.

La rosa rossa ci ricorda la vita di quegli americani... e dei loro cari e amici che mantengono la fede mentre cercano le risposte.

Il nastro giallo è il simbolo della nostra continua incertezza, la speranza per il loro ritorno e la determinazione a ritrovarli.

Una fetta di limone ci ricorda il loro destino amaro; catturati e dispersi in una terra straniera.

Un pizzico di sale simboleggia le lacrime dei nostri dispersi e delle loro famiglie, che desiderano risposte dopo decenni di incertezza.

La candela accesa riflette la nostra speranza per il loro ritorno – vivi o morti.

Il bicchiere è rovesciato per la loro impossibilità di condividere un brindisi.

La sedia vuota è il simbolo della loro assenza. Osserviamo un momento di silenzio per gli eroi perduti.»

Nessuno si mosse nella grande sala da ballo. Nessuno tossì, nessuno disse una parola. Dopo qualche istante, l'uomo sul podio parlò ancora una volta.

«Ora alziamo i nostri bicchieri per brindare in onore dei soldati americani scomparsi in azione e i prigionieri di guerra, che i nostri sforzi per ritrovarli abbiano successo, e perché tutti coloro che ora servono la nostra nazione tornino a casa sani e salvi.»

Tutti nella stanza sollevarono un bicchiere e brindarono agli uomini e alle donne scomparsi. Kassie chiuse gli occhi per trattenere l'emozione che stava provando.

Sentì una mano sfiorarla e si voltò a guardare Hollywood.

Non disse nulla, ma la fissò come se potesse leggerle nella mente. Come se sapesse la cosa terribile che Richard aveva fatto. E come se ci fosse una forza nascosta che la obbligava a farlo, Kassie disse: «Prima di iniziare a mangiare all'evento del mio ex, quello lo chiamò il "tavolo dei traditori". Disse che la tovaglia bianca era lì perché era più facile far vedere il sangue versato a causa delle loro azioni, il piatto era vuoto perché non meritavano di mangiare, la rosa rappresentava le lacrime delle donne e dei bambini che piangevano la perdita della persona amata, il nastro giallo significava vendetta, e la sedia vuota perché non meritavano di sedersi al tavolo con la società civilizzata.»

La rabbia negli occhi di Hollywood era penetrante per la sua intensità, ma Kassie sapeva che non era diretta a lei.

«A quel punto del suo stupido evento, sapevo che era completamente fuori di testa. Tutti sanno cosa simboleggia un nastro giallo. Dovevano essere degli idioti totali per non saperlo. Il giorno dopo, quando ho fatto le ricerche sugli eventi ufficiali dell'Esercito, ho trovato una foto dell'esatta copia del tavolo che lui ha chiamato "dei traditori" e ho letto le parole che ha appena detto l'uomo qui.»

Si fermò e guardò di nuovo verso il simbolo straziante del tavolo vuoto. «Stasera è stato molto più bello sentirlo dire ad alta voce» sussurrò.

I discorsi continuarono, ma Kassie non riuscì a prestare attenzione. Sentì Hollywood appoggiarsi a lei e ancora una volta le sue labbra le sfiorarono l'orecchio mentre parlava.

«Vorrei poter avere un minuto da solo con il tuo ex. Kassie, ha deliberatamente falsato le tradizioni più onorate dell'esercito.»

«Sono imbarazzata di essere rimasta con lui per tutto quel tempo.»

«Non hai nulla di cui essere imbarazzata. È *lui* quello che dovrebbe esserlo per ciò che ha fatto, è *lui* che dovrebbe vergognarsi.»

«Mi dispiace per la cosa dei traditori» borbottò. «Anche se sapevo che non poteva essere vero, lo ha fatto sembrare molto credibile.»

Hollywood le mise un dito sul mento e la girò in modo che lo guardasse. «Non devi sentirti dispiaciuta di niente. Potrà anche averlo fatto sembrare credibile, ma tu sei stata abbastanza intelligente da capire che c'era qualcosa che non andava e ti sei documentata.»

Senza aggiungere altro, Hollywood posò la bocca sulla sua e le diede un bacio dolcissimo. Fu solo un breve tocco di labbra, ma fu il bacio più intimo che avesse mai ricevuto.

Kassie lo fissò a occhi spalancati, il respiro affannato.

«Ora sai.»

Lei annuì e si leccò le labbra. Kassie giurò di poter sentire il sapore di Hollywood su di loro, ma era stupido, non l'aveva nemmeno baciata davvero.

Vide le sue pupille dilatarsi, mentre le fissava le labbra.

Buon Dio. Lei, Kassie Anderson, lo stava eccitando. Stava eccitando quel bellissimo uomo che avrebbe potuto avere qualsiasi donna presente nella stanza. Non aveva idea di come comportarsi.

Tutti intorno a loro ripeterono le parole di un brindisi, strappandoli entrambi da quel momento intimo. Kassie si girò e sollevò il bicchiere, senza sapere a cosa o a chi stessero brindando, ma lo fece lo stesso.

Come quella serata potesse essere la peggiore e la migliore della sua vita era qualcosa che non avrebbe mai capito, ma era così. Sembrava piacere a Hollywood, piacere davvero, e anche lei aveva provato subito interesse per lui. Era comprensivo, dolce, divertente, galante, attraente e l'aveva baciata. Ma Kassie era lì solo per ottenere informazioni sugli uomini e le donne seduti al tavolo, che Richard avrebbe potuto usare contro di loro. Non sapeva cosa ne avrebbe fatto, ma se rapire una madre e la sua bambina non era stato abbastanza, *non voleva* sapere cosa avesse pianificato.

In quel momento, quando i camerieri iniziarono a portare i piatti di cibo, Kassie decise che doveva dire la verità a Hollywood prima della fine della serata. In tutta coscienza, non poteva continuare un'eventuale relazione con lui nascondendo un segreto così grande.

Non ne sarebbe stato felice, lo sapeva, ma sperava che dopo aver sentito perché l'aveva fatto, avrebbe capito.

Gli sorrise, in qualche modo grata che il suo ex ragazzo l'avesse ricattata affinché mandasse un messaggio al soldato seduto accanto a lei.

CAPITOLO SEI

HOLLYWOOD SORRISE alla donna tra le sue braccia. Dopo l'incomprensione all'inizio della serata, le cose si erano calmate una volta iniziata la cena. Non riusciva a credere che avesse accettato di partecipare al ballo con lui dopo l'esperienza con il suo ex. Che razza di coglione.

Kassie si era rilassata abbastanza da parlare apertamente con le altre donne. Aveva riso e scherzato anche con i suoi compagni di squadra. Tutto sommato, quello era il migliore appuntamento che avesse mai avuto. In realtà, per una volta, si era goduto uno dei balli ufficiali dell'esercito, il che era incredibile.

L'unica cosa strana della serata, a parte Kassie che aveva pensato di essere costretta a bere grog, era successa a metà della cena. Il telefono di Truck aveva squillato e lui si era alzato lasciando il tavolo non appena visto chi stava chiamando. Scusandosi, Hollywood lo aveva seguito, volendosi assicurare che andasse tutto bene.

Truck aveva parlato più con lui che con gli altri compagni di team, della sua situazione con Mary. Aveva ricominciato la chemioterapia, ma non l'aveva detto a Rayne. Entrambi gli uomini odiavano tenere quel segreto con la donna del loro compagno, ma Mary aveva supplicato Truck di non dire nulla.

Hollywood non era d'accordo con la linea di pensiero di Mary, ossia che quando aveva avuto il cancro la prima volta aveva portato via troppo tempo a Rayne e non voleva farlo di nuovo, ma non era lui a dover decidere.

Raggiunse Truck nella hall e sentì la fine della conversazione.

«... un'ora per venire lì. Starai bene fino ad allora? E Annie dorme? Bene. No, hai fatto la cosa giusta e no, non stai interrompendo nulla. Il ballo è comunque noioso.» Truck ridacchiò, ma Hollywood capì che non era divertito. «Mary, ti ho già detto che va bene. Hai fatto assolutamente la cosa giusta. Arrivo tra un'ora. No, non dirò il motivo per cui vengo a darti una mano a controllare Annie. Devi fidarti di me, ok?»

Abbassò la voce. «Non piangere, Mary. So che odi questa situazione, ma ce la farai come l'ultima volta. Non mi importa cosa dicono le statistiche, lo *batterai* una seconda volta. Sì, va bene. Vai a sdraiarti. Rilassati. Arrivo il prima possibile. Ciao.»

Non appena riattaccò, Hollywood chiese: «Mary e Annie stanno bene?»

«Sì. Annie dorme. Mary ha fatto la chemio ieri e non riesce a smettere di vomitare. È preoccupata di non poter seguire bene la bambina. Ha detto che se succedesse qualcosa, non riuscirebbe a reagire. Quindi vado lì e mi prenderò cura di entrambe fino a quando Fletch ed Emily torneranno a casa domani.»

Sapendo che c'era sotto molto di più tra Truck e la migliore amica di Rayne, Hollywood chiese: «Vuoi che lo faccia sapere a Em?»

«Lo faresti?»

«Ovvio.»

«Non dire loro della chemio» lo avvertì.

«Certo che no» replicò.

«Grazie. Lo apprezzo.»

«Sai cosa stai facendo?» Aveva dovuto chiederlo.

Truck annuì con fermezza. «Sì, so *esattamente* cosa sto facendo.»

«Mary non è stata molto gentile con te in passato.» Gli ricordò, anche se era qualcosa che senza dubbio sapeva.

«Senti, so che vi preoccupate per me, ma non è necessario. Quella volta Mary stava proteggendo Rayne. Era incazzata con Ghost e se l'è presa con me. Qualsiasi commento sarcastico mi abbia rivolto da allora non è stato perché non le piaccio.»

Hollywood guardò il suo amico, poi annuì. «Starà bene?»

«Cazzo sì, se avrò voce in capitolo» disse Truck con enfasi.

«Bene. Guida con prudenza. Ci vediamo.»

Tornò nella sala da ballo e comunicò al gruppo che Truck era tornato a casa per dare una mano a Mary con la piccola Annie. Dovette rassicurare Emily, Fletch e Rayne centinaia di volte sul fatto che non era niente di grave e che Mary e Truck avrebbero potuto prendersi cura di Annie fino al loro ritorno a casa il giorno successivo.

Ora era sulla pista da ballo con Kassie. Stava perfettamente tra le sue braccia e anche se non stavano davvero ballando, più che altro ondeggiavano, a lui non importava finché poteva tenerla stretta.

«Possiamo parlare?» gli chiese dopo che avevano danzato per diverse canzoni.

«Certo, tesoro.»

«Non qui. C'è un posto in cui possiamo fare una passeggiata o qualcosa del genere?»

Hollywood la guardò con preoccupazione. Non era mai una cosa positiva quando una donna diceva di voler parlare, e non gli piaceva affatto non riuscire a capire ciò che le stava passando per la testa in quel momento. Aveva pensato che lc rivelazioni su ciò che le era accaduto per mano del suo ex fossero finite. Si chiese quale altra tradizione dell'esercito avesse manipolato. Quell'uomo non gli piaceva nel modo più assoluto. Kassie aveva già manifestato molteplici emozioni, e adorava la donna rilassata e alla mano al suo fianco, non voleva che venisse turbata da nient'altro quella sera.

«Penso che ci sia un piccolo giardino fuori dalla hall. Potremmo andare lì.»

«Fantastico.»

La condusse fuori dalla sala da ballo, facendo un cenno con il mento a Coach mentre gli passava accanto, per fargli capire che sarebbe uscito per un momento. Potevano anche essere negli Stati Uniti, a un evento ufficiale, ma nessuno nella squadra perdeva mai l'atteggiamento vigile e il supporto reciproco. Aveva salvato la loro vita molte volte.

Oltrepassarono la hall e uscirono nel piccolo vialetto dietro l'hotel. C'erano delle luci appese agli alberi, che creavano un'atmosfera romantica ma sicura. C'erano alcune panchine lungo il percorso e Kassie andò dritta verso una e si sedette.

Hollywood la seguì, all'improvviso più nervoso di quanto non fosse stato tutta la sera. Aveva intenzione di chiederle un altro appuntamento a fine serata. Non solo voleva vederla ancora, ne *sentiva il* bisogno. La loro intesa era stata fantastica fin dall'inizio ed era stato felicissimo di scoprire che la donna divertente dietro le e-mail e i messaggi era esattamente la stessa anche di persona.

«Cosa devi dirmi?» chiese, prendendole una mano tra le sue. Gli sembrava già una cosa naturale tenere le sue dita, perennemente fredde, contro la gamba mentre erano seduti vicini. Non poteva fare a meno di quel contatto.

«Stasera mi sono divertita molto» iniziò Kassie. «E prima di dire qualsiasi altra cosa, voglio che tu sappia che mi piacerebbe vederti di nuovo.»

«Bene» replicò Hollywood soddisfatto. «Anch'io voglio rivederti.»

Gli fece un timido sorriso. «Non sapevo cosa aspettarmi stasera e sai della mia esperienza con la festicciola militare del mio ex. Anche se avevo fatto ricerche, non ero ancora abbastanza sicura di tutto.»

«Sono sorpreso che tu abbia accettato di venire. Soprattutto se pensavi di dover bere il grog» le disse con sincerità.

«A tal proposito» proseguì un po' riluttante. «Io...»

«Che c'è? Puoi dirmi qualsiasi cosa, Kass.»

«Ok, be', sai che ho un ex stronzo. Non è più nella mia vita, ma ha un amico che mi sta seguendo e rendendo la vita impossibile. Ho cercato di ignorarlo, ma non ha funzionato.»

Hollywood si irrigidì accanto a lei. «Ti sta stalkerando?»

Kassie scosse la testa. «Non proprio, ma ...»

«Se ti sta seguendo e non vuoi che lo faccia, ti sta stalkerando» le disse in tono duro. «Sei andata dalla polizia?»

«No. Ma ci andrò la prossima settimana.» Sollevò la mano libera e gli sorrise mentre continuava a guardarla con uno sguardo arrabbiato. «Giuro. Non posso più farcela da sola, ora me ne rendo conto, ma prima devo parlarne con la mia famiglia.»

«Vuoi che venga con te alla stazione di polizia?» le chiese, senza sapere come gli fosse uscita quella domanda, sapeva solo che odiava il pensiero che qualcuno molestasse la donna seduta accanto a lui. Non stavano esattamente uscendo insieme, ma tra loro c'era qualcosa, e gli importava di lei.

«Forse. Ma Hollywood, c'è di più.»

«Di più?»

«Sì» disse Kassie. «Allora, l'amico del mio ex mi sta infastidendo da circa un anno, loro due erano inseparabili da ragazzi. Ma devi sapere che quando ho iniziato a uscire con Richard, era dolce e gentile, è cambiato dopo essere stato in missione all'estero. Ha detto che c'è stata un'esplosione troppo vicino a lui o qualcosa del genere, che stava bene, ma l'ha scosso. Anche i dottori hanno detto che stava bene, ma non credo che fosse così. Quella cosa lo ha cambiato. Mi aveva chiesto di sposarlo, ma quando è tornato a casa era diventato cattivo, non era più lo stesso uomo che avevo frequentato. Ho cercato di essere comprensiva, l'ultima cosa che volevo fare era rompere con lui dopo che era stato ferito in missione, ma dopo la faccenda della festa a casa sua, ho dovuto farlo.

Il suo amico d'infanzia aveva cercato di arruolarsi nell'esercito insieme a lui, ma non ce l'ha fatta a superare l'addestramento di base. Però si sono allenati su un percorso che aveva preparato il mio ex, lo facevano giorno e notte e Richard gli ha insegnato tutto ciò che aveva imparato. Dopo essere tornato dall'estero, è riuscito in qualche modo a convincerlo a seguirlo in tutto ciò che diceva e faceva. Era come se fossero una setta o qualcosa del genere. Mi terrorizzavano. Entrambi. Ho provato a rompere con Richard, ma non me lo ha permesso.»

A Hollywood non piaceva per niente la storia che stava sentendo, ma rimase in silenzio e la lasciò continuare.

«Mi vergogno di ammettere che ho lasciato che la nostra relazione si trascinasse troppo a lungo, in parte perché speravo che sarebbe tornato ad essere l'uomo di cui mi ero innamorata, e credo anche perché avevo paura di cosa avrebbe potuto fare se avessi coinvolto la polizia ma, in linea di massima, non sapevo come venirne fuori. Quando era di stanza a Fort Hood per me sono stati tempi felici perché non dovevo preoccuparmi di lui, ma c'era sempre il suo amico Dean che mi teneva d'occhio. La situazione andò peggiorando nei mesi successivi. Il mio ex era pazzo, parlava di ogni sorta di cose assurde riguardo la vendetta e roba del genere.»

All'improvviso, Hollywood ebbe una brutta sensazione, gli si rizzarono i peli sulla nuca e si irrigidì.

«Ho provato così tante volte a dirgli che si stava immaginando tutto e aveva bisogno di andare dal medico, ma non mi ascoltava. Non andava mai bene quello che facevo, ed era sempre arrabbiato. Avevo paura di lui. Ho *ancora* paura di lui. Quando è andato in prigione, l'anno scorso, ho pensato di essere libera, di poter finalmente andare avanti con la mia vita.»

Lo aveva detto solo un paio di volte, ma alla fine Hollywood ebbe un'illuminazione. Sperava che fosse una coincidenza, ma aveva la brutta sensazione che non fosse così. Lasciò la mano di Kassie, sentendone la perdita ma ignorandola, e chiese: «Come si chiama il tuo ex?»

«Devi capire che a quel punto ero tanto spaventata da lui» gli disse con urgenza, asciugandosi le mani sulla gonna del vestito. «Dean mi stava ancora seguendo e passando messaggi da parte sua.»

«Qual è il cognome del tuo ex, Kassie?» chiese di nuovo.

«Jacks. Si chiama Richard Jacks» sussurrò.

«Gesù Cristo, cazzo» imprecò Hollywood.

«Lo so» ribatté in fretta Kassie, ora le sue parole uscivano a raffica. «Quando ha detto che avrei dovuto trovarti sul sito di appuntamenti, io non volevo, ma non avevo altra scelta. E non pensavo che mi saresti piaciuto così tanto.»

«Quindi mi stai spiando» disse Hollywood con voce piatta, tutti i bei sentimenti che provava per la donna seduta accanto a lui erano scomparsi.

Lei scosse la testa in modo frenetico. «No, non è affatto così. Io...»

«Mi hai mandato messaggi perché te l'ha detto Jacks, e sei diventata mia amica in modo da portarmi a invitarti qui stasera, per poi poter riferire a lui.»

«Più o meno, ma...»

Non la lasciò finire. «Che bella farsa» sbottò. «E io che pensavo di aver finalmente incontrato qualcuno a cui piacevo per come sono e non per il mio aspetto, invece scopro che è ancora peggio. Non sei migliore delle tizie che corrono dietro ai militari per la scopata di una notte.»

«Hollywood, no, io...»

«Allora, cosa riferirai, Kassie? Dirai al tuo ragazzo che Coach sta uscendo con qualcuno in modo che possa tormentare anche lei? Forse gli dirai di molestare Mary, che è la migliore amica di Rayne ed è vulnerabile.»

«No, ascolta. Non farei mai...»

«Risparmiami» disse a denti stretti Hollywood e si alzò in piedi, fissandola. «Non voglio ascoltarti. A essere sincero pensavo fossi diversa. Ero così incazzato quando mi hai raccontato della faccenda del grog e delle presentazioni. Ma era tutta una messinscena, no? Una storia che avete inventato perché mi sentissi dispiaciuto per te. Probabilmente ti sei scopata tutti i suoi amici, vero? Avete riso per quanto fosse spaventata la piccola Annie quando è stata drogata e rapita dalla sua auto? Forse hai pensato che fosse divertente che Emily venisse ricattata per tutti quei mesi e si sia ammalata perché non aveva abbastanza soldi per mangiare, dato che li stava dando a Jacks?»

«No! Dannazione, smetti di interrompere e ascoltami, non ho...»

«Perché dovrei ascoltarti?» Hollywood era inarrestabile. Era come se la vedesse attraverso una nebbia rossa. Non ricordava di essere mai stato così arrabbiato, in parte perché Kassie gli era piaciuta davvero tanto, e poi perché Jacks non aveva finito di creare problemi a lui e alla sua squadra. «Sei insieme a Jacks. Lui è in prigione e sta ancora cercando di rendere le nostre vite un inferno. Passagli un messaggio da parte mia e dei miei amici, ok? Digli di farsi sotto. Non importa cosa faccia, gli faremo comunque il culo. Jacks è un miserabile codardo e sarà sempre un perdente.»

Hollywood continuò a fissarla. Si era alzata anche lei e lo

stava fissando con le braccia avvolte intorno al petto.
Sembrava abbattuta e spaventata. Odiava vederla così, ma il
suo tradimento gli stava divorando l'anima.

«So che è un perdente» disse Kassie in tono sommesso. «È
quello che sto cercando di dirti. Se mi avessi lasciato finire
una frase, avresti...»

Anche solo ascoltarla parlare gli faceva male al cuore.
Non poteva lasciaglielo fare, perché avrebbe potuto dire
qualcosa che lo avrebbe fatto sentire in colpa e avrebbe
ceduto. I suoi amici erano più importanti di lei. «Perché
dovrei farmi dire altre bugie da qualcuno che ha ingannato
me e i miei compagni? Vai a casa e riferisci quel cazzo che
vuoi a Jacks. Ma Kassie − sempre se questo è il tuo vero
nome − se verrà torto un capello a uno dei miei, *te* la farò
pagare.»

Lei non provò a dire nient'altro, rimase lì a fissarlo mentre
lui la guardava con rabbia.

«Ora non hai più niente da dire?» la schernì.

«Tanto non hai intenzione di ascoltare nulla, quindi
perché dovrei preoccuparmi?» gli disse in tono piatto.

«Questa serata è stata un totale spreco di tempo» affermò
Hollywood amareggiato. «*Tu* sei uno spreco di tempo.» Poi si
voltò, per non vedere lo sguardo ferito sul suo viso mentre
quell'ultima affermazione colpiva nel segno. Tornò nell'atrio
dell'hotel e andò dritto agli ascensori, premette il pulsante
ribollendo di rabbia nell'attesa.

Doveva far sapere ai suoi compagni di squadra che Jacks
aveva ancora intenzione di vendicarsi con loro e che riusciva
senza problemi a coinvolgere altre persone dall'interno della
sua cella. Quando arrivò l'ascensore entrò e schiacciò il
numero per andare al suo piano.

L'ultima cosa che vide di Kassie Anderson fu la sua
schiena mentre usciva dalle porte dell'hotel, teneva la testa
chinata e le spalle curve. Di certo non sembrava una donna

orgogliosa delle sue azioni... ma ciò non cambiava il fatto che purtroppo lo aveva ingannato.

Hollywood si allentò il farfallino al collo e sospirò, all'improvviso stanco. Il suo corpo stava riassorbendo l'adrenalina, lasciandolo sfinito e angosciato. Trenta minuti prima era in cima al mondo, e ora si sentiva come se fosse stato torturato per giorni dai talebani.

Uscì dall'ascensore e mentre camminava lungo il corridoio verso la sua stanza, rifletté su cosa sarebbe successo l'indomani. Avrebbe lasciato la notte libera ai suoi amici, poi avrebbero dovuto capire cosa diavolo fare.

Jacks era tornato e avrebbe usato chiunque e qualsiasi cosa per ottenere ciò che voleva. Vendetta.

CAPITOLO SETTE

«Fammi capire bene» disse Ghost in tono incazzato. «Jacks è l'ex di Kassie, e ti ha contattato sul sito di appuntamenti online per cercare di avere informazioni su di noi da passare a quel figlio di puttana?»

«Sì» disse Hollywood a denti stretti.

«Sei sicuro?» chiese Coach. «A essere sincero non mi ha dato l'impressione che fosse quel tipo di persona.»

«Sono sicuro. Me l'ha detto lei stessa» confermò al suo amico. «Non volevo crederci nemmeno io.»

I sei uomini si trovavano nella camera d'hotel di Hollywood, a discutere di ciò che aveva scoperto la sera prima su Kassie e il loro vecchio nemico Jacks.

Rayne, Emily ed Harley dormivano ancora quando Hollywood aveva mandato il messaggio ai suoi compagni di squadra, affinché si incontrassero. Truck era a Temple, ma lo avrebbero aggiornato una volta tornati a casa.

«Non capisco» intervenne Beatle. «Cosa sperava di scoprire da lei? Non è che tu vada in giro a parlare delle nostre missioni e cose del genere. Quindi cosa? Avrebbe dovuto riferire ciò che hai mangiato a cena e come baci?»

Hollywood si passò una mano tra i capelli e scrollò le spalle. Avrebbe voluto essere più perspicace e baciarla, baciarla *davvero* invece di limitarsi a un tocco di labbra, prima che sganciasse la bomba. «Non ne ho idea, cazzo. Chi diavolo può saperlo con Jacks. Ma mi fa incazzare che mi stesse usando.»

«Non sembrava che lo stesse facendo» disse calmo Fletch. «In effetti, dal modo in cui le stringevi la mano, pensavo che aveste un bel feeling.»

«Perché non sei incazzato?» sbottò Hollywood. «*Tua* moglie e *tua* figlia sono state rapite da quel coglione, dovresti essere fuori di te per il fatto che Kassie abbia provato a spiarci.»

Fletch si sporse in avanti e lo fissò con uno sguardo che non riuscì a interpretare. «So che Jacks ha puntato una pistola alla testa a mia moglie, ne sono *pienamente* consapevole, e ho desiderato centinaia di volte che Rock avesse ficcato un proiettile nel cervello di quel coglione. Ma, Hollywood, era *Jacks* che impugnava la pistola. Non Kassie. La donna che ho incontrato la scorsa notte non credo potrebbe ferire neanche una mosca. Emily mi ha detto che quando sono andate in bagno ha ridacchiato e riso con loro come se non avesse una preoccupazione al mondo. A Em è piaciuta, e mi fido del suo giudizio, al cento per cento.»

Hollywood scosse la testa, per niente convinto. «Ha mentito, amico. L'unica ragione per cui mi ha inviato quei messaggi è perché stava cercando di ottenere informazioni.»

«Forse all'inizio. Ma perché ha *continuato* a scriverti? Avrebbe potuto dire a Jacks che non avevi abboccato, o che non sembravi interessato a lei. Ma a quanto pare non lo ha fatto, ha continuato a inviarti e-mail» insistette Fletch.

«Perché aveva bisogno di informazioni!» gridò Hollywood.

Fletch si appoggiò allo schienale della sedia e scosse la testa. «Non credo.»

«Cazzo, non posso crederci» borbottò.

«Perché ti ha parlato di Jacks?» chiese Ghost, la rabbia mostrata in precedenza era scomparsa.

«Chi cazzo lo sa!» sbottò Hollywood.

«No, sul serio» insistette Ghost. «Stavate legando. Vi siete tenuti per mano tutta la sera. Ti teneva in pugno. Puoi dire in tutta onestà che non l'avresti portata in camera tua se avesse dato il minimo indizio che fosse ciò che le interessava?» chiese. «Perché ti avrebbe parlato di Jacks se le cose andavano così bene?»

Rimasero tutti in silenzio per un momento, poi Hollywood azzardò: «Perché si sentiva in colpa.»

«Sì» concordò Ghost. «Quello di sicuro. Ma non era comunque obbligata a dirti qualcosa. Avrebbe potuto mettere fine alla serata, tornare a casa e inventarsi qualche scusa per non rivederti se si fosse davvero sentita in colpa per le sue azioni. Invece ha confessato ciò che ha fatto. E dato che siamo sull'argomento... perché ha *assecondato* le richieste di Jacks?»

Hollywood fissò il suo amico. La domanda sembrava rimbombare nel suo cervello. *Perché?* Si portò le dita sulla fronte e si massaggiò il punto che gli faceva male dalla sera prima, da quando aveva scoperto cosa aveva fatto Kassie.

«Ti ha spiegato perché?» lo esortò Beatle.

Hollywood provò a ripensare alla sera precedente. «Ha detto che Jacks aveva un amico – Dean, mi pare fosse il nome – che non è riuscito a superare l'addestramento di base ma aveva imparato da Jacks tutto ciò che concerne la formazione militare, e che la stava seguendo. Quando ho capito che era il suo ex e lei ha ammesso ciò che aveva fatto, non le ho proprio dato la possibilità di spiegare.»

«La sta minacciando» disse Fletch senza il minimo dubbio nella voce.

«È dietro le sbarre» gli ricordò Hollywood.

«Ma il suo amico no» aggiunse Ghost.

«Dannazione» imprecò. E all'improvviso si sentì *lui* in colpa. Era stato ingannato, ma in un certo senso si sentiva comunque in colpa per non aver ascoltato la spiegazione di Kassie.

«Tieni vicini i tuoi amici e ancor più i tuoi nemici» disse in tono piatto Blade.

«Che cosa?» domandò Hollywood.

«Tieni vicini i tuoi...»

«Ti ho sentito, coglione» lo interruppe. «Di che cazzo stai parlando?»

«Se Jacks sta ancora pianificando qualsiasi punizione spera di infliggerci... non vorremmo dalla nostra parte qualcuno che ha un contatto con lui, che ci dia informazioni? Non vorremmo che Kassie ci aiutasse a capire che cos'ha in serbo e chi lo sta aiutando? Altrimenti andremo alla cieca, con il rischio di ritrovarci in un casino irrimediabile.»

«Questa situazione è già irrimediabile» disse Hollywood in tono secco. «Ma hai ragione.»

«Dovresti inviarle un'e-mail» suggerì Ghost. «Dille che ti dispiace e che le vorresti parlare.»

«Quindi dovrei mentirle come ha fatto lei con me?» chiese al suo amico.

«*Sarebbe* mentirle?» Ghost rispose pronto, con una perspicacia inquietante.

Cazzo. Voleva bene ai suoi compagni e gli piaceva che a volte sembravano leggersi nel pensiero, ma in quel momento era molto fastidioso. Avrebbe voluto tenersi aggrappato alla sua irritazione. Gli sarebbe piaciuto che i suoi amici dicessero che Kassie era stata orribile e che ciò che aveva fatto era imperdonabile. Invece avevano usato la logica costringendolo davvero a pensare a ciò che probabilmente stava affrontando.

Prima di riuscire a rispondere a Ghost, il telefono di

Hollywood suonò con la notifica di una nuova e-mail. Lanciò un'occhiata al cellulare, batté le palpebre e guardò di nuovo. «Cazzo» disse sottovoce.

«Che c'è?» chiese Blade preoccupato. «È Truck? Una delle donne? Annie?»

«No. È Kassie. Mi ha mandato una mail.»

Quando non si mosse, ma continuò a fissare lo schermo, Ghost ordinò con impazienza: «Forza. Leggila.»

Hollywood annuì e la aprì. Rimasero tutti zitti mentre leggeva silenziosamente le parole che Kassie aveva scritto.

Quando finì e chiuse gli occhi, Ghost disse: «Ti dispiacerebbe condividere? Se si tratta di Jacks, riguarda tutti.»

«Lo so» disse Hollywood, passandosi una mano tra i capelli. Era passato dall'essere arrabbiato quando aveva iniziato a parlare della situazione con i suoi amici, a frustrato e confuso in un batter d'occhio. «È arrabbiata. E ne ha tutto il diritto. Sono stato uno stronzo.»

«Non credo...» iniziò Coach, ma Hollywood lo interruppe.

«No, è così. Apprezzo il supporto, ma non l'ho lasciata parlare. Ho continuato a interromperla, ero incazzato perché mi piaceva e mi sentivo umiliato dal fatto che fosse sembrata interessata a me solo a causa di Jacks.»

«Che cos'ha scritto?» chiese Ghost.

Hollywood si schiarì la gola e lesse l'e-mail di Kassie ai suoi amici.

Da: Kassie
Oggetto: Mi dispiace

Mi dispiace. Continuerò a dirlo fino a quando non mi ascolterai. Mi dispiace. Mi dispiace tanto.

Mi dispiace, ma sono anche un po' arrabbiata. Con te.

Non ero obbligata a raccontarti di Richard. Non ero obbligata a confessare il motivo per cui avevo cominciato a inviarti messaggi, ma l'ho fatto. E non hai voluto nemmeno ascoltarmi quando ho cercato di darti una spiegazione.

Richard mi ha picchiato. Mi ha ferita. Tanto che avrei fatto qualsiasi cosa per evitare che accadesse di nuovo.

Mi ha fatto baciare i suoi schifosi amici.

Mi ha fatto bere quella merda che ha chiamato grog.

Ha inventato tradizioni dell'esercito come il maledetto "tavolo dei traditori", e ha preteso che gli credessi ciecamente.

Non mi sono mai sentita al sicuro con lui dopo che era stato ferito. Nemmeno una volta.

Ma mi sentivo al sicuro con te. Anche dopo averti conosciuto solo per un paio d'ore, sapevo che non mi avresti mai fatto del male. Ma poi l'hai fatto. Non hai usato i pugni, ma mi hai comunque ferita.

Vuoi sapere perché ho cominciato a scriverti?

Perché l'amico di Richard, Dean, sta minacciando la mia sorellina. Non mi importerebbe se minacciasse me; non sarebbe una novità. Lo fa sempre. Ma sta seguendo Karina. Mi ha detto che se non ti avessi contattato e cercato di ottenere informazioni da te (quali informazioni? Che sei sexy con l'uniforme? Quegli idioti non saprebbero pensare a un buon piano nemmeno se glielo sbattessero in faccia), avrebbe fatto sparire Karina e non l'avrei più rivista.

QUELLO, era qualcosa che non potevo ignorare. Se le mie decisioni si ritorcessero contro di me, sarebbe una cosa, ma se Dean dovesse far del male a Karina, non riuscirei mai a perdonarmi.

Ecco perché l'ho fatto.

Anche se ero riluttante a obbedire a qualsiasi cosa mi

dicessero quei due, l'ho dovuto fare. Ma tu hai fatto sì che mi fidassi di te. Mi hai fatto pensare che per una volta avrei avuto qualcuno dalla mia parte. Sapevo che ti saresti arrabbiato, e non posso biasimarti per questo, ma se almeno mi avessi ascoltato e *poi* avessi deciso che non volevi avere niente a che fare con me, sarebbe stata una cosa. Invece non mi hai dato la minima possibilità.

Per quel che vale, mi dispiace averti contattato per le ragioni sbagliate, ma dopo che hai risposto, ho continuato a scriverti perché mi piacevi.

Spero che tu e i tuoi amici siate prudenti. Richard è (ovviamente) ancora incazzato con tutti voi. Non so cosa stia pianificando, ma sono abbastanza sicura che sia qualcosa che comporti che siate tutti morti e sepolti. Anche se sono turbata, triste e arrabbiata con te, odierei saperti morto. Perciò stai attento.

In bocca al lupo.

- Kassie

Chiamatelo pazzo, ma Hollywood non riuscì a fare a meno di sentirsi orgoglioso di lei. Quando non le aveva dato la possibilità di scusarsi, avrebbe potuto rintanarsi in casa e non parlargli mai più. Invece lo aveva contattato, pur non sapendo se avrebbe respinto la sua mail come aveva fatto con lei la sera prima. Anche dopo essere stata maltrattata da Jacks e dal suo amico, non aveva avuto paura di affrontarlo. Si era comportato da stronzo, anche se la sua reazione a ciò che le aveva rivelato era giustificata, ma avrebbe dovuto almeno ascoltarla. Gli piaceva la sua caparbietà e che si fosse rifiutata di lasciar perdere.

Quello che *non* gli piaceva era che Jacks stesse usando il suo amico per ricattare qualcun altro. Era già stato spiacevole che lo avesse fatto a Emily. Dovevano mettere fine a quella situazione. Tipo Ieri. Si alzò in piedi.

«Vai a casa sua?» chiese Ghost.

«Vorrei farlo, sì. Ma prima devo scoprire dove abita.»

Ghost gli sorrise. «Lo chiederai a Beth?»

«Sì» rispose senza provare rimorso. Trovare un indirizzo avrebbe dovuto essere un gioco da ragazzi per l'hacker che avevano avuto modo di conoscere negli ultimi mesi.

«Hai bisogno di supporto?» chiese Blade. «Ti ha fatto a pezzi. Farebbe un po' paura anche a me.»

Hollywood lanciò un'occhiataccia al suo amico, che aveva un sorriso che andava da un orecchio all'altro. «No.»

«Vuoi che metta sotto Tex o Beth per trovare informazioni su questo Dean?» gli domandò Coach.

«Assolutamente, cazzo» gli rispose Hollywood. «Dobbiamo anche capire come fa a comunicare con Jacks. Le sue lettere dovrebbero essere monitorate, così come le telefonate. Nessuno di voi conosce qualcuno a Leavenworth?»

Tutti scossero la testa e Ghost disse: «Proverò a sentire Truck. Sembra avere connessioni ovunque.»

«Grazie. Ora, se non vi dispiace, devo andare a strisciare ai piedi di una donna.»

I suoi amici gli sorrisero.

«Sul serio, Hollywood» disse Fletch. «Fammi sapere se hai bisogno di qualcosa. Em vuole visitare la Sesta Strada, quindi sarò qui per alcune ore.»

«Lo farò. Ora ho solo bisogno di capire come diavolo farò a tenere al sicuro Kassie, dato che vive a un'ora di viaggio da me. E sua sorella. E a toglierci dai piedi Dean. E a far capire a Jacks che non dovrà mai più nemmeno *pensare* alla sua ex fidanzata» mormorò Hollywood.

«Ehi... è Kassie il motivo per cui mi hai chiesto se il mio appartamento era disponibile?» chiese all'improvviso Fletch.

Hollywood scrollò le spalle, un po' imbarazzato. «Una volta ha detto che stava cercando di andarsene da Austin.»

Fletch si alzò, si avvicinò a lui e gli mise una mano sulla spalla. «Se dovesse averne bisogno o lo volesse, è suo. Per tutto il tempo necessario.»

«Anche se Jacks è il suo ex?» Era una domanda stupida, ma doveva sapere se Fletch le avrebbe portato rancore.

«*Soprattutto* perché Jacks è il suo ex. Sono più che consapevole di come quel bastardo possa rovinare la vita delle persone. Dopo ciò che è successo a Em, e poi il fatto che quegli stronzi abbiano cercato di derubarci al ricevimento di nozze, la mia casa è sicura come Fort Knox. Nessuno scoreggia sulla mia proprietà senza che io lo sappia e mi venga notificato dall'app del telefono.»

Hollywood ridacchiò. «Grazie amico, lo apprezzo. Non so se ne avrà bisogno o se lo vorrà, ma è bello sapere che c'è quella possibilità.»

«Qualsiasi cosa per te. Magari non abbiamo lo stesso sangue, ma di sicuro siamo fratelli.»

Un coro di *Hooah* risuonò nella stanza e Hollywood sorrise tra sé, pensando a ciò che Kassie aveva detto su quella parola.

«Ora» disse, tenendo aperta la porta della camera «tutti fuori, così posso andare a scusarmi con Kassie.»

Una volta usciti tutti e dopo aver ricevuto un messaggio da Beth con l'indirizzo, cercò di pensare a cosa le avrebbe detto... e fallì. Si era scusata con lui, ma in realtà avrebbe dovuto essere Hollywood a chiedere scusa a *lei*. Gli era permesso essere arrabbiato, ma non era stato un comportamento corretto non averla lasciata spiegare. E sapere che aveva agito in quel modo perché la sorella era stata minacciata, lo faceva solo sentire peggio.

Se qualcuno avesse minacciato sua sorella Jade, avrebbe fatto tutto il necessario per tenerla al sicuro. Hollywood sapeva che avrebbe dovuto iniziare chiedendo perdono a Kassie per non averla ascoltata la sera precedente, poi avrebbe dovuto aiutarla a capire come usare il desiderio di vendetta di Jacks contro di lui. Se l'uomo non avesse saputo che Kassie gli aveva raccontato tutto, avrebbero potuto usarlo per capire cosa aveva pianificato, e sconfiggere lui e il suo coglione di amico.

CAPITOLO OTTO

KASSIE ERA ESAUSTA. Era domenica pomeriggio inoltrato e non aveva dormito molto la notte prima, dopo essere tornata dal ballo; troppi pensieri per la testa. Il suo umore si era alternato tra momenti di tristezza, disperazione e totale rabbia. Hollywood non le aveva nemmeno dato la possibilità di parlare, di dirgli perché aveva assecondato lo stupido piano di Richard e Dean.

Probabilmente si sarebbe comunque incazzato e se ne sarebbe andato via, ma almeno avrebbe conosciuto tutti i fatti. Sapeva di essere turbata in parte anche perché lui le piaceva, tanto, e invece l'aveva delusa. Almeno una volta nella sua vita avrebbe voluto avere un protettore. Qualcuno che le stesse vicino, le stringesse la mano e in generale, le dicesse che le cose sarebbero andate bene. Non aveva mai avuto una cosa del genere. Pensava di averla con Richard, ma poi quella stupida esplosione mentre era oltreoceano aveva rovinato tutto.

Quando quella mattina si era trascinata fuori dal letto, non solo era triste per ciò che le era sfuggito dalle mani, vale a dire il primo uomo che le fosse veramente piaciuto dopo il suo ex, ma anche un po' delusa. Quindi aveva inviato a una mail a Hollywood. Si era scusata, ancora una volta, e gli aveva detto ciò che le aveva impedito di spiegare la sera prima.

Poi si era fatta coraggio ed era uscita per fare ciò che avrebbe dovuto fare da molto tempo.

La sua prima fermata era stata la casa dei suoi genitori. Era giusto che Jim e Donna Anderson sapessero esattamente ciò che stava succedendo, da circa due anni, nella vita della loro figlia maggiore. Dovevano sapere che tipo di uomo fosse Richard Jacks.

All'inizio erano stati comprensibilmente scioccati. A suo padre era piaciuto Richard quando lo aveva conosciuto. Non lo aveva visto molto dopo l'incidente, e non aveva voluto credere a ciò che i giornali dicevano avesse fatto a Emily e a sua figlia. Ma ascoltare Kassie raccontargli quanto fosse stata infelice verso la fine della loro relazione, e degli abusi verbali e fisici subiti, era stato un duro colpo.

Lei era la sua primogenita. La cocca di papà. E anche mostrargli le mail e i messaggi di Dean, che si supponeva arrivassero dal suo complice, era stata dura. Davvero dura.

Purtroppo aveva anche dovuto dire loro che il pericolo non era passato e che stavano minacciando Karina. A quel punto suo padre era andato un po' fuori di testa, aveva iniziato a camminare avanti e indietro per la stanza, sbraitando sul fatto che nessuno avrebbe mai messo le mani sulle sue bambine. Era sollevata che i suoi genitori prendessero sul serio la minaccia. Sapeva di essere stata una stupida a non aver spiegato prima la situazione.

Poi aveva dovuto dire a sua sorella che qualcuno la stava spiando. Il terrore sul viso di Karina l'aveva quasi distrutta. Ecco perché non aveva detto nulla prima. Odiava che la sua sorellina dovesse sopportare tutto quello. Frequentava l'ultimo anno di liceo, e tra un paio di settimane ci sarebbe stato il ballo degli studenti. Non avrebbe dovuto preoccuparsi di nient'altro che dell'università che voleva frequentare il prossimo anno, delle coreografie da cheerleader e dei voti.

Kassie se n'era andata dopo che Karina le aveva promesso di stare attenta e le aveva assicurato che in seguito, avrebbero parlato meglio di tutta la situazione.

Quindi, era andata alla stazione di polizia per denunciare le molestie. Non c'erano prove che Richard fosse coinvolto da quando era dietro le sbarre, ma almeno l'avevano ascoltata e fatto la copia di tutti i messaggi e le mail in suo possesso, dicendole di essere ancora più vigile, di informarli se fosse successo altro e consigliato di chiedere un ordine restrittivo.

Aveva promesso di valutare l'opzione, ma per il momento era soddisfatta del fatto che se fosse successo qualcosa a lei o a sua sorella, la polizia avrebbe avuto qualcosa da cui partire.

Non aveva mangiato niente quella mattina a causa dell'ansia e ora stava morendo di fame, ma voleva solo tornare a casa dopo aver avuto a che fare con il detective. Karina le aveva mandato messaggi tutto il giorno, preoccupata per la situazione, e tutto ciò che Kassie voleva fare era strisciare a letto e tirarsi le coperte fin sopra la testa.

Trovò un posto nel parcheggio del suo complesso di appartamenti e si guardò intorno. Non vedeva nulla che sembrasse fuori posto, ma d'altronde, Dean poteva essere all'interno di una qualsiasi delle macchine e non lo avrebbe mai saputo.

Rabbrividì, odiava essere così paranoica, ma fece un respiro profondo e aprì la portiera. Anche se non si sentiva coraggiosa, poteva fingere. Prese la borsetta e la tracolla che conteneva le prove che aveva portato in giro per tutto il giorno, e scese dall'auto. Usò l'anca per chiudere la portiera, premette il tasto del telecomando sul portachiavi per bloccare la serratura e si diresse rapidamente verso l'entrata del suo condominio.

Prese le scale come al solito, e si bloccò quando aprì la porta che dava sul corridoio del secondo piano.

Hollywood era appoggiato al muro accanto all'entrata del suo appartamento. Aveva le caviglie incrociate, le braccia sul petto e la testa abbassata come se stesse dormendo.

Per un secondo, pensò di voltarsi e scappare; non l'aveva ancora vista. Ma poi fece un respiro profondo. No. Non aveva fatto nulla di male ed era stanca di aver paura tutto il tempo. Non pensava di avere la forza di subire un rimprovero al momento, ma pazienza. Quella era la sua vita; se l'era cercata, quindi doveva affrontare le conseguenze delle sue azioni.

Camminò lungo il corridoio a testa alta. Non aveva fatto più di cinque passi quando Hollywood sollevò la sua e la trafisse con lo sguardo mentre si avvicinava a lui.

Kassie non riuscì a interpretare l'emozione che vide nei suoi occhi. Era esausta, e il pensiero di affrontare un'altra arringa di Hollywood le fece venire voglia di piangere. Nonostante tutti i discorsetti interiori sull'essere forte, al momento non lo era. Abbassò lo sguardo sulle chiavi e armeggiò finché non trovò quella dell'appartamento.

Passò davanti a Hollywood senza dire una parola, e infilò la chiave nella serratura.

«Come hai fatto a scoprire dove vivo?» chiese, decidendo di passare all'offensiva.

«Ho un amico hacker» disse tranquillo, come se non avesse appena ammesso che qualcuno aveva infranto la legge per trovare il suo indirizzo. «Possiamo parlare?» le domandò a bassa voce.

«Penso che tu abbia detto tutto ciò che dovevi ieri sera» gli disse, orgogliosa di riuscire a non far tremare la voce.

«Sono stato un coglione» ammise con schiettezza. «Avrei dovuto ascoltarti. Sono contento che tu mi abbia scritto quella mail.»

«Urrà. Sono grande!» borbottò Kassie mentre girava la

chiave e apriva la porta. Si voltò verso Hollywood vicino alla sua soglia e lo fissò, sperando che anche la sua espressione parlasse forte e chiaro. «Sei perdonato. Ora vattene.»

Sarebbe andato tutto bene se non l'avesse toccata. Avrebbe potuto chiudergli la porta in faccia e andare avanti con la sua serata.

Ma prima che potesse fuggire dentro, le mise una mano sul braccio e disse con dolcezza: «Per favore, permettimi di entrare così possiamo parlare. Ti sto aspettando da prima dell'ora di pranzo.»

Lei lo guardò scioccata, cercando di ignorare il calore delle sue dita sul braccio. «Sei stato qui tutto il giorno?»

«Sì. Sei ore.»

Kassie fece un profondo sospiro e chiuse gli occhi, cercando di ritrovare la rabbia provata quella mattina quando gli aveva mandato la mail. Solo che non aveva più energia. «Va bene. Ma sono davvero stanca, quindi dovrai essere veloce.»

Hollywood annuì, ma non disse nulla.

Kassie spostò il braccio per far sì che la sua mano cadesse ed entrò nell'appartamento. Lui la seguì e sentì i suoi occhi su di lei mentre gettava le chiavi in una ciotola su un tavolo, appena dentro la porta. «Per favore, chiudila» gli disse, sempre senza guardarlo e proseguendo dentro casa.

Non era chissà che, ma era conveniente. C'era una cucina piccola ma funzionale, un divano, un tavolino, una televisione di discrete dimensioni e una libreria piena di volumi. Quando la sua vita andava di merda, ricorreva sempre ai libri per riuscire ad andare avanti. Le foto della sua famiglia erano ovunque, così come le prove che lì viveva una donna poco ordinata.

C'erano dei dépliant sul tavolino, piatti sporchi nel lavandino, una coperta appallottolata all'estremità del divano e lì accanto sul pavimento, due paia di scarpe abbandonate a caso e candele bruciate a metà qua e là. Kassie

decise di infischiarsene. Pazienza, non è che lo avesse
invitato.

Lasciò cadere sul pavimento accanto al divano la borsetta
e la tracolla con le prove che aveva mostrato al detective e ai
suoi genitori, poi si sedette, sentendo come di avere il peso
del mondo addosso. Non era esattamente l'atteggiamento
forte e di una che non si lasciava mettere i piedi in testa che
avrebbe voluto mostrare a Hollywood, ma al momento non ce
la faceva.

I cuscini grigi di pelle scamosciata la avvolsero e sospirò di
sollievo. Il divano era stata una delle prime cose che aveva
comprato quando si era trasferita, e non si era pentita dell'acquisto nemmeno per un secondo. Era costato parecchio, ma
era estremamente comodo e proprio ciò di cui aveva bisogno
in quel momento.

Chiuse gli occhi, e fece finta di essere sola. Fece finta che
la sua vita non fosse finita nel cesso. Che sua sorella non
avesse pianto a dirotto dopo aver scoperto che uno stronzo
inquietante e viscido la stava spiando e voleva farle del male.

«Posso prenderti qualcosa da bere?»

La voce di Hollywood fece scoppiare la piccola bolla di
solitudine dentro cui stava fingendo di essere. Aprì gli occhi,
girò la testa, e lo vide in piedi accanto al bracciolo del divano
che la guardava preoccupato.

«No. Vogliamo chiudere la faccenda?»

Hollywood fece il giro del tavolino basso e si sedette
accanto a lei. Si voltò e le prese la mano e intrecciò le loro
dita come aveva fatto la sera prima. Solo che ora, invece di
sentirsi al sicuro, si sentì in trappola.

Provò a tirar via la mano, ma lui la strinse di più. «Rilassati, Kassie.»

«Rilassarmi? Impossibile.» Tirò di nuovo, frustrata poiché
non la mollava. «Non so cosa vuoi che dica. Lasciami andare,
Hollywood.»

«No. E non devi dire nulla. Lo devo fare *io*. Sono stato uno stronzo ieri sera. In mia difesa devo dire che mi hai sorpreso, ma non è una scusa. Devi capire che considero Jacks alla stessa stregua di un terrorista dell'ISIS, di un talebano, di un'estremista... dinne uno. Sul serio, è così che lo vedo. Ed ero lì, a godermi il nostro primo appuntamento, chiedendomi come diavolo fossi riuscito a trovarti, amando quanto sembrassi perfetta per me, quando hai sganciato la tua piccola bomba.»

Kassie borbottò e tirò più forte, e Hollywood si limitò a stringere di più. Non voleva proprio sentire ciò che aveva da dire e cercò di togliergli le dita dalla mano, ma lui mise l'altra su entrambe, fermandola. Parlò più in fretta, come se avesse percepito che era sul punto di crollare.

«Non posso negare di essere stato incazzato, ma più che altro perché credevo che avessimo una connessione. Poi questa mattina mi sono svegliato e ho provato la sensazione di aver perso qualcosa di prezioso. Di aver fatto un grosso errore. Ho parlato con i miei amici e mi hanno aiutato a capire quello che già sapevo. Kassie...» Fece una pausa e la guardò negli occhi. «So che non eri obbligata a dirmi perché mi hai contattato la prima volta. Il fatto che tu me l'abbia rivelato mi dimostra quanto sei onesta. Se ti avessi dato la possibilità di spiegarti, ieri sera, so che avrei superato i miei problemi e mi sarei reso conto di quanto fossi davvero coraggiosa.»

Kassie chiuse gli occhi, temeva che avrebbe ceduto. Era aggrappata a un filo. Tutta la giornata era stata troppo. Sentì le sue dita infilarle una ciocca di capelli dietro l'orecchio mentre continuava.

«Mi dispiace che tu abbia vissuto oppressa dalle minacce di Jacks. Mi dispiace che ti abbia messo le mani addosso. E mi dispiace davvero tanto che tu abbia a che fare con il suo amico. Lascia che ti aiuti, Kassie.»

«Perché?» sussurrò.

«Voi sapere perché voglio aiutarti?» le chiese.

Annuì e aprì gli occhi. Doveva vedere il suo viso mentre rispondeva, così sarebbe stata in grado di dire se era sincero o se la stava prendendo in giro.

Non esitò a guardarla dritto negli occhi mentre diceva: «Perché non ho mai sentito una connessione come questa con un'altra donna. Un anno fa avrei potuto non comprendere l'intesa che abbiamo, ma ho visto i miei amici sperimentare il vero amore, il cuore mi dice la stessa cosa e non sono disposto a rinunciarci. In passato, se una donna mi avesse detto di aver compiuto le tue stesse azioni, l'avrei mandata al diavolo e non ci avrei più pensato. Ma con te non posso proprio farlo. In qualche modo ti sei insinuata dentro di me e hai messo radici.»

Ignorando l'affermazione sul "vero amore" – non poteva proprio soffermarsi su quello – curvò involontariamente le labbra. «Quindi sono un virus, adesso? È questo che stai dicendo?»

Lui ricambiò il sorriso. «No, tesoro. Sto solo dicendo che per quanto abbia provato a ritenerti indegna ieri sera, non ci sono riuscito. Ci siamo conosciuti piuttosto bene solo scambiandoci mail, e incontrarti ha rafforzato il fatto che c'è qualcosa di speciale tra di noi. Penso che anche tu provi lo stesso sentimento, altrimenti non avresti preso il rischio di parlarmi di Jacks. Ci capiamo a vicenda, e non voglio gettare tutto al vento. Quindi sì, mi hai inviato dei messaggi perché lui ti ha detto di farlo, ma poco importa. Se non odiassi così tanto quel figlio di puttana, lo ringrazierei.»

Kassie guardò l'uomo accanto a lei a occhi spalancati. Non riusciva a credere che fosse passato dall'essere incazzato nero tanto da non volerla vedere mai più, a dire che pensava avessero una perfetta intesa. «Sono totalmente disposta a lavorare con te e i tuoi amici per dirvi ciò che so su Richard e su quello che sta pianificando, anche se non ho idea di *cosa* sia esattamente. Ma farò da intermediario e vi darò tutte le informazioni che volete. Gli fornirò indicazioni false e farò anche da esca se sarà necessario. Tutto questo senza il bisogno di essere tua amica, Hollywood. Odio ciò che ha fatto a Emily e sua figlia, non devi riempirmi di belle parole e fingere che ti piaccia solo per arrivare a lui.»

Ora sembrava proprio incazzato. Kassie avrebbe dovuto esserne spaventata, ma sapeva che non l'avrebbe toccata in preda all'ira. La sera precedente l'aveva dimostrato. Era stato furioso, ma non l'aveva colpita, afferrata, spinta o fatto qualsiasi altra cosa fisica per ferirla.

«Non ti sto dicendo che mi piaci solo per farti fare da esca. Gesù, Kassie, potrò anche essere uno stronzo, ma non così tanto. Non sono qui neanche perché voglio che tu faccia da intermediario. Io e i miei amici possiamo occuparci di quel coglione anche senza il tuo coinvolgimento. Ma voglio *conoscerti* meglio. Portarti fuori a cena. Guardare film con te. Conoscere Karina. Vederla fare la cheerleader alle partite. Il punto è che voglio Kassie Anderson. Nessun secondo fine, tesoro. Solo due persone che si frequentano e si spera, leghino sempre di più.»

«Oh.» Era una pessima risposta, ma fu tutto ciò che riuscì a dire.

«È un "oh, sì", o un "oh, no"?» chiese.

«Un sì... penso.»

«Anche se non è al cento per cento un sì, lo accetterò» affermò Hollywood. «Ora, vuoi mangiare? Io ho una fame da lupi. Non volevo correre il rischio che arrivassi mentre ero fuori a pranzo.»

«I miei vicini non hanno detto niente? Non riesco a immaginare che ti abbiano lasciato appostato lì in corridoio tutto il giorno, senza dire nulla» disse Kassie, sforzandosi davvero di non sentirsi in colpa per averlo fatto aspettare così a lungo.

«Un paio di persone mi hanno chiesto chi fossi e cosa stessi facendo.» Hollywood scrollò le spalle. «Ho detto loro che ero il tuo ragazzo e che avevamo litigato e che ero lì per implorarti di perdonarmi. Mi è sembrato che quella risposta li avesse tranquillizzati, alcuni addirittura mi hanno dato consigli sul modo migliore per tornare nelle tue grazie.»

«Non voglio nemmeno saperlo» borbottò Kassie.

«Regalarti delle rose, prepararti la cena, massaggiarti i piedi, e lasciarmi legare al letto mentre ti dai da fare con me» la informò Hollywood con un'espressione seria.

Kassie spalancò la bocca. «Sul serio?»

«Sul serio. Non ho portato dei fiori, e non credo che siamo ancora pronti per la ginnastica da camera, anche se devo dire che il pensiero di essere sotto di te non mi dispiacerebbe, tanto perché tu lo sappia, fintanto che è contemplata anche la posizione contraria. Ma posso preparare qualcosa per cena se non ti dispiace. E non l'ho mai fatto, ma probabilmente potrei fare anche un massaggio ai piedi decente.»

Kassie cominciò a scuotere la testa prima che finisse. Si rifiutava di pensare a quell'uomo meraviglioso nel suo letto. Non sarebbe successo. Non appena l'avesse conosciuta meglio, avrebbe scoperto che era troppo noiosa per i suoi gusti e avrebbe fatto marcia indietro. «Sono stanca, Hollywood. Ho intenzione di andare a letto non appena te ne andrai.»

«Devi mangiare» le disse preoccupato.

«No, non devo. Non è che sia deperita, posso sopravvivere anche se salto un pasto» disse indicandosi.

Hollywood si accigliò per un momento, poi le chiese con un tono strano: «Dove sei stata oggi?»

«Ehm...» Kassie non riuscì a pensare a una risposta abbastanza in fretta.

«Ti ho aspettato tutto il pomeriggio. Non avevi borse della spesa con te quando sei arrivata, quindi non sei andata al

supermercato o al centro commerciale. Sei stata dalla tua
famiglia?»

Era astuto, avrebbe dovuto ricordarselo se si fossero
frequentati. Annuì. «Sì, cerco di andare lì la maggior parte dei
fine settimana.»

Hollywood le mise una mano sul lato del collo, e con il
pollice la accarezzò con delicatezza sotto la mascella, le dita
erano calde contro la pelle sensibile dietro l'orecchio. «Hai
detto loro di Dean e Jacks?»

Kassie annuì. «Non l'hanno presa bene.»

«Posso immaginare. E Karina? Ha capito che deve stare
attenta?»

Annuì di nuovo e strinse le labbra per cercare di arginare
le lacrime che le inumidirono gli occhi. L'ultima cosa di cui
aveva bisogno era essere compatita. Era stata così per tutta la
vita, stoica e forte... a meno che qualcuno non avesse
mostrato compassione. Allora sarebbe crollata.

«Oh, tesoro. Mi dispiace.»

Chiuse gli occhi, cercando di trattenere le lacrime. Attese
un attimo, poi disse con voce roca: «Va tutto bene. Avrei
dovuto dirglielo molto tempo fa.»

«Hai avuto una giornata dura» mormorò Hollywood, attirandola a sé.

Era fatta. Non avrebbe più potuto trattenere le lacrime
nemmeno se qualcuno le avesse offerto un milione di dollari.
L'empatia di Hollywood e il fatto che fosse lì, le diedero il
colpo di grazia. Aveva le braccia piegate tra i loro corpi, così
gli afferrò la maglietta e pianse.

Non sapeva perché stesse piangendo, forse a causa dello
stress, o perché non aveva dormito la notte prima, o per l'alta-
lena di emozioni provate con lui, o per il fatto che sua sorella
fosse spaventata... o per tutto.

Hollywood non disse nulla, la tenne stretta con una mano

sulla schiena mentre con l'altra le accarezzava i capelli su e giù, consolandola.

Quando pensò di aver ripreso il controllo e sentendosi in imbarazzo, Kassie si ritrasse. Si asciugò le lacrime sotto agli occhi con le dita e guardò ovunque tranne lui.

«Ti senti meglio?»

Scosse la testa. «Non proprio. Ora ho il viso pieno di moccio e non ho ancora idea di cosa fare con Dean.» Al momento non poteva mentirgli, non dopo la giornata che aveva avuto e con lui che si mostrava così comprensivo.

Ridacchiò e si spostò sul bordo del divano. «Giusto. Perché non ti stendi? Riposa gli occhi mentre preparo qualcosa da mangiare.»

Kassie allora lo guardò. Non sembrava disgustato dalle sue lacrime o da quanto gonfio doveva essere il suo viso. Non gli importava che stesse ancora tirando su con il naso come se avesse tutte le allergie del mondo. «Cosa stai facendo?» sussurrò, del tutto confusa.

Si chinò e le baciò la fronte, poi disse: «Vado a preparare la cena.»

Kassie scosse la testa. «No, voglio dire, qui. Con me.»

«Come ho detto, preparo la cena. Sdraiati, Kassie. Rilassati.»

«Non ci riesco» mormorò, ma sollevò i piedi e li piegò sotto di lei.

«Allora non farlo. Sdraiati e basta, e pensa a tutte le cose deliziose che ti farò mangiare.»

Sorrise. «Sai cucinare?»

«Credo che dovrai aspettare e vedere, no?» ribatté, sorridendo anche lui.

«Hai un lungo viaggio per tornare a casa.» gli disse, cosa che di certo già sapeva.

Hollywood si limitò a scrollare le spalle. «Non proprio, solo un'ora.»

«Per me è lungo.»

Si chinò su di lei, appoggiando le mani sul cuscino ai lati delle spalle e disse in tono sommesso: «Guidare fino a El Paso è un lungo viaggio. Un'ora di strada non è niente. E tanto per essere chiari, il fatto che tu viva qui e io a Fort Hood non mi impedirà di vederti. Se ciò dovesse implicare che arriverò qui alle sei e mezzo di sera e me ne andrò alle dieci perché devo alzarmi alle quattro per l'allenamento, lo farò in ogni caso. Sono assolutamente disposto a fare due ore di viaggio tra andata e ritorno se ciò significa che posso passare anche solo mezz'ora per conoscerti meglio.»

«È una pazzia.»

«No. È determinazione» ribatté, la baciò di nuovo sulla fronte, poi si raddrizzò. «Chiudi gli occhi, Kass. Ho una cena da preparare.»

Con nient'altro da fare, Kassie fece ciò che Hollywood le aveva ordinato.

CAPITOLO NOVE

«EHI, HOLLYWOOD» lo salutò Kassie rispondendo al telefono.

Erano passate due settimane dal ballo dell'esercito.

Quella prima notte era rimasto nel suo appartamento e aveva preparato una cena semplice: spaghetti e pane all'aglio fatto in casa. Mangiando avevano parlato del più e del meno, gli aveva raccontato di essere stata alla stazione di polizia e lo aveva aggiornato su tutto ciò che Dean aveva detto e fatto da quando Jacks era stato arrestato. Ancora una volta, si era sentito in colpa per non averla lasciata parlare la sera prima, ma aveva deciso di non pensarci più. Ora c'era e avrebbe fatto tutto il possibile per tenerla al sicuro.

Ed era proprio ciò che aveva fatto, chiedendo a Beth, la donna che gli aveva procurato l'indirizzo di Kassie e che ora lavorava con il suo amico Tex, di scoprire tutto ciò che poteva riguardo a Dean. Aveva parlato con il suo comandante della situazione con Jacks, del fatto che comunicasse con Dean e minacciasse Kassie anche da dietro le sbarre, per vedere se poteva fare qualcosa al riguardo, e Hollywood aveva deciso che avrebbe cercato di assicurarsi che lei non si sentisse più come se stesse combattendo da sola. Odiava che si fosse sentita in quel modo e senza opzioni.

Aveva anche parlato con Emily, che gli aveva confermato che non serbava rancore verso di lei. Gli aveva spiegato come si era sentita quando Jacks la ricattava... che non pensava di avere altra scelta se non quella di pagargli i soldi che aveva richiesto. Era un bastardo, ma non era stupido. Sapeva che minacciando la persona più vulnerabile nella vita di Emily, e ora in quella di Kassie, avrebbero fatto ciò che voleva lui.

Hollywood aveva visto o parlato con Kassie ogni giorno da quando le aveva preparato la cena, due settimane prima. Alcune volte aveva fatto esattamente come promesso, era andato a trovarla dopo il lavoro solo per poche ore, per poi tornare a casa. Altre volte, se uno dei due lavorava fino a tardi, si accontentava di parlarle al telefono. E le mandava ogni giorno e-mail e sms, più volte al giorno in realtà, solo per salutarla, o per raccontarle la sua giornata e in genere per stare in contatto.

Il sottile legame che avevano formato era cresciuto. Kassie era la prima persona con cui voleva parlare quando si svegliava e l'ultima prima di andare a dormire. Odiava che vivesse ad Austin, ma sperava che una volta tolti di mezzo Jacks e Dean, avrebbe potuto convincerla a trasferirsi a Temple. Era un'ipotesi azzardata, ma non si era mai sentito così protettivo, preoccupato o eccitato per una donna. Kassie stava rapidamente diventando la persona più importante della sua vita. Era folle, ma la sua anima sembrava calmarsi quando era con lei.

Era quella giusta, lo sentiva fin dentro le ossa. Avrebbe voluto chiederle di trasferirsi da *lui*, ma solo perché sapeva che era la donna destinata a essere sua per sempre, non significava che lei provasse lo stesso sentimento. Era più che ovvio che avrebbe dovuto darsi da fare per convincerla, ma Hollywood era pronto alla sfida. L'avrebbe corteggiata ogni giorno per anni se il risultato finale fosse stato vederla con il suo anello al dito.

Quel fine settimana Kassie sarebbe andata a casa sua per la prima volta. Si era lamentata di quanto fosse stressata, così Hollywood si era messo d'accordo con Fletch per farla restare nell'appartamento sopra il garage. Aveva il fine settimana libero e lui voleva che potesse davvero rilassarsi senza preoccuparsi di nulla per almeno due giorni.

Gli sarebbe piaciuto che rimanesse a casa sua, ma anche se erano diventati molto più intimi, non voleva costringerla a fare qualcosa per cui non era pronta. Hollywood sapeva che Kassie stava diventando sempre più indispensabile per la sua felicità, ma probabilmente lei ci andava ancora cauta. Soprattutto dopo tutto ciò che aveva passato con il suo ex. Il fatto che avesse accettato di fare quel viaggio senza bisogno di insistere troppo, era una dimostrazione di quando fosse stressata.

Hollywood non aveva fatto molti progetti per il fine settimana, gli era sufficiente poter passare con lei più delle solite poche ore, ma una cosa che *avrebbero* di certo fatto, sarebbe stato trovarsi con gli altri ragazzi per discutere della situazione con Jacks. Dean era fuori città, ma quando sarebbe tornato, Hollywood aveva la sensazione che le cose sarebbero degenerate in fretta... soprattutto una volta che avesse scoperto quanto si erano avvicinati lui e Kassie mentre era via. Era chiaro che il piano di far spiare il team da lei, non era andato esattamente come previsto.

«Ehi, Kass» rispose, tenendo il telefono all'orecchio con la spalla. «Dove sei?»

«Sono appena partita. Dovrei essere lì tra circa un'ora. Va bene?»

«Certo» la rassicurò Hollywood. «Verrai direttamente da me, vero?»

«Sì. Ho programmato il tuo indirizzo nel GPS e mi sembra abbastanza semplice arrivare.»

«Come sta tua sorella?»

«Sta bene. Nessuno di noi ha visto Dean, ma sono sicura che sia ancora qui in giro. Più aspetta a contattarmi, più mi innervosisco. Ma se devo essere sincera, non sono sicura che Karina stia facendo davvero attenzione. In un certo senso ha nascosto la testa nella sabbia riguardo a tutta la situazione. Era terrorizzata quando le ho raccontato tutto la prima volta, ma da allora penso che stia solo cercando di dimenticare quel bastardo per non dover affrontare l'idea che la stia spiando.»

«Deve stare attenta» la avvertì Hollywood.

Kassie sospirò. «Lo so, e penso che lo sappia anche lei, ma non posso starle appiccicata ventiquattro ore su ventiquattro sette giorni su sette. Lei ha la scuola e io devo lavorare. Le parlerò di nuovo. Sto facendo del mio meglio, Hollywood.»

«Lo so, tesoro. Non volevo insinuare il contrario» la tranquillizzò, sentendo il suo tono sconfitto. Si sperava che dopo il fine settimana, lui e la sua squadra avrebbero delineato un piano per affrontare Dean e Jacks che la facesse sentire meglio. Hollywood attirò l'attenzione di Truck facendogli un cenno, per fargli capire che stava andando via. «Hai parlato di recente con il detective a cui hai mostrato i messaggi e le mail?»

«Sì. Ha detto che stavano cercando Dean ma non erano ancora riusciti a trovarlo. È inquietante che qualcuno possa riuscire a nascondersi così. Cavoli, ogni volta che mi voltavo era lì, non posso credere che non riescano a stanarlo.»

«È piuttosto facile rimanere nascosto se non vuoi essere trovato» le disse, poi chiese: «Hai già richiesto l'ordine restrittivo?»

Ci fu una pausa e Hollywood capì subito quale sarebbe stata la sua risposta.

«No, ma avevo intenzione di farlo.»

«Ne parleremo questo fine settimana. Non puoi continuare a rimandare» la ammonì in tono severo. Prima che avesse qualcosa da ridire, visto che sapeva quali sarebbero state le sue obiezioni sul fatto di inoltrare la richiesta, e le avrebbe stroncate sul nascere, continuò in fretta: «Ti lascio stare così puoi concentrarti. Guida con prudenza. Fammi sapere quando sei vicina. Ti aspetterò fuori.»

«Va bene. A presto.»

«Ciao.»

«Ciao.»

Hollywood chiuse la chiamata e salì in macchina. Aveva visto Kassie tre giorni prima, quando martedì era andato da lei dopo il lavoro, ma era eccitato in modo quasi ridicolo di vederla di nuovo. Questa volta a casa *sua*. Non era mai stato così per lui frequentare qualcuno, gli era sempre piaciuto passare del tempo con una donna, ma non aveva mai provato la trepidazione, l'entusiasmo di stare con un'altra persona come succedeva con Kassie.

Con lei si sentiva più se stesso che con chiunque altro, al di fuori della sua famiglia e dei compagni di squadra. Sì, le piaceva il suo aspetto, ma sapeva che non stava con lui *per quello*. Non si era reso conto di quanto gli importasse fino a quando non l'aveva conosciuta.

Hollywood guardò l'orologio e annuì tra sé. Aveva un sacco di tempo per farsi la doccia e cambiarsi prima del suo arrivo. Non si era dimenticato di come aveva fatto scorrere il naso lungo il suo collo, inspirandone il profumo. Se le piaceva il suo dopobarba, avrebbe fatto di tutto per assicurarsi di avere sempre quel profumo vicino a lei.

Un'ora dopo, Hollywood aspettò l'arrivo di Kassie fuori dal suo complesso di appartamenti. Aveva chiamato cinque minuti prima dicendo che stava uscendo dall'autostrada e che sarebbe arrivata presto. Vide la sua Honda Accord a quattro porte entrare nel parcheggio. Quando si fermò, andò alla portiera, tenendola aperta per farla uscire.

Senza pensarci, Hollywood la prese per la vita e la attirò a sé. Abbassò la testa e le catturò le labbra. Si erano già baciati prima, ma non in quel modo; duro, lungo e appassionato. Sentì il profumo dello shampoo mescolato alla sua essenza mentre le divorava la bocca. Non aveva nemmeno guardato cosa indossasse, il suo unico pensiero era il bisogno di baciarla.

Sentì le sue mani afferrare i lati della maglietta e la spostò nel suo abbraccio fino a quando non riuscì a sentire ogni curva. Tirandosi indietro il tempo sufficiente da mormorare: «Ciao, tesoro» le mise una mano sulla schiena, premendola più forte contro di sé. Non le diede la possibilità di rispondere, si impadronì di nuovo della sua bocca. Hollywood giurò di aver sentito cantare gli uccelli e suonare le campane. Era ridicolo, ma nulla nella sua vita era stato bello come le labbra e la lingua di Kassie che si muovevano contro le sue.

Alla fine, dopo altri meravigliosi secondi, si scostò. Tenendola contro di sé le chiese: «Stai bene?»

«Sì» sussurrò. «Meglio, ora che sono qui.»

«Bene.»

Si sorrisero.

«Hai bisogno di qualcosa prima che saliamo?» le chiese, stranamente riluttante a spostarsi di un centimetro.

Kassie scosse la testa. «Dato che stasera vado da Fletch, lascerò la borsa in macchina.»

Hollywood le mise un braccio attorno alla vita e si girò per chiudere la portiera. La condusse su per le scale fino all'appartamento, per qualche ragione era ansioso di averla in casa. Non era in grado di tenerla al sicuro ogni giorno quindi, ora che era lì, voleva tenerla lontano dal mondo. L'unico posto in cui sapeva per certo che Jacks o Dean non sarebbero riusciti a raggiungerla, era al di là della sua porta. Quindi era proprio *lì* che la voleva.

Sospirando di sollievo quando se la chiuse alle spalle, e cercando di non pensare al fatto che più tardi sarebbe uscita per andare nell'appartamento sopra il garage di Fletch, Hollywood le sorrise.

«Il viaggio è andato bene?»

«Sì. Stranamente, non c'era troppo traffico. Pensavo che uscire da Austin sarebbe stato un incubo, ma immagino che tutti mi abbiano visto arrivare e si siano fatti da parte» scherzò.

«Come è giusto che sia. Vuoi fare il giro completo della casa?»

«Certo.»

Hollywood mostrò a Kassie il suo appartamento. Non era niente di eccezionale. La porta d'ingresso si apriva sulla zona giorno, era un open space con la cucina a vista. Aveva elettrodomestici in acciaio inossidabile e ripiani in granito. Non c'era un tavolo, ma degli sgabelli inseriti sotto un bancone.

«Come puoi vedere, questa è la cucina e la zona giorno» disse, anche se non ce n'era bisogno.

Cercò di guardare lo spazio dalla sua prospettiva. C'erano alcune foto della sua famiglia sulla libreria posta contro il muro, inclusa quella di sua sorella con la famiglia. Ce n'era anche una incorniciata di lui e tutti i suoi amici scattata al matrimonio di Fletch. Emily aveva insistito perché la facessero prima che si cambiassero per il ricevimento, e poi l'aveva incorniciata e ne aveva regalata una copia a ciascuno degli uomini. Ghost, Fletch, Coach, lui, Beatle, Blade, Truck e Fish erano uno accanto all'altro, indossavano le loro uniformi blu e sorridevano come sciocchi.

Kassie andò dritta verso di quella, sorridendo. Prese la cornice pesante ed esaminò la foto. «Riconosco tutti tranne quest'uomo.» Girò la foto verso di lui e indicò Fish.

Hollywood sorrise e disse: «Quello è Fish.»

«Fish?»

«Sì. È molto bravo a nuotare.»

«Hmmm, non l'ho visto al ballo» commentò Kassie.

«Perché non c'era. Non si sente molto a suo agio in mezzo alla folla. Per farla breve, si è trovato in una brutta situazione in Medio Oriente e tutti gli uomini del suo plotone sono stati uccisi. Truck gli ha salvato la vita e lo abbiamo portato in salvo. Quindi ora è uno di noi.»

Kassie corrugò la fronte. «Ma sta bene?»

Hollywood scrollò le spalle. «Migliora di giorno in giorno. Ha perso parte del braccio e sarà congedato per ragioni mediche dall'esercito, ma ha quasi finito la terapia. Ha avuto un percorso duro e siamo felici di chiamarlo fratello.»

«Sono contenta per lui» disse con dolcezza. «Vorrei che ogni soldato ferito avesse amici come voi che lo aspettano a casa.»

«Anch'io» concordò Hollywood, chiedendosi di nuovo come diavolo avesse potuto pensare che Kassie lo avrebbe usato deliberatamente e in modo premeditato, per fornire informazioni a Jacks. Era premurosa e gentile con tutte le persone che incontrava, persino verso Fish, che non aveva *mai* incontrato.

«Vuoi vedere il resto della casa?»

Kassie annuì, ma i suoi occhi non lasciarono la foto per un lungo momento. Alla fine, rimise la cornice sullo scaffale e si girò per sorridergli. «Sei sexy con l'uniforme, ma penso di preferirti di più in questo modo» lo indicò «jeans, una vecchia maglietta e scarpe da ginnastica consumate. Sei più... te.»

Dio. L'aveva ucciso. Non trovando parole che potessero rendere giustizia al modo in cui lo faceva sentire, Hollywood le prese la mano, ne baciò il dorso e la condusse attorno al divano di pelle nera, al tavolino e alla poltrona reclinabile. Percorse il corridoio, indicandole un armadio, un piccolo bagno, una camera da letto che usava come palestra, un armadio per la biancheria e infine la camera da letto matrimoniale. Deglutendo a fatica, sentendosi come se stesse aprendo la porta a una vita completamente nuova, abbassò la maniglia.

Kassie fece un passo dentro, poi un piccolo sbuffo.

Hollywood sorrise. «Che c'è?»

«Non hai un letto» gli disse, come se non lo sapesse.

«Sì che ce l'ho» replicò, guardando il materasso sul pavimento. Non era la camera da letto più ben allestita che avesse mai visto, ma aveva un posto dove dormire, un cassettone per tenere i suoi vestiti con una TV sopra, e un comodino su cui c'era un orologio digitale e dove metteva la pistola mentre dormiva. Andava bene per lui.

«No, hai un materasso» lo corresse.

Hollywood sorrise, gli piaceva vederla così rilassata e felice. «Giusto. Quindi, ho la parte più importante di un letto. Devi sapere che il materasso è comodo come qualsiasi altro su cui abbia dormito, e non ho mai sentito la necessità di comprare un aggeggio su cui metterlo.» Non le disse che quando era in missione, di solito dormiva nella terra, nel fango e nella sabbia. *Quello,* in realtà, era lussuoso in confronto.

Kassie scosse la testa. «Devi avere un letto, Hollywood.»

«Perché?»

Invece di rispondere, gli chiese: «Porti davvero le ragazze a casa tua per sedurle, e poi qui nella tua camera, solo per mostrare questo?»

Hollywood sapeva che stava scherzando, ma era importante che sapesse come stavano le cose. «Non ho mai portato nessuno qui, Kassie.»

Il sorriso svanì dal suo viso e lo fissò negli occhi. Ma non disse niente.

«Non rimorchio più le donne, tesoro. Ho trentadue anni, ben oltre la fase di andare in giro per locali a cercarle. Sono stato solo con due negli ultimi quattro anni, in parte perché sono stato occupato, ma anche perché mi sono stancato del fatto che vogliano stare con me solo per il mio aspetto. Sembra presuntuoso, lo so, ma è stato ciò che ho vissuto. E nessuna delle due ha messo piede in questa casa. Non nella mia cucina. Non nel mio salotto. E di sicuro non nella mia camera da letto. Questo materasso ha conosciuto solo e soltanto il peso del mio corpo.»

Hollywood non sapeva quale sarebbe stata la risposta di Kassie alla sua accorata affermazione. Forse sarebbe stata felice che non andasse a letto con chiunque o sorpresa che avesse avuto le palle di parlargliene. Ma non si era aspettato che sorridesse di più, che si avvicinasse al materasso e vi si gettasse sopra.

Kassie ridacchiò stesa sulla schiena mentre oscillava il sedere, le braccia e le gambe come se stesse facendo l'angelo nella neve, ma sulle sue lenzuola.

«Cosa stai facendo?» chiese confuso.

«Ora non puoi più dire di essere stato l'unica persona a stare sopra questo materasso» rispose tra una risatina e l'altra. «Adesso è stato infestato dai pidocchi di una ragazza.»

Conosceva Kassie di persona solo da qualche di settimane, ma fu proprio in quel momento, guardandola ridacchiare e contorcersi sul suo materasso prendendolo in giro, che capì che si era perdutamente innamorato. Senza se e senza ma, innamorato perso. Sapeva che alcune persone non gli avrebbero creduto, che gli avrebbero detto che era impossibile innamorarsi di una donna dopo averla incontrata online e averla vista di persona solo poche volte. Ma avrebbero avuto torto.

Amava in modo assoluto Kassie Anderson e sarebbe stata sua, a prescindere.

Senza avvisarla, si buttò sul letto.

Si accovacciò su di lei, bloccandole il corpo sotto il suo. Stava ancora ridacchiando, ma lo spinse sul petto, cercando di spostarlo. «Oh no, Hollywood, è troppo tardi. È già infestato, non puoi più fare niente ora.»

Fu solo quando si lasciò cadere del tutto sopra di lei che

Kassie smise di ridacchiare, anche se mantenne il sorriso. Con i fianchi contro i suoi, sapendo che avrebbe sentito la sua erezione, le afferrò le mani e gliele bloccò sopra la testa tenendole ferme con una delle sue. Il suo petto le strofinò i capezzoli ormai turgidi mentre si appoggiava a lei tenendosi sollevato su un gomito.

Kassie inspirò profondamente e si agitò sotto di lui prima di bloccarsi.

Sorrise mentre lei chiudeva gli occhi e inarcava la schiena, premendosi più forte contro il suo corpo. «Non mi danno fastidio i tuoi pidocchi» le disse. «In realtà, spero che un giorno infesterai del tutto questo materasso.»

Il sorriso sul suo viso si fece più ampio vedendola arrossire e poi aprire gli occhi per guardarlo con sfrontatezza. «Infesterò il tuo se infesterai il mio.»

Hollywood rimase senza parole per un momento, poi abbassò la testa e con il naso le strofinò il collo. Kassie inclinò la sua per dargli un miglior accesso e divaricò le gambe. «Maledizione, donna.»

Lei rise e Hollywood si tirò indietro. «Come ho fatto a essere così fortunato da averti qui nel mio letto?» mormorò più a se stesso che a lei. Ma, ovviamente, gli rispose comunque.

«Penso che tu stia delirando perché sono *io* la fortunata. Ma se lo dici tu» disse scrollando le spalle

«Hai torto al cento per cento» replicò con dolcezza. «Riconosco una cosa bella quando la vedo. Se Jacks e tutti gli altri uomini che hai incontrato durante la tua vita non l'hanno vista, peggio per loro. Ma ora sei mia. Hanno avuto la loro possibilità. Mi assicurerò che tu sappia ogni giorno quanto sei preziosa. Odio che ti abbia fatto sentire come se non fossi una donna meravigliosa e straordinaria. Ma se vuoi continuare a credere di essere *tu* la fortunata, fa' pure.»

«Sei pazzo, Hollywood.»

Con un'espressione seria replicò: «No, tesoro. Non sei stata trattata come si deve. Ma ora è finita, la mia missione sarà mostrarti cosa ti è mancato, come viene trattata una donna quando è la cosa più importante nella vita di un uomo.»

Corrugò le sopracciglia confusa, ma scelse di cambiare argomento. Sollevò la testa e fece scorrere il naso lungo la sua mascella, inspirando. «Hai sempre un buon profumo. Lo adoro.»

«Grazie.»

«Prego.»

«Ma devo avvisarti che non è sempre così.» Le sorrise e le toccò il naso con l'indice in una dolce carezza. «Quaranta-cinque minuti fa, se mi avessi annusato, avresti provato disgusto e ti saresti rifiutata di stare nello stesso apparta-mento con me, men che meno nello stesso letto.»

Lei ridacchiò. «Be', apprezzo lo sforzo.»

«Hai avuto la possibilità di prendere qualcosa da mangiare lungo la strada?» le chiese.

Lei scosse la testa. «No. Ero troppo eccitata di arrivare qui.»

Quella risposta gli piacque. Non aveva detto di essere troppo eccitata di *vederlo*, ma era implicito. Se lo sarebbe fatto bastare. «Hai fame?»

Kassie annuì. «Qualcosa mangerei.»

Sapendo che aveva bisogno di spostarsi da lì, altrimenti rischiava di non lasciarla più andare, Hollywood si sollevò, mettendosi a carponi su di lei. «Ho intenzione di preparare bistecche, fagiolini e insalata. Va bene?»

«Perfetto.»

Scese dal materasso e tese le mani. «Forza, ti aiuto.»

«In un certo senso, mi sembra di essere seduta sul pavi-mento» scherzò.

«Forse perché quasi lo sei.»

Mise le mani tra le sue e lui fece una smorfia sentendo che

aveva le dita gelate. «Non riesco a capacitarmi di quanto siano sempre fredde le tue mani.» La aiutò ad alzarsi e gliele sfregò

Lei scrollò le spalle. «Non mi dà fastidio.»

«Be', dà fastidio a me» le disse sincero.

Dopo averle strofinate per un po', ne prese una e intrecciò le dita con le sue, poi la condusse fuori dalla camera da letto. Andarono in cucina, la fece sedere al bancone e le versò un bicchiere di vino rosso. Tirò fuori le bistecche che aveva messo a marinare e si mise al lavoro.

Quarantacinque minuti più tardi, belli sazi dopo cena, erano sul divano di pelle a chiacchierare.

«Adoro che sia così facile parlare con te» le disse Hollywood. «L'ho notato fin dal primo messaggio che ci siamo scambiati. Non hai avuto nessun problema a esprimere qualsiasi cosa ti venisse in mente.»

«Non ricordarmelo» gemette Kassie. «Non riesco a credere di aver parlato delle foto dei cazzi.»

Hollywood ridacchiò. «Sto ancora aspettando la foto delle tue tette.»

«Dovrai continuare ad aspettare, giovanotto» lo rimbrottò. «Per nessuna ragione al mondo invierei una foto di nudo a qualcuno. Con la mia fortuna, Richard riuscirebbe ad hackerare il mio telefono o il computer e finirebbero su Porn Hub o qualche sito del genere.»

Rise e la avvicinò di più a sé. «Non ho bisogno di foto, Kass. Sto aspettando di vederle dal vivo.»

Kassie si morse il labbro e disse esitante: «Non sono esattamente all'altezza di una porno star, Hollywood.»

«Quindi?»

«Quindi ho pensato solo di avvertiti prima di arrivare al punto in cui ci scambiamo i pidocchi» provò a scherzare.

«Non voglio la perfezione, tesoro» la rassicurò Hollywood. «Voglio una donna appassionata, che mi desideri tanto quanto io desidero lei. Voglio qualcuno con cui ridere, a cui non importa l'aspetto ma ciò che una persona è dentro. E so per certo, dopo il bacio che ci siamo scambiati prima, che l'unica cosa di cui mi preoccuperò quando saremo nudi è sapere come ti piace essere toccata, dove, e quanto ci metterai a venire per me.»

Rabbrividì, e senza guardarlo mormorò: «Non credo che ci vorrà molto.»

Hollywood le sollevò il mento con un dito. «Mi piace quello che vedo quando ti guardo, Kass. Non hai nulla di cui preoccuparti.»

«Te lo ricorderò se rimarrai deluso quando saremo nudi.»

Hollywood amò che avesse detto *quando*, e non *se*, e si limitò ad attirarla a sé sorridendo compiaciuto.

Come succedeva quasi tutte le sere quando andava a trovarla, lei si rannicchiò al suo fianco. Rimasero in silenzio per un momento, poi lui cambiò argomento. Per quanto la volesse nuda nel suo letto, quella sera non sembrava il momento giusto. Se doveva essere onesto con se stesso, voleva eliminare la minaccia di Jacks e Dean prima di portarla a letto. Voleva uccidere tutti i draghi per lei. «Perché non hai richiesto un ordine restrittivo, Kass? Avrebbe dovuto essere il passo successivo.»

Sospirò e nascose la testa contro il suo petto. Era seduta accanto a lui e lo teneva abbracciato. «Per due ragioni» disse, senza nemmeno cercare di rimandare la questione. «Prima di tutto, temo che farà arrabbiare Dean o Richard, abbastanza da farli decidere di smettere di perdere tempo e passare a qualcosa di drastico. E poi, perché costa un sacco di soldi assumere un avvocato. Ne ho un po' da parte, ma non ho idea di cosa abbiano pianificato quei due stronzi. Se combinano qualcosa e mi dovessi ritrovare cacciata dal mio appartamento, o se dovessero fare del male a me, o che Dio non voglia, alla mia famiglia, voglio avere i soldi per potermela cavare.»

Hollywood la baciò sulla testa, poi le accarezzò rassicurante il braccio appoggiato sulla sua pancia. «Non starò qui a
dirti che l'ordine restrittivo ti terrà al sicuro. Penso che
sappiamo entrambi che non è così, e onestamente non credo
che a Jacks o Dean importerà qualcosa se lo farai o meno.
Sono talmente arroganti che lo riterranno irrilevante.»

«Allora perché dovrei farlo?»

«Perché è solo un altro chiodo nelle loro bare se dovessero
decidere di fare qualcosa di stupido. I poliziotti saranno a
conoscenza che ci sono dei trascorsi tra di voi e se dovesse
succedere qualcosa, saranno più propensi a classificarla come
un'azione perpetrata da Dean, piuttosto che ignorarla.»

Kassie buttò fuori un respiro. «Sì, hai ragione.»

«E per quanto riguarda il secondo punto...»

«Non ti permetterò di tirar fuori soldi per questo» lo
interruppe.

«Non avevo intenzione di offrirmi di farlo. Tuttavia, se
avessi pensato per un secondo che avresti accettato, avrei
chiamato subito un avvocato per te e pagato volentieri.
Quello che *stavo* per dire era che primo, non ho mai dovuto
richiederne uno ma non credo sia molto costoso, e due, che la
sorella di Harley è un avvocato davvero bravo e so che ti
aiuterebbe.»

Kassie si raddrizzò e lo guardò.

Hollywood fece scorrere un dito sulla sua fronte corrugata. «A cosa stai pensando così intensamente, Kass?»

«Non capisco cosa stiamo facendo.»

«Cosa intendi?»

«Questo.» Fece un cenno tra loro. «Io e te. Voglio dire, il
modo in cui ci siamo conosciuti è stato del tutto sbagliato,
ma tu mi hai perdonato, e poi io ho perdonato te per essere
stato un coglione. E ora ci stiamo... credo, frequentando... ma
non abbiamo nemmeno parlato di Richard, di quello che ha
fatto e di ciò che vuole. Ti fai un'ora di viaggio per vedermi,

più volte alla settimana, ci siamo baciati solo una volta, intendo *davvero* baciati, ed è solo che... non so cosa stiamo facendo» concluse frustrata.

«Ti piaccio?» le chiese Hollywood.

«Be' sì. Non sarei qui se non fosse così» gli rispose senza esitazione.

«E tu piaci a me. Mi sono comportato da stronzo proprio *perché* mi piacevi tanto, ed è la cosa più importante per noi. Non mi sono dimenticato di Jacks, nemmeno per un secondo, ma non si può muovere per ora, quindi Dean è la minaccia più grande per te e la tua famiglia, al momento. Avrei preferito conoscerti senza avere quegli stronzi che ci stanno addosso, anche se sono stati la ragione per cui ci siamo conosciuti. Non mi pesa venire a trovarti ad Austin, in realtà mi godo quel momento di solitudine durante il viaggio, mi aiuta a rilassarmi. So come vorrei che andasse la nostra relazione, e implica che non devo guidare fino ad Austin tre o quattro volte alla settimana perché vivresti qui a Temple, dove potrei vederti ogni giorno.»

«Potrei fare il viaggio io fino a qui» disse Kassie esitante, ignorando la sua ultima frase.

«Assolutamente no» le disse subito Hollywood. «Non voglio che tu sia in giro a tarda notte. Non è sicuro.»

«Come mai è sicuro per te, ma non per me?» protestò.

«A dire la verità non lo è, ma preferirei essere io quello che rimane ferito se dovesse succedere qualcosa.»

«Non ha comunque senso. Lo sai, vero?»

Hollywood scrollò le spalle. «Hai sentito che ho detto che mi piaci, vero?»

«Non sono sorda.»

Ignorò il commento sarcastico e continuò: «E dato che mi piaci, non ti metterò *mai* in una posizione in cui potresti farti male. Ciò significa che non guiderai a tarda notte, che non ti chiamerò quando so che sei in macchina mentre torni dal lavoro, che ti aiuterò a trovare un avvocato che richieda l'ordine restrittivo contro Dean, che non ti permetterò di fare da esca con quel coglione e che troverò un modo per tenere al sicuro Karina e per fermare per sempre Jacks. Mi hai capito?»

Kassie lo fissò per un momento prima di dire in tono sommesso: «Ci conosciamo solo da due settimane.»

«No» ribatté Hollywood. «Ci conosciamo da molto più tempo.»

«Sai cosa intendo» protestò lei. «Non dovresti sentirti responsabile per me, sono una donna adulta, responsabile *delle mie* azioni.»

«Non puoi dire al mio cuore cosa provare» le disse con onestà. «Hai qualcosa di irresistibile, Kass. Posso davvero capire perché Jacks sia ossessionato da te. Certo, la sua è un'ossessione malata, mentre la mia è perfettamente normale, il che significa che voglio conoscerti meglio, proteggerti, nutrirti e fare l'amore con te fino a quando non riuscirai più a muoverti.»

Kassie scosse la testa esasperata, ma sorrise. «Oh, è molto diverso, eh?»

Hollywood amava il suo senso dell'umorismo, ma si fece serio. «Diverso come il giorno e la notte, tesoro. Ti rispetto. Voglio che tu faccia ciò che ami per il resto della tua vita e se ciò significa fare la manager nel tuo negozio, così sia. Se invece vuoi abbandonare il tuo lavoro e andare in giro per il mondo in pattini, va benissimo lo stesso. Ma qualunque cosa sia, voglio essere al tuo fianco per incoraggiarti e supportarti. Ma non posso farlo mentre il tuo ex ti stressa, Dean ti perseguita, e sei preoccupata per tua sorella. Quello che però *posso* fare è aiutarti a risolvere la situazione, così puoi andare avanti con la tua vita. Spero insieme a me.»

Lo fissò per un attimo, poi si accoccolò di nuovo tra le sue braccia come se fosse una bambola di pezza. «Mi piacerebbe.»

«Mi permetterai di aiutarti?» insistette.

«Sì.»

«In ogni modo possibile?»

Kassie si scostò un poco e lo guardò. «Perché mi dà l'impressione che sia qualcosa di pericoloso?»

«Rispondi alla domanda, Kass. Mi permetterai di aiutarti ad uscire dall'oppressione del tuo ex e di liberarti di Dean una volta per tutte, in modo da poter iniziare a vivere la tua vita... si spera con me?»

«Ho sognato di andarmene da Austin» replicò, senza rispondere alla sua domanda.

«Kass...» le intimò.

Lo ignorò e disse: «Ma non avevo idea di dove mi sarebbe piaciuto andare. Avevo pensato alla Florida, ma è molto umido lì e i miei capelli sarebbero sempre crespi e disordinati. Amo la montagna, quindi avevo anche pensato di trasferirmi in Colorado, ma probabilmente morirei di freddo. La neve è bella, ma dato che ho vissuto in Texas per tutta la vita, diventerei un ghiacciolo la prima volta che la temperatura dovesse scendere a meno sette gradi. Se penso che le mie mani siano fredde ora, è probabile che mi cadrebbero se vivessi in qualche posto che è regolarmente sotto zero.»

Poi sollevò lo sguardo, e Hollywood si sentì come se potesse vedere dentro la sua anima. «Ma forse inizierò facendo dei piccoli passi e mi trasferirò in una piccola città del Texas. Dopotutto, se il mio ragazzo è nell'esercito, probabilmente dovrà spostarsi e magari potrebbe trovarsi di stanza in un posto esotico.»

«Cazzo» sospirò Hollywood. «Vuoi viaggiare, Kass?»

«Credo di sì. Ma non sempre. Mi piacerebbe avere una casa in cui tornare, in un posto che conosco dove ho amici con cui posso parlare di ciò che ho visto e fatto mentre ero via.»

«Mi piacerebbe essere quello che ti dà tutte quelle cose.» Fece una pausa, poi chiese di nuovo: «Mi permetterai di aiutarti... a modo mio?» Sapeva di far troppa pressione, ma aveva bisogno che lei lo dicesse.

Cedette e gli diede ciò di cui aveva bisogno. «Sì, Hollywood, per favore, aiutami. Mi sono sentita sola per così tanto tempo. Non sono molto brava a chiedere aiuto, ma qualsiasi cosa tu possa fare per allontanare Richard e Dean da me e dalla mia famiglia sarebbe molto apprezzata. Sono pronta ad andare avanti con la mia vita e a smettere di guardarmi sempre alle spalle.»

Non era il momento di dirle che aveva già incaricato Beth di tenere monitorata mail e cellulare di Dean e che era stata in grado di installare nel suo telefono un'app segreta che le avrebbe permesso di seguire ogni sua mossa. Uno dei motivi per cui Hollywood non si era preoccupato di trasferire lei o sua sorella in un posto sicuro era perché Dean, nell'ultima settimana e mezzo, era stato in Kansas a far visita a Jacks e probabilmente a complottare contro il suo team, Kassie e Karina. Stronzi.

Ma il giorno precedente aveva saputo da Beth che Dean era tornato in Texas, ecco perché Kassie avrebbe trascorso il fine settimana a Temple con lui. Dovevano mettere in atto un piano, perché senza dubbio Dean e Jacks ne avevano uno, e probabilmente coinvolgeva Kassie.

«Domani incontreremo i miei amici e il comandante della base. Sa tutto di Jacks per i problemi che ha creato in precedenza. Dobbiamo fermarlo e poi sbarazzarci anche di Dean. Non dovrai più guardarti alle spalle. Me ne accerterò.»

«Hai già organizzato l'incontro?» gli chiese, sembrando sorpresa.

«Sì.»

«Eri così sicuro che avrei accettato il tuo aiuto?»

«Kassie» le disse in tono serio. «Che tu fossi d'accordo o meno, lo avresti ricevuto comunque.»

«Perché?» Fu più un sussurro che una parola vera.

Le mise una mano sul lato del viso, poi si chinò e le sfiorò le labbra con le sue. «Perché dal primo istante in cui ti ho vista mentre mi aspettavi sul divano nella hall dell'hotel, l'ho capito.»

«Hai capito cosa?»

«Che eri mia. Non stavi giocherellando con il cellulare. Stavi cercando in tutti i modi di mostrarti a tuo agio quando si vedeva, persino da dove mi trovavo, che non lo eri.»

«Non ha senso» protestò. «Hai deciso che ero tua perché ero nervosa?»

Le labbra di Hollywood si curvarono verso l'alto. «Sì.»

Lo guardò negli occhi per un lungo momento, e gli piacque che non fosse scappata via dalla stanza urlando dopo le sue parole sincere. «Posso fare una domanda?» gli chiese.

«Certo. Puoi chiedermi sempre qualsiasi cosa. Però devi sapere, che potrei non essere sempre in grado di rispondere. Non ti mentirò mai, ma se dico che c'è qualcosa di cui non posso parlare non lo faccio perché voglio essere misterioso o sono uno stronzo, è che letteralmente non posso.»

«Quella faccenda dell'OPSEC, eh?» disse Kassie con un sorriso, ricordando ovviamente una delle loro prime conversazioni via mail.

«Esatto.»

«Va bene. Posso rispettarlo. Ma la mia domanda è: perché? Perché Richard odia così tanto te e i tuoi amici?»

Hollywood sospirò, si girò e si distese, trascinando Kassie con sé fino a quando non si ritrovò infilata tra il suo corpo e lo schienale del divano.

«Lo abbiamo battuto in un'esercitazione» le disse in modo conciso.

«E?» chiese lei, ovviamente confusa.

«E niente. Questo è tutto. Alla base c'è stata un'esercitazione ufficialmente autorizzata. Io e i miei amici eravamo i "cattivi" e Jacks e la sua unità erano i "buoni". Il suo plotone avrebbe dovuto infiltrarsi nella nostra sezione della città creata con dei container. Li abbiamo uccisi – non *uccisi*, ma abbiamo sparato loro con le armi laser – appena pochi istanti dopo che avevano messo piede nel perimetro della zona di attacco.» Hollywood si strinse nelle spalle. «Jacks non l'ha presa bene.»

«Stai scherzando?» chiese con un tono strano.

«No.»

«Stai scherzando.» Questa volta fu un'affermazione. Kassie si raddrizzò e cercò scavalcare il corpo di Hollywood.

La afferrò per i fianchi, tenendola ferma. «Cosa c'è che non va?»

«Cosa c'è che non va?» ribatté, lottando contro la sua presa. «Quello che non va è che il mio ex è folle! Voglio dire, sapevo già che era pazzo, ma è *davvero* squilibrato. Sul serio. Stavate solo facendo il vostro lavoro! Non c'era ragione di dare di matto e ricattare una donna, e poi rapire lei e sua figlia! Le ha puntato una *pistola* alla *testa*, Hollywood. Non è normale! E ha combinato tutto quel casino perché è andato fuori di testa per aver perso a un *gioco*?»

«Kassie, sul serio, è...»

«No! Hollywood, è una cosa assurda! E non ha ancora finito! Il fatto che gli abbiano sparato alla testa e sia stato rinchiuso in prigione non è stato sufficiente a farlo tornare in sé. Sta ancora cercando di vincere!» Scosse la testa. «Giuro su Dio che non era così quando abbiamo iniziato a frequentarci. Era normale. Non sarei mai stata con qualcuno a cui piace drogarsi e minacciare di uccidere altre persone.»

«So che non lo faresti. Vieni qui» le ordinò, tirandola di nuovo giù accanto a lui. Si sdraiò, ma era rigida e ovviamente ancora turbata.

«Dimmi che stai scherzando» disse in tono sommesso. «Dimmi che c'era un motivo più importante di quello.»

«Mi dispiace, tesoro. Non posso.»

«Non voglio condonare ciò che ha fatto» sussurrò Kassie. «Ma vorrei che l'esercito lo avesse aiutato dopo che era stato ferito. Forse se avessero visto che non era più la stessa persona di prima dell'esplosione, io ora non sarei in questa situazione.»

«L'esercito non è perfetto» le disse Hollywood. «Nessuno sa leggere la mente. Vorrei poterti dire che si prendono cura di tutti i soldati che vengono feriti con l'attenzione e la preoccupazione che meritano, ma entrambi sappiamo che sarebbe una bugia. È un'istituzione governativa. Penso che ci siano molte persone che lavorano per la VA, l'ente per l'assistenza ai veterani di guerra, che se ne occupano, ma sono sempre sotto pressione. Però ti dirò una cosa...» si interruppe, volendo assicurarsi che ascoltasse e capisse ciò che stava per dire.

«Che cosa?» sussurrò.

«Odio ciò che ha fatto. Odio ciò che ti sta facendo. Ma se non fosse successo niente di tutto quello, se Jacks non avesse avuto un problema al cervello, non avrebbe perso l'esercitazione, non avrebbe rapito Emily e Annie... non saremmo dove siamo adesso.»

Kassie sollevò la testa e appoggiò il mento sulla mano. Studiò i suoi occhi per un lungo momento prima di dire piano: «Ci credi davvero.»

«È un dato di fatto. Quindi sì, ci credo.»

«Probabilmente lo avrei sposato» disse.

«E adesso avresti tredici figli» scherzò Hollywood.

«E peserei quattrocento chili.»

«E faresti parte di un reality show, per cercare di perdere peso in modo da poter avere più bambini.»

Ovviamente stando al gioco, Kassie ribatté: «E vivrei in una base in un posto lontano, come l'Alaska.»

Rimasero in silenzio per un momento poi lei commentò: «In quest'ultimo anno circa, mi sono chiesta spesso "perché io?", ho avuto momenti di autocommiserazione ed ero depressa per tutto ciò che stavo passando. Non capivo cosa avessi fatto di così grave da dover soffrire per mano sua. Ero infelice, spaventata e confusa. Ma, proprio ora, in questo momento, ho la sensazione che ne sia valsa la pena.»

A quelle parole gli occhi di Hollywood si dilatarono e il suo battito accelerò. Ma lei non aveva finito.

«Non so cosa succederà, se qualunque cosa ci sia tra di noi si esaurirà e guardandoci indietro ricorderemo con affetto l'avventura che abbiamo avuto con una persona conosciuta online. Ma lo giuro, Hollywood, non è questa la sensazione che ho. Non ho mai provato qualcosa di così intenso verso nessuno in tutta la mia vita. Quindi, anche se mi sento una merda per averlo pensato, e ancora di più a dirlo, sono felice per ciò che ha fatto... perché mi ha portata da te.»

Hollywood mosse la mano senza nemmeno rendersene conto, le strinse la nuca e la attirò verso di lui. Si impadronì con forza delle sue labbra. I loro denti si scontrarono, ma ciò non rallentò nessuno dei due. Infilò la mano tra i suoi capelli avvolgendoseli tra le dita e tirò, spostandola per avere un'angolazione migliore, per entrare più in profondità nella sua bocca.

Continuarono a baciarsi lì sul divano come se fosse l'ultima volta che sarebbero stati insieme. Quando Hollywood allargò le gambe e spostò Kassie per sistemarla sopra di lui, il suo cazzo si trovò proprio dove voleva che fosse, premuto contro il suo sesso. Giurò di sentirne il calore, che bruciava attraverso i jeans di entrambi, marchiarlo a fuoco.

Lei fece scivolare le mani sul suo petto, massaggiandolo e accarezzandolo mentre continuavano a baciarsi. Hollywood mise in quell'atto tutto l'amore che sapeva di non poter esprimere a parole, dimostrandole senza parlare quanto significasse per lui e come l'avrebbe tenuta al sicuro, qualunque cosa fosse successa.

Dopo diversi istanti, Kassie si scostò di qualche centimetro e sussurrò: «Quindi, immagino che non pensi che io sia una stronza per ciò che ho detto.»

«No, non lo penso proprio. Se tu sei una stronza, allora io sono un coglione, perché l'ho detto per primo» ribatté Hollywood, senza distogliere gli occhi dal suo viso arrossato e dalle labbra gonfie, che brillavano con la sua saliva. Era sexy da morire e non voleva altro che seppellire il suo cazzo così in profondità dentro Kassie, che non avrebbe saputo dove finiva lei e iniziava lui. Lottò per contenere il suo desiderio quando lei si dimenò.

«E che mi dici di questo divano?» gli chiese.

«Di questo divano, *cosa?*» ripeté Hollywood.

«È infestato dai pidocchi di qualche ragazza? O possiamo infestare con i nostri anche questo?»

Il luccichio nei suoi occhi mentre lo diceva e il modo in cui si morse il labbro sorridendogli, lo fece scoppiare a ridere. Non aveva mai avuto questo tipo di relazione, dove un secondo prima era in preda a un desiderio carnale e un secondo dopo rideva a crepapelle.

«Puoi infestare qualsiasi cosa vuoi nella mia vita, tesoro. I pidocchi di Kassie sono sempre i benvenuti.»

Si sorrisero. Hollywood era ancora duro, e voleva essere dentro la donna stesa sopra di lui, ma quel bisogno si era assestato a una sofferenza che poteva sopportare. Sapeva che l'attesa e la trepidazione di stare con lei avrebbero reso il momento in cui sarebbero stati insieme ancora più emozionante ed esplosivo. «Vuoi guardare un film?»

Sentendosi rilassata come sembrava essere lui, Kassie posò la testa sulla sua spalla, e gli strofinò con il naso la mascella. Si dimenò finché non trovò una posizione comoda.

Averla così, rannicchiata contro di lui completamente rilassata, era appena diventato il suo nuovo obiettivo nella vita. Voleva darle tutto quello ogni notte. Avrebbe affrontato qualsiasi cosa gli avrebbe riservato l'essere un soldato della Delta Force, se avesse potuto tornare a casa ogni sera e offrirglielo.

«Dipende dal film» gli rispose infine.

Avevano già avuto uno scambio come quello in chat, e Hollywood sapeva esattamente quali erano i gusti di Kassie. «*Full Metal Jacket?*»

Più che vederlo, la sentì arricciare il naso. «No» affermò con enfasi. «Cos'altro hai?»

Nominò altri film che sapeva avrebbe rifiutato, ridendo tra sé quando li scartò categoricamente tutti. Prese il telecomando, accese la televisione e aprì il suo account Netflix. «Fermami quando vedi qualcosa che ti sembra interessante.»

Poco dopo, disse: «Quello.»

«*Sahara?*»

«Sì. C'è di tutto. Avventura, umorismo, azione... mi piace.»

«Sei sicura che non sia perché c'è Matthew McConaughey?» la prese in giro Hollywood, non avendo problemi a guardare quel film. L'aveva già visto e gli era piaciuto.

«Pff» sbuffò ironicamente. «È carino, ma adoro Steve Zahn qui. È divertente. Magari in questo film è il personaggio secondario, ma è lui che conquista la scena. Ogni volta che lo vedo, vorrei spedirgli un berretto perché continua a perdere il suo.»

«Ci sa fare» concordò Hollywood, appoggiando il telecomando sul tavolino e accomodandosi meglio sul divano con Kassie tra le braccia. Non riusciva a ricordare di aver passato una serata migliore di quella.

CAPITOLO DIECI

KASSIE SI GIRÒ sul letto sorprendentemente comodo e aggrottò la fronte, chiedendosi cosa l'avesse svegliata. Era stanca, ma in modo piacevole. Lei e Hollywood avevano guardato *Sahara*... be', lei, perché lui si era addormentato nemmeno mezz'ora dopo l'inizio del film. Probabilmente aveva avuto una settimana difficile, perché non credeva che fosse il suo solito modus operandi addormentarsi in quel modo. Aveva trascorso un'ora e mezza circa a memorizzare la sensazione del suo corpo duro sotto di lei e alternandosi tra guardare il film e guardarlo dormire.

Non riusciva ancora a capire perché avesse deciso che *lei* era la donna con cui voleva stare, ma nella sua vita aveva già avuto abbastanza cose negative per cercare di convincerlo che non era possibile che fosse attratto da lei. Aveva detto di essere lui il fortunato, ma Kassie sapeva senza dubbio che non era così. Nemmeno lontanamente.

Quando lo aveva svegliato dopo la fine del film, era dispiaciuto di essere crollato in quel modo e si era scusato. Poi si era rifiutato di lasciarla guidare fino a casa di Fletch, insistendo per accompagnarla.

Kassie si era arresa, perché era una bella sensazione che qualcuno si prendesse cura di lei. Quando erano arrivati nel piccolo appartamento, l'aveva baciata con passione poi se n'era andato dopo essersi assicurato che fosse tutto a posto. L'aveva tranquillizzata sul fatto che lì era al sicuro, e le aveva detto che sarebbe tornato a metà mattinata.

Guardando l'orologio sul tavolino accanto al letto matrimoniale, Kassie vide che erano solo le sette e un quarto. Non proprio metà mattinata.

Poi sentì un rumore, un ticchettio alla porta d'ingresso. Doveva essere stato quello che l'aveva svegliata. Non aveva idea di chi potesse essere andato lì così presto, ma chiunque fosse non poteva portare buone notizie. Non succedeva niente di buono di sabato mattina così di buon'ora.

All'improvviso del tutto sveglia, tirò indietro le coperte e corse verso la porta d'ingresso. Le passò per la testa il pensiero che Hollywood fosse andato lì per dirle che era successo qualcosa a sua sorella. L'appartamento non era grande. C'era una sola camera da letto, un bagno e una piccola cucina collegata a un soggiorno ancora più piccolo, quindi arrivò alla porta in pochi secondi e guardò dallo spioncino, poi sbatté le palpebre. Che diavolo?

Sbloccò la serratura e sganciò la catena all'altezza degli occhi e quella all'altezza dei fianchi. Aprì la porta e fissò la bambina che stava lì davanti.

«Ciao! Sono Annie! Sei Kassie con la K, giusto? Forte. Non vedevo l'ora di incontrarti! Papà Fletch e la mamma ieri hanno parlato di te tutta la sera. Hanno detto che stavi uscendo con Hollywood e che ti fermavi qui per il fine settimana. Hanno riso, non so perché, ma pensavano che fosse davvero divertente. Ma se sei la ragazza di Hollywood, allora sei anche *mia* amica. Papà non permette a nessuno di restare qui a meno che non sia una persona che gli piace, e di cui si fida. Ad ogni modo, vivevo qui prima che mamma e papà si mettessero insieme. Stai dormendo nella mia camera? Certo, è l'unica che c'è. Non è fantastica questa casa? Posso entrare? Stanno per andare in onda le Tartarughe Ninja. Vuoi guardarle con me?»

Guardando dietro Annie, Kassie non vide adulti con lei. «Sei qui da sola?»

«Sì, ma è tutto ok. Papà ha telecamere ovunque e non possono rapirmi di nuovo. Quindi... vuoi guardare la TV con me?»

«Ah... certo» disse, indietreggiando per far entrare la bambina. Hollywood le aveva parlato delle telecamere e della sicurezza della proprietà, ma non era ancora sicura che fosse una buona idea per Annie girovagare da sola.

Non appena il pensiero le attraversò la mente, si irrigidì. Quella era Annie? La bambina che Richard aveva drogato, rapito e minacciato di ferire se Emily non avesse fatto quello che voleva? Dio Santo. Mentre chiudeva la porta, sentì le mani tremare. Non sapeva se avrebbe potuto affrontare Annie sapendo cosa aveva fatto il suo ex. Si sentiva sporca solo a stare in sua presenza.

Non avendo idea del tumulto che attraversava la testa di Kassie, Annie le afferrò una mano e iniziò a trascinarla verso il divano. «Dai, inizierà presto. Wow, hai le mani fredde. Dovrebbero esserci delle coperte nell'armadio. Ecco, siediti. Vado a prenderne una per te.»

Annie la spinse finché non si sedette, poi andò in fretta verso la camera da letto. Tornò correndo nel piccolo soggiorno trasportando una grande trapunta. La trascinava per terra dietro di lei, ma sembrava non rendersene conto. La gettò su Kassie facendo un movimento esagerato per stendergliela sulle ginocchia, poi si accucciò per avvolgergliela intorno alle gambe.

«Ecco. Ora sei avvolta come un bruco nel bozzolo. Lo dice sempre la mia mamma.» Quindi, senza aspettare un commento, Annie si avvicinò alla televisione e l'accese. Prese il telecomando, salì sul divano accanto a lei e le si rannicchiò contro come se la conoscesse da tutta la vita. Si mise un po' della trapunta sulle gambe e cominciò a cambiare canale, cercando il cartone che voleva guardare.

Kassie sedeva immobile, paralizzata dai pensieri che la facevano sentire indegna. Come quella bambina riuscisse ad avere una visione così solare e positiva della vita andava oltre la sua comprensione. Aveva passato l'inferno, eppure era lì seduta a fare amicizia con qualcuno perché sapeva che i suoi genitori si fidavano di lei. Non era sicura di meritare quella fiducia, ma avrebbe preferito tagliarsi un braccio piuttosto che fare qualsiasi cosa che avrebbe ferito l'adorabile bambina accanto a lei.

Esitante, mise il braccio attorno alle spalle di Annie e sospirò di sollievo quando si limitò a sistemarsi più vicino. Rimasero sedute in quel modo per i successivi quaranta minuti. Annie parlò ininterrottamente della sua tartaruga preferita e di come avrebbe imparato a combattere come facevano loro, e che un giorno sarebbe diventata un soldato e avrebbe "preso a calci i cattivi", proprio come faceva papà Fletch.

Kassie non fu sorpresa di sentire bussare alla porta. In realtà pensava sarebbe successo molto prima. Fece una carezza sulla testa di Annie mentre si alzava. «Vado io.»

«Assicurati di guardare dal buco prima di aprire la porta» la istruì Annie, senza distogliere lo sguardo dallo schermo.

«Lo farò» la rassicurò Kassie. Abbassò lo sguardo, si diede un'occhiata e fece una smorfia. Non era esattamente vestita per ricevere visite, ma non poteva farci niente. Almeno indossava anche i pantaloncini da notte invece che solo la maglietta oversize come al solito.

Guardando attraverso lo spioncino, vide Emily dall'altra parte. Sollevata di non dover affrontare Fletch – Hollywood poteva anche essere l'uomo più bello che avesse mai visto, ma neanche i suoi amici erano proprio male, e farsi vedere in pigiama da lui in quel momento l'avrebbe messa molto a disagio – aprì la porta.

«Ciao Kassie. Mi dispiace disturbarti. Sono venuta a prendere Annie. Spero che non ti abbia dato fastidio» disse Emily, con un largo sorriso di scusa sul viso.

Non le sfuggì il fatto che non avesse chiesto se sua figlia fosse lì, si era solo scusata perché *era* lì. Hollywood e Annie avevano ovviamente avuto ragione riguardo alle telecamere.

«Nessun problema, stavamo solo guardando la TV.»

Emily si sporse in avanti e disse con voce sommessa per far sì che sua figlia non sentisse. «Sarei venuta qui trenta minuti fa, ma Fletch ha deciso, dato che avevamo la casa tutta per noi, che ne avrebbe approfittato.» Arrossì, ma continuò: «Ha anche deciso che Annie ha bisogno di un fratello o di una sorella e cerca di farlo ogni volta che si presenta l'opportunità.»

Kassie le sorrise. Avrebbe dovuto sembrare strano che in sostanza le stesse dicendo che lei e suo marito ci avevano dato dentro, ma per qualche motivo non era così. Più che altro, la faceva sentire come una vera amica, invece che una ragazza qualunque che era venuta a passare la notte nella casa degli ospiti della loro proprietà.

«Come ho detto, nessun problema. Sono felice di aver potuto... ehm... fornire una distrazione a tua figlia.» Si sorrisero poi Kassie aggiunse: «Oh, entra. Scusami, avrei dovuto dirlo subito.»

Emily agitò una mano come per dirle che non era niente. «Non preoccuparti.» Andò dritta da Annie, che ora era sdraiata sul divano sotto la coperta che aveva recuperato, gli occhi ancora incollati sulle avventure delle tartarughe sullo schermo. Emily si chinò e le baciò la fronte, poi disse: «Ehi, Annie.»

«Ciao mamma.»

«Non ti avevamo avvertito che non era educato disturbare la nostra ospite così presto la mattina?»

«Sì, ma papà ha detto che Hollywood sarebbe arrivato e l'avrebbe portata via, e volevo incontrarla, quindi ho dovuto arrivare prima di lui.»

Emily scosse la testa esasperata, poi si raddrizzò. «Vuoi qualcosa da mangiare, piccola?»

«Sì.»

«Che cosa?»

«Sorprendimi» fu la risposta di Annie.

Kassie rimase a bocca aperta. Buon Dio, parlava come un'adolescente non come una bambina di soli... non sapeva quanti anni avesse, ma di certo non più di otto.

Emily colse il suo sguardo e ridacchiò mentre entrava in cucina. «Lo so, lo so. Trascorre molto tempo con Fletch e i suoi amici e tende a imparare alcune delle cose che dicono.» Scrollò le spalle. «Non sto lì a correggerla, a meno che non siano cose terribili.»

Sentì il bisogno di dire qualcosa, la donna che aveva davanti era davvero gentile con lei e non era sicura di meritarselo, così sbottò: «Non sapevo cos'avesse intenzione di fare Richard.»

Emily aveva aperto il frigorifero e si voltò verso di lei sorpresa. «Ovvio che non lo sapessi.»

«Voglio dire, uscivo con lui, anche se in realtà negli ultimi mesi non lo facevo più, ma non voleva proprio lasciarmi andare. Se avessi saputo cosa ti stava facendo o cosa aveva pianificato di fare a te e ad Annie, sarei andata alla polizia. Ti giuro che l'avrei fatto.»

Chiuse la porta del frigorifero e andò da lei, le mise le mani sulle spalle e disse piano: «Kassie, lo so. Niente di ciò che ha fatto è stata colpa tua. So, più di chiunque altro quanto possa essere minaccioso. Quindi rilassati, ok? Né io né Fletch pensiamo male di te.»

«Se Annie fosse mia figlia, non credo che riuscirei a perdonare una cosa del genere come fai tu» affermò sincera.

Emily ridacchiò e fece un cenno verso la bambina sul divano. «Pensi che lei mi permetterebbe di non perdonare?»

Kassie sorrise. «Probabilmente no.»

«Esatto. Voleva venire a conoscerti, così l'ha fatto. A volte siamo preoccupati di quanto sia estroversa e intrepida, ma lo fa con intelligenza. Fletch e io abbiamo parlato di te di proposito di fronte a lei. Volevamo che sapesse che eri un'amica e ci fidavamo di te tanto da farti stare nella nostra proprietà. Sì, è un tipo tosto, ma ha pur sempre solo sette anni.»

«Grazie per aver avuto fiducia in me» disse in tono sommesso.

«Prego. Ora, se fossi in te, mi farei una doccia e mi cambierei. Ho la sensazione che Hollywood sarà qui molto presto. Stasera faremo un barbecue e ci saranno tutti.»

«Tutti?».

«Sì. Hai già incontrato le ragazze, ma spero che ci sia anche Mary così ti potrà conoscere. Oggi incontrerai Fish, durante la riunione.»

«Riunione?» A Kassie non piaceva ripetere ciò che diceva, ma le stava raccontando cose di cui non era al corrente.

«Oddio. Hollywood non te lo ha detto?»

«Oh, sì, credo che lo abbia fatto. Devo averlo dimenticato, o rimosso.»

Emily ridacchiò. «Dubito che sarà orribile come pensi. Da quello che ho capito, Hollywood ha chiesto un incontro con il suo comandante e il team. Ci sarete anche tu e Fish. Vogliono parlare di Jacks e quale sarà il prossimo passo da fare per affrontarlo.»

Cercò di non farsi prendere dal panico, ma non voleva davvero pensare di partecipare a una riunione con tutti gli amici di Hollywood, magari in uniforme. Soprattutto non con il suo comandante. Sembrava minaccioso e riportava a galla troppi ricordi di quando doveva stare con Richard e i suoi amici mentre parlavano. A loro piaceva indossare le divise e darle ordini mentre facevano le riunioni.

Come se potesse leggerle nel pensiero, Emily disse subito: «Non preoccuparti. La maggior parte degli ufficiali di alto rango della base sembrano spaventosi, ma non lo sono. Vogliono solo risolvere la situazione il più presto possibile in modo che tu e tua sorella siate al sicuro.»

Va bene. Era ovvio che Emily sapesse quasi tutto quello che stava succedendo. «E pensi che Hollywood sarà qui presto?»

«Beee', Fletch stava parlando con lui quando sono uscita di casa, e gli stava dicendo che molto probabilmente Annie ti aveva svegliata alle prime luci dell'alba. E se Hollywood è come mio marito, e so che è così, se sa che sei sveglia e ti sei alzata, vorrà essere qui per stare con te.»

Kassie guardò l'orologio e vide che Emily era lì da circa dieci minuti. «Da quanto tempo conoscevi Fletch quando ha deciso che eri quella giusta per lui?»

«Cioè dopo che ha capito che avevamo avuto un grosso problema di comunicazione e si è reso conto che Jacks non era il mio ragazzo, ma mi stava ricattando?»

«Ehm... sì?»

«Circa tre minuti e mezzo, credo.» Emily sorrise raggiante. «Suppongo che Hollywood non abbia esitato a farti sapere che la tua vita è cambiata ora che c'è lui.»

«Qualcosa del genere» mormorò. Una parte di lei voleva essere sconvolta o spaventata, ma i sentimenti di soddisfazione e contentezza vinsero.

«Benvenuta in famiglia» le disse Emily, del tutto seria. La strinse in un rapido abbraccio, poi continuò con nonchalance:

«Non ci vuole molto per arrivare qui dalla casa di Hollywood. A quest'ora del mattino, forse dai quindici ai venti minuti.»

«Sì, più o meno» concordò.

«Giusto. Quindi è meglio se fai la doccia, no?» ribadì in tono ironico.

«Grazie» le disse, sperando che capisse per cosa la stava ringraziando.

«Prego. Ora vai. Tic-tac.»

Kassie fece una rapida deviazione per salutare Annie e farle sapere che l'avrebbe vista più tardi, prima di correre nella sua stanza per prendere ciò di cui aveva bisogno per prepararsi. Pur sapendo che avrebbe dovuto parlare di Richard e Dean con tutti gli amici di Hollywood, moriva dalla voglia di rivederlo.

CAPITOLO UNDICI

«SEI sicura che non ti abbia creato problemi che Annie sia venuta stamattina?» Hollywood chiese a Kassie mentre andavano alla base.

«Sto bene, sul serio.»

«Nessun momento di difficoltà?» insistette.

Kassie si girò per guardarlo mentre guidava. Non avrebbe dovuto essere sorpresa che fosse così in sintonia con lei, ma lo era.

«Forse un paio, ma è tutto a posto.»

«Vuoi raccontarmeli?» le chiese.

Non era proprio una pretesa e lo apprezzò. Sapeva che era preoccupato per la sua reazione in merito alla riunione che stavano per avere con tutti i suoi amici e il comandante. A essere sincera, *era* preoccupata di ciò che sarebbe potuto succedere, ma anche se conosceva da poco Hollywood, sapeva che non l'avrebbe messa in una posizione in cui sarebbe stata attaccata.

«Annie mi ha scioccato. Avevo incontrato Emily al ballo, ma vedere con i miei occhi quanto sia incredibile, divertente e carina la bambina, mi ha fatto un certo effetto. Mi sono sentita in colpa anche solo per il fatto di *conoscere* Richard.»

Hollywood le prese la mano, intrecciando le dita con le sue. La familiarità di quel gesto era rassicurante per Kassie. «Nessuno ti incolpa per quello che è successo. Men che meno Annie o Emily.»

«In cuor mio lo so, ma a livello emotivo sto ancora cercando di farmene una ragione.»

«Fintanto che non lasci che quel sentimento si frapponga tra noi, puoi continuare a provarci» le disse con un'espressione seria. «Ma spero che dopo oggi ti avvicinerai ancora di più a crederci. Mi hai già raccontato qualcosa di quello che ti ha fatto quello stronzo e odio proprio che ti abbia toccata. Ma anche senza essere a conoscenza di tutto, sono abbastanza perspicace da capire che a causa sua hai vissuto, e stai ancora vivendo, un inferno. Ciò che hai passato tu sarà anche diverso da ciò che è successo a loro, ma è pur sempre un inferno.»

Kassie rifletté sulle sue parole per un lungo momento. Aveva ragione. Doveva smettere di pensare a com'era Richard prima del suo infortunio. Quell'uomo era sparito da tempo. Sapeva, senza ombra di dubbio, che Hollywood e i suoi amici l'avrebbero aiutata a liberarsi dall'oppressione del suo ex una volta per tutte e, allo stesso tempo, a sbarazzarsi di Dean. «Hai ragione.»

Hollywood ridacchiò. «Certo che ci hai pensato a lungo prima di arrivare a quella conclusione.»

«Be', sai» disse, senza sorridere, «Prima di tutto, ho pensato a tutti i begli uomini in uniforme che vedrò una volta arrivatia Fort Hood. Poi se sarei riuscita a fare delle foto a loro insaputa da poter condividere con Karina quando torno a casa, e ciò ha portato a farmi pensare a te in uniforme quando eri al ballo e al fatto che non ho potuto apprezzarlo adeguatamente. E *quello* mi ha fatto pensare a cosa avresti potuto indossare sotto l'uniforme da cerimonia... quindi sì, scusa, mi sono distratta.»

Allo sguardo scioccato sul suo viso, Kassie non riuscì più a trattenere il ghigno. Ridacchiò come se non avesse un problema al mondo. «Dovresti vedere la tua faccia» riuscì a dire tra le risatine. «Impagabile!»

«Sai, è piuttosto interessante, ho pensato più volte a ciò che potevi avere tu sotto il vestito» ribatté.

Senza perdere un colpo, Kassie replicò: «Niente.»

«Come, scusa?»

«Niente. Non volevo che si vedesse il segno delle mutandine e, anche se avevo comprato un reggiseno adatto al vestito, era scomodo. Così Karina mi ha convinto a stare completamente nuda sotto. Penso che sperasse che sarei stata fortunata, quindi probabilmente aveva un ulteriore motivo.»

Hollywood quasi si soffocò e Kassie gli diede delle pacche sulla schiena come meglio poté nello spazio esiguo della macchina. «Tutto bene?» chiese preoccupata mentre il suo viso diventava rosso e continuava a tossire.

Quando riprese il controllo, scosse la testa, scoraggiato. «Devo smettere di provare a competere con te. Mi batti ogni volta.»

«Che cos'ho detto?» domandò con un'espressione innocente.

«Sai esattamente cos'hai detto» le rispose, cercando di nuovo la sua mano.

Kassie la prese con gioia e si risistemò, rilassandosi sul sedile «Chi ci sarà oggi?» gli chiese, tornando seria.

Hollywood le strinse la mano. «Prima di tutto, smettila di preoccuparti. Non succederà nulla che possa stressarti. Conoscono già tutti la tua situazione; abbiamo solo bisogno di studiarla bene per fermare Jacks e Dean una volta per tutte. Quindi, ci saranno i ragazzi... Ghost, Fletch, Coach, Beatle,

Blade e Truck. Anche Fish è voluto venire ed essere coinvolto. E ci sarà il mio comandante.»

«Non ho assolutamente idea di cosa potrei far comunicare a Richard tramite Dean per far sì che smetta di crearvi problemi» gli disse con sincerità.

«È il motivo per cui facciamo questa riunione con tutto il gruppo. È il modo in cui lavoriamo meglio... come un team. Ognuno di noi butta giù qualche idea e una volta finito, avremo un piano. Non sei più da sola, Kassie. Hai me e i miei amici dalla tua parte. Farò tutto il possibile per assicurarmi che tu e tua sorella siate al sicuro.»

«E che mi dici di te?»

«Di *me*?»

«Che cosa hai intenzione di fare per proteggerti?» chiese. «A Richard non importa davvero di me. Sono giunta alla conclusione che sono come il suo vecchio giocattolo preferito; non vuole più giocare con me, ma non vuole che lo faccia nemmeno qualcun altro.» Fece una smorfia. «Non era la migliore analogia, ma sai cosa intendo.»

«Sì.»

«In ogni caso, l'unica ragione per cui sono qui è perché odia te e i tuoi amici. Potremmo trovare un modo per liberare me dal suo controllo, ma voi ragazzi? Dicevo sul serio quando ti ho scritto in quella mail che ti ho inviato subito dopo il ballo, che vuole vedervi tutti morti. Non sarei molto felice se il ragazzo che mi interessa dovesse morire. Sarebbe un punto a sfavore sul mio curriculum per eventuali futuri fidanzati.»

«Prima di tutto, non ce ne saranno di futuri perché non andrò da nessuna parte» le disse Hollywood in tono un po' stizzito. Avrebbe sorriso, ma lui continuò: «In secondo luogo, posso garantire che non ci faremo ammazzare.»

«Non puoi garantirlo» insistette.

Hollywood fece un respiro profondo, poi lo buttò fuori piano prima di dire: «Sto per confidarti qualcosa di top secret.

Potrebbe mettermi nei guai con il mio comandante e l'esercito, ma te lo dico perché dato che sei la mia donna, devi saperlo. E mi mette a disagio tenertelo nascosto.»

«Oh, mio Dio» sussurrò, cercando di liberare la mano dalla sua. «Sei sposato, vero?»

«No» le rispose senza irritazione nella voce. «Rilassati e ascoltami.»

Kassie provò a decifrare la sua espressione, ma non ci riuscì. Non aveva assolutamente idea di cosa fosse così segreto da poterlo mettere nei guai se glielo avesse detto. Pensava di sapere molto sull'esercito, ma come era stato dimostrato al ballo, ciò che aveva imparato da Richard probabilmente non era accurato.

«Sono della Delta Force.»

Andò subito al sodo in tono piatto. E Kassie non aveva idea di cosa volesse dire.

«Va bene. E?» gli chiese.

Le labbra di Hollywood si contrassero, ma rispose semplicemente: «E cosa?»

«È questo il grande segreto?»

«Sì, Kass. È questo.»

Si scervellò per un momento ma non le venne in mente nulla. Alla fine, gli disse: «Visto il tuo comportamento, dovrebbe significare qualcosa per me, ma mi dispiace davvero, non ho idea di cosa voglia dire. Potrei cercarlo su Google, ma immagino che si farà prima se mi dici ciò che vuoi che sappia. È qualcosa di brutto?»

«Davvero non hai idea di cosa sia la Delta Force?» le chiese inarcando le sopracciglia sorpreso.

Non sembrava arrabbiato, ma Kassie non riuscì a interpretare il suo tono. Decise che la cosa migliore fosse essere succinta. «No.»

«Hai sentito parlare dei Navy SEAL, vero?»

«Ovvio. Tutti hanno sentito parlare dei SEAL. Sono

uomini duri che vanno all'estero in missioni super segrete. Non sono stati loro che alla fine hanno fatto fuori Osama Bin Laden? Penso di averlo visto da qualche parte ma...» La sua voce si affievolì quando le passò per la mente un pensiero. «Oh.»

Ora Hollywood stava sorridendo. «Sì. Oh.»

«Quindi sei un SEAL, ma per l'esercito?»

«Accidenti, tu sì che sai come dare un brutto colpo all'ego, tesoro. No, i Delta non sono SEAL; siamo meglio di loro.»

Kassie socchiuse gli occhi mentre cercava di immaginarlo. No, semplicemente non poteva farlo. Continuava a vederlo con la sua camicia bianca elegante, il papillon e la bella divisa blu con tutte le medaglie. «Quindi sei un Delta Force. E lo sono anche i tuoi amici?»

«Sì. A differenza dei SEAL, teniamo completamente all'oscuro i media riguardo alle nostre missioni. Non ne parliamo e ciò che facciamo non viene mai trasmesso in TV o riportato. Non saremo mai invitati alla Casa Bianca per essere elogiati dal Presidente. Facciamo le nostre cose, torniamo a casa e viviamo tenendo un profilo basso per la maggior parte del tempo. Ci concentriamo principalmente sulle missioni antiterrorismo.»

«Cosa significa?» chiese in tono sommesso, ora preoccupata.

«Di solito veniamo inviati in situazioni in cui dobbiamo uccidere o catturare obiettivi di estrema importanza, o per smantellare le cellule terroristiche. Siamo flessibili e possiamo agire solamente noi sette o all'interno di unità più grandi. Abbiamo lavorato con la CIA, oltre a proteggere il Presidente quando è andato in visita in Paesi in guerra.»

«Quindi è pericoloso» concluse Kassie.

Hollywood la guardò come se fosse pazza. «Sì, Kass, intrufolarsi in Iraq senza che il governo sappia che siamo lì per

cercare di uccidere le persone, a volte tende ad essere un po'
pericoloso.»

Gli lanciò un'occhiataccia. «Non prenderti gioco di me.»

«Non lo sto assolutamente facendo» le disse Hollywood.
«Quello che *sto* cercando di fare è rassicurarti sul fatto che
Jacks e il suo tirapiedi bastardo non riusciranno a uccidere me
o nessuno dei miei amici. Siamo addestrati per affrontare cose
del genere. Come pensi che siamo riusciti a batterli così in
fretta in quell'esercitazione? Quando abbiamo salvato Emily e
Annie, ci sono voluti meno di venti minuti. Non sono preoccupato per me o per i miei amici, sono preoccupato per te. E
per Karina. E per chiunque altro a cui vogliano dar fastidio,
nella futile speranza di poter prendere alla sprovvista qualcuno di noi. Non succederà. Punto.»

«Va bene, allora» cercò di scherzare, incerta se fosse sollevata o meno. «Sei un soldato super-tosto e top-secret che si
mangia i Navy SEAL a colazione e sputa stupidi ex-fidanzati
soldati che pensano di essere un dono di Dio per l'esercito.
Ho riassunto bene?»

«Più o meno.»

Kassie fece un sospiro di sollievo quando le sorrise. Si
stavano avvicinando al cancello della base e cercò di non
essere nervosa. Era già stata lì un paio di volte con Richard,
ma adesso sembrava diverso.

Hollywood tese la mano. «Deve vedere il tuo documento
d'identità, Kass.»

«Certo» disse, frugando nella borsetta ai suoi piedi. Prese
la patente e la diede a Hollywood, che la consegnò al soldato
vicino al finestrino. Esaminò entrambi i documenti, poi li
restituì.

«Buona giornata, sergente Caverly. Miss Anderson.» Fece
un cenno con il capo che Hollywood ricambiò, e Kassie
sorrise al giovane. Poi ripartirono e oltrepassarono il cancello.

«Accidenti!» esclamò lei, accasciandosi sul sedile. «Sono

contenta di non aver dovuto subire una perquisizione questa volta.»

«Quel coglione ti ha fatto anche quello?» ringhiò Hollywood.

Sussultò a sorpresa. «No, no, no. Scusa, Stavo cercando di fare una battuta. Mi pare ovvio di aver *fallito* nell'intento.»

«Una volta mi hai detto che tendi a scherzare quando sei nervosa, e odio che tu lo sia perché siamo alla base circondati da uomini in divisa. Sei a tuo agio con me, ma mi rendo conto che in realtà per te è difficile essere qui» le disse mentre andavano verso il suo ufficio. «So che è a causa di quello stronzo, ma comunque è frustrante per me.» Le lanciò un'occhiata, stringeva le mani così forte che aveva le nocche bianche.

«Non sono...»

«Lo sei» insistette. «Ed è colpa di Jacks. Non ho dimenticato tutte quelle stronzate che ha cercato di inculcarti sui balli militari e le nostre tradizioni. Te l'ho detto una volta e te lo dirò di nuovo, se hai delle domande o ti senti a disagio, promettimi che me lo dirai. Non essere imbarazzata. Come puoi conoscere le cose se non le chiedi?»

«Va bene.»

«E tanto perché tu sappia, oggi tutti saranno in divisa, tranne probabilmente Fish. Sta per essere congedato per ragioni mediche e non è tenuto a presentarsi in uniforme. Ma sei al sicuro qui, Kassie. Non so quali altre cose assurde ti abbia fatto fare quel coglione mentre lui e i suoi amici giocavano a travestirsi e cercavano di fare i soldati duri, ma non succederanno. Ciò che *accadrà* è che ci saluteremo in modo amichevole, prenderemo un caffè, ci accomoderemo intorno a un grande tavolo e parleremo. Potremmo imprecare. Va bene, è una bugia, *impreacheremo*. Potremmo incazzarci e agitarci, ma non con te. Io e i miei compagni non siamo assolutamente un pericolo per te. Capito?»

«Grazie, Hollywood.»

«Non ringraziarmi» le disse subito. «Non dovresti mai ringraziare il tuo uomo per averti protetto. È un mio privilegio, onore e dovere farlo.» La guardò e fu sorpreso di vederla sorridere. «Che c'è? Non stavo scherzando.»

Il suo sorriso svanì. «Lo so. È solo... sembrava qualcosa che qualcuno avrebbe detto in un film.»

Hollywood si fermò nel suo posto riservato nel parcheggio e spense il motore. Si voltò verso Kassie e le prese le mani, sfregandole delicatamente per cercare di scaldarle le dita fredde. «Sono finiti i giorni in cui cercavi di fare tutto da sola, Kass. Non ci sarò solo io che veglierò su di te, ma anche altri sette uomini che ora stanno aspettando di sopra e che faranno tutto ciò che in loro potere per assicurarsi che tu stia bene, sia al sicuro e felice.»

«Sembra quasi una setta.»

«Nessuna setta, tesoro. Solo amici. I migliori che un uomo potrebbe mai avere. Il tipo di uomini che darebbero la vita per la mia senza pensarci, come io farei per loro.»

«Sono nervosa» sbottò Kassie.

«Lo so. Se pensi che non me ne sia accorto, sei pazza. Ma non importa, perché ho intenzione di fare tutto il possibile per renderti più facile la situazione. Tutto ciò che devi fare è aggrapparti a me. Tra un paio d'ore ce ne andremo da qui, torneremo a casa mia per potermi cambiare e ti riporterò da Fletch. Staremo in compagnia degli uomini che conoscerai qui oggi e delle loro donne, e ci rilasseremo. Dopo questa riunione la tua vita cambierà... in meglio. Devi solo restare al mio fianco e fidarti di me. Puoi farlo?»

Vide le emozioni turbinare nei suoi occhi. Non ne aveva mai visti di così espressivi come quelli di Kassie. Vi lesse la sua accettazione prima che le parole le lasciassero le labbra.

«Sì. Posso farlo.»

«Bene. Ora, forza, andiamo di sopra. Ti offro una tazza di

caffè orribile, non ti consiglio di berlo ma puoi tenerlo tra le mani così eviterai di slogarti le dita. Va bene?»

Gli sorrise. «D'accordo.»

Hollywood si chinò, le baciò la fronte, tenendo le labbra sulla sua pelle per un lungo momento mentre mormorava: «Per niente al mondo mi sfuggirai ora che ti ho trovato. Jacks non vincerà questa guerra.»

Si tirò indietro e uscì senza aspettare che lei rispondesse.

Non c'era alcun dubbio. Quella *era* una guerra. Jacks l'aveva iniziata con Emily e sarebbe finita presto.

CAPITOLO DODICI

«Non possiamo semplicemente picchiare a sangue Dean?»

«E se riuscissimo a convincere qualcuno a far fuori Jacks mentre è chiuso in galera? Chi conosce qualcuno?»

«Penso che dovremmo dargli una falsa indicazione su un momento e un luogo in cui facciamo un'altra esercitazione e inchiodare Dean quando proverà a imbucarsi.»

«E la sorella? Pensi che Dean proverà a farle qualcosa come ha fatto con Emily?»

«Riusciamo a fare qualcosa di legale?»

A Kassie faceva male la testa. Erano seduti intorno al grande tavolo da almeno un'ora e non era stato ancora deciso niente. Tutto ciò che gli uomini facevano era porre domande... senza in realtà definire nulla. Apprezzava il fatto che fossero andati lì durante un fine settimana per aiutare lei e la sorella, ma non aveva mai partecipato a una riunione come quella. Nel suo lavoro quando c'era un problema, un manager prendeva una decisione e finiva lì. Ma ora aveva più domande che risposte e stava rapidamente arrivando al suo limite di sopportazione.

Hollywood le aveva preso la mano sotto il tavolo dall'inizio della riunione e non l'aveva mai lasciata. Ma lei non ne poteva più.

Si liberò, spinse indietro la sedia e si alzò. Cominciò a camminare avanti e indietro nel piccolo spazio della sala conferenze. Si massaggiò la fronte con una mano e si mise l'altra sul fianco mentre percorreva la stanza.

«Di' ciò che pensi» le ordinò Ghost mentre tutti tacevano e la guardavano camminare.

Kassie non girò nemmeno la testa. Si era fatta prendere dall'ansia appena entrata nella stanza, ma al momento era più che altro stanca e frustrata. Voleva aiutarli, ma ogni volta che accennavano a ciò che Richard aveva fatto a Emily o a lei, peggioravano solo la situazione.

Elencò i pensieri con le dita continuando a camminare. «Uno, Richard è dietro le sbarre e comunica le sue idee folli a Dean, che esegue i suoi ordini. Due, Dean è stupido. È riuscito a malapena a passare le elementari e le medie e ha faticato a finire il liceo. Tre, solo perché Dean è stupido non significa che non sia una minaccia. È grande e forte, e può facilmente sopraffare me e Karina. Quattro, è inquietante e sta spiando mia sorella. Cinque, vogliono che passi informazioni su di voi, in modo da poter fare qualcosa. Ma cosa? Sei, mettiamo che non gliele passi, cos'hanno pianificato per Karina? Se le fanno qualcosa, cosa ci guadagnano? Sette, se passo delle informazioni, smetteranno di minacciare me o Karina? O continueranno solo perché ho fatto ciò che hanno chiesto?»

Smise di camminare e si girò verso gli uomini al tavolo e disse con decisione: «Non posso ignorare Dean. Non posso e non voglio mettere in pericolo Karina. Devo dirgli qualcosa. Ma cosa? Questa è la domanda. Cosa posso dirgli di riferire a Richard in modo da porre fine a tutto questo?»

«Per quanto odi dirlo» rispose Fletch «credo che niente di

ciò che potresti dirgli metterà fine alle sue minacce. Lui gode di questa situazione.»

Kassie fece un sospiro esasperato. «Allora cosa faccio? Lascio che continui a minacciare per sempre me e mia sorella?»

«Certo che no» disse Fletch calmo, per niente infastidito dalla sua frustrazione. «Fornirai delle informazioni a Dean, che le riferirà a Jacks, che deciderà cosa farne, poi finiremo questa farsa una volta per tutte.»

Rimasero tutti in silenzio per un momento poi Fish parlò: «Karina non sarà un problema. Sono già ad Austin. Lunedì sarò dimesso ufficialmente e quindi libero di tenerla d'occhio.»

Kassie lo guardò a bocca aperta ma prima che potesse dire qualcosa, Truck si intromise: «Esci lunedì? Grandioso amico. Sono contento per te.»

Fish fece un cenno con il mento all'altro uomo, ma tenne gli occhi su di lei. «Quando non c'è Hollywood, ti prometto di tenere d'occhio te e tua sorella. Farò tutto ciò che è in mio potere per assicurarmi che Dean non sia più una minaccia per te. Non solo, ma ti garantisco Kassie, che non dovrai più preoccuparti di Richard Jacks dopo che tutto questo sarà finito.» C'era una sfumatura letale nel suo tono che la portò a credergli ciecamente.

«Fish, non fare niente di stupido» lo avvertì il comandante. «So che non sei sotto il mio comando e tecnicamente non sei più nemmeno un impiegato degli Stati Uniti d'America, quindi sai che non posso coprire qualsiasi cosa tu faccia, ma l'ultima cosa di cui hai bisogno è di finire anche tu a Leavenworth.»

Fish si voltò e guardò l'uomo più anziano. «Non so cosa voglia dire, Signore. Sto solo dicendo che sono sicuro che i miei amici, e lei, scoprirete un modo per impedire a Jacks di minacciare Miss Anderson in futuro. Ho ragione?»

Nessuno disse una parola per parecchio tempo, poi il comandante si schiarì la gola e ammise: «Hai ragione.»

«Va bene allora» continuò Fish. «Quindi, quali informazioni dovrà dare a Dean in modo che le riferisca a Jacks?»

Lo sguardo di Kassie passò dall'ex soldato segreto al resto dei soldati segreti seduti attorno al tavolo. Se Hollywood non le avesse detto che erano Delta Force, non lo avrebbe mai immaginato, ma... avrebbe capito fin nel profondo che erano diversi. Più letali. Più pericolosi di un soldato qualsiasi.

Anche se non era abituata al modo in cui prendevano le decisioni, c'era qualcosa nel loro atteggiamento e nel modo in cui parlavano e pianificavano, che trasudava... competenza.

«Cosa ti ha detto Dean che dovevi fare la sera del ballo?» le chiese Beatle.

Kassie fece un respiro profondo e tornò alla sua sedia. Hollywood la girò per lei e quando si sedette la ruotò di nuovo e le riprese la mano.

«Ha detto che ero stata brava a convincere Hollywood a chiedermi di uscire. Voleva sapere se gli avevo inviato foto di nudo o cose del genere.»

«Bastardo» mormorò Hollywood. «Quello stronzo non riconoscerebbe una donna di classe nemmeno se gli arrivasse in faccia. Probabilmente riesce a scopare solo se paga.»

Kassie non riuscì a trattenere un sorriso. Guardandosi attorno al tavolo, notò che anche gli altri uomini non si erano trattenuti; avevano tutti dei gran sorrisi. Quindi ignorò lo sfogo di Hollywood, si limitò a stringergli le dita in segno di ringraziamento per averla difesa e continuò: «Ad ogni modo, mi ha detto che dovevo provare a sapere da Hollywood o da uno qualsiasi degli altri uomini, se sareste stati fuori città presto, qualsiasi dettaglio sulle vostre fidanzate o altro che pensavo potesse essere utile.»

«Utile per cosa?» chiese subito Blade, prima che qualcuno

potesse arrabbiarsi perché Jacks voleva informazioni su Rayne, Emily o Harley.

«Non lo so» rispose. «Se lo avessi saputo, gli avrei già riferito qualcosa. Dopo avervi incontrati, non volevo dire *nulla* che potesse crearvi problemi.»

«Ti ha contattato dopo il ballo?» chiese Truck.

Annuì. «Ha scritto un paio di volte. Gli ho detto che stavo ancora vedendo Hollywood e che stavo cercando di scoprire qualche informazione che potesse usare.»

«Come ha preso questo ritardo?» Fu il comandante a chiedere questa volta.

«Mi ha chiamato e mi ha detto che ero una troia, e che era meglio se gli avessi detto presto qualcosa di utile altrimenti Karina si sarebbe ritrovata a essere venduta a un trafficante di donne e stesa sulla schiena in Messico.» Kassie rabbrividì al pensiero. Non era stata una bella giornata, e Hollywood l'aveva convinta a non rapire sua sorella per trasferirsi a Timbuktu.

«Merda» imprecò Beatle.

Kassie sentì gli altri borbottare sottovoce, ma non capì nulla mentre Hollywood le metteva una mano sulla guancia per girarla verso di lui. «Stai andando alla grande, tesoro. Tieni duro.»

«Grazie» sussurrò, anche se non le sembrava che stesse andando bene.

«L'ultima cosa che vogliamo è che sposti di nuovo l'attenzione su una delle vostre donne» affermò il comandante dopo che i borbottii dei Delta si zittirono. «Il problema è che sarà difficile dimostrare che c'è *Jacks* dietro a tutto questo. Vogliamo che lei fornisca informazioni a Dean da riferirgli, ma non so come dimostrare che sta orchestrando questa fottuta cosa da dietro le sbarre.»

«Ma se eliminiamo Dean, che attualmente è la minaccia più grande per Kassie e sua sorella» rifletté Hollywood «Jacks potrebbe reclutare qualcun altro per aiutarlo, ma a quel punto si spera che avremo trovato un altro modo per sconfiggerlo... e finalmente, lei sarà al sicuro.»

«Ottima idea» concordò il comandante.

«Che ne dite di un'altra esercitazione?» chiese Truck.

«Sì» disse Blade, comprendendo dove voleva arrivare. «Se Kassie informa Dean che Hollywood le ha detto che sarebbe stato fuori città e che non sarebbe stato in grado di parlarle o vederla per alcuni giorni, potremmo aspettare e vedere se qualcuno prova a imbucarsi.»

«E se lo facessimo da qualche parte lontano da questa zona, dovrebbero viaggiare per arrivarci, il che significherebbe che Karina e Kassie sarebbero fuori portata mentre succede il tutto» aggiunse Hollywood.

«Galveston» decise Ghost. «È abbastanza lontano, ma possiamo farla passare come una manovra legata all'ISIS e i loro tentativi di contrabbandare roba nel paese tramite le navi.»

«È piuttosto specifico per un addestramento generico dell'esercito» osservò Fletch. «E Galveston non è esattamente fuori mano.»

La testa di Kassie girava a destra e a sinistra mentre gli uomini definivano e perfezionavano i loro pensieri. Era un po' stupita dal modo in cui esponevano reciprocamente le idee.

«Non a Galveston» disse infervorato il comandante. «Meglio al Rifugio nazionale della fauna selvatica di Brazoria. È lì nelle vicinanze, ma soprattutto è tutta prateria e ovviamente non è popolato. Possiamo allestire un falso centro di comando vicino a Christmas Bay. Possiamo usare un altro team di Del... ehm... uomini che sono sotto il mio comando qui.»

«Quali sono le possibilità che Jacks decida, visto che siamo tutti assenti, che sia l'occasione perfetta per rapire le nostre donne?» domandò Coach. «Non permetterò assolutamente che Harley e le altre siano bersagli facili mentre siamo laggiù con le mani in mano, in attesa di un agguato che potrebbe non accadere mai.»

«C'è sempre quella possibilità» disse Ghost. «Ha già dimostrato che utilizza le nostre donne per arrivare a noi. Ma spero che la sua arroganza e l'opportunità di farci fuori in un colpo solo sarà troppo allettante per lui per resistere. Perché dovrebbe prendere loro se può ucciderci tutti nella stessa esercitazione?»

«Ho già detto che avrei tenuto d'occhio Karina e Kassie» affermò Fish nel silenzio che seguì la dichiarazione di Ghost. «Se Rock non lavora, sono sicuro che verrebbe a farlo anche lui.»

«Scommetto che riuscirei a fare in modo che Rayne organizzi una delle sue serate tra donne quando ce ne andremo, così sarebbero tutte nello stesso posto» rifletté Ghost.

«Potrebbero venire qui alla base» propose il comandante. «Potrebbero usare la dependance che abbiamo per gli ospiti. Non potrebbero essere più al sicuro di così.»

«Non sottovalutiamo quello stronzo» disse Hollywood a denti stretti.

«Annie adora venire alla base» affermò Fletch. «C'è quel nuovo plotone femminile dei Ranger, giusto?»

Il comandante scambiò uno sguardo con lui, poi gli chiese: «Sì. Cosa stai pensando?»

«Potremmo dire che Annie e le donne sono state invitate alla base per vedere il plotone femminile affrontare la corsa ad ostacoli – Annie adora quella roba – e poi a partecipare a una cena speciale in cui potranno socializzare con loro e saperne di più su cosa significhi essere una donna in un'organizzazione dominata dagli uomini. In seguito, possono passare la notte qui alla base. Non sto dicendo che i Ranger debbano essere informati su tutto ciò che sta accadendo, ma possiamo metterli al corrente che esiste una minaccia contro Rayne,

Emily, Harley, Mary e Annie.» Sembrava ovvio che Fletch ci avesse riflettuto a fondo.

Kassie sbatté le palpebre sorpresa. Aveva sentito parlare dei Ranger dell'esercito, ma non aveva idea che alle donne fosse permesso di unirsi. Richard lo avrebbe *odiato*. Aveva cercato di entrare nel gruppo d'élite, ma era stato eliminato presto durante la selezione. Ogni donna che ci riusciva era sicuramente una dura.

«Potrebbe funzionare» rifletté il comandante. «Sarebbero protette nel caso in cui Jacks non abbocchi all'esca. Fatemi vedere cosa posso fare.»

«Quando?» sbottò Kassie. Si voltarono tutti a guardarla, così disse in fretta: «Il ballo di Karina è tra due settimane. Non so cosa significhi "tenerci d'occhio", ma non vorrà perderselo. Non aspetta altro. Andrà persino a comprare un vestito apposta questo weekend. Ha un nuovo fidanzato e non è mai stata così eccitata di partecipare a un ballo come questa volta.»

«In realtà, penso sia un'ottima coincidenza» disse il comandante. «Se lei è al ballo, in pubblico, soprattutto con un nuovo ragazzo che si spera non la perderà di vista, penso che sarà più al sicuro.»

Kassie non ne era convinta, ma non disse nulla.

«Mentre voi ragazzi siete al rifugio faunistico, terrò d'occhio Kassie» affermò Fish.

«No. Chiedo l'autorizzazione di disertare l'imboscata e rimanere ad Austin per proteggere Kassie» dichiarò con fermezza Hollywood, fissando il suo comandante. «Fish può occuparsi di Karina. Non può essere in due posti contemporaneamente.»

«Non pensi che dovresti essere al finto addestramento per dare autenticità alla cosa? Se Kassie ne parla a Jacks, lui si aspetta che tu sia lì.»

«Se siete tutti in mimetica con il viso dipinto, sarà quasi

impossibile dire chi è chi. Soprattutto per l'esercito improvvisato che metterà insieme. Non sapranno se ci sono o no. Fate in modo che qualcuno dell'altro team di... dell'altro team, si faccia passare per me.»

«Non sei obbligato a stare con me» protestò Kassie. «Starò bene. Richard vuole voi.»

«Autorizzazione concessa» dichiarò il comandante, non dando la possibilità a Hollywood di rispondere.

«Grazie, Signore» gli disse, poi si rivolse a Fish. «Tuttavia, apprezzerei il tuo supporto. Sono davvero contento che tu abbia finito con la riabilitazione. È un vero peccato che l'esercito perda un ottimo soldato come te.»

«Puoi contarci» confermò Fish, poi sorrise. «Ma non ti ci abituare. Mi trasferirò comunque in Idaho non appena concluderò l'acquisto della casa.»

«Hai comprato una casa?» gli chiese Truck. «Pensavo stessi solo guardando.»

«Sì, ma ne ho trovata una che mi piaceva.» Scrollò le spalle. «Devo ancora compilare tutti i documenti e dare un rene o due alla società che finanzia il prestito, ma ci sto lavorando. L'ispezione della casa è la prossima settimana.»

«Non potrei essere più felice per te» disse Truck, dandogli una pacca sulla schiena. «Non vedo l'ora di vederla. Spero che non pensi che lasciarci significhi che ti allontanerai da noi.»

«Non ci penso proprio. Organizzerò un barbecue per inaugurare la casa quando mi sarò sistemato.»

«Mi sembra una buona idea» confermò Truck.

«Allora tutto a posto?» chiese il comandante.

Tutti annuirono d'accordo, ma Kassie si guardò attorno, confusa. «Ehm... non ho idea di cosa sia stato deciso» disse con sincerità.

Hollywood le prese la mano e baciò il palmo prima di avvolgerlo tra le dita. «Dirai a Dean che mi hai sentito per caso parlare di un'esercitazione top-secret nel Rifugio nazionale della fauna selvatica di Brazoria, vicino a Galveston, che sarebbe stata una piccola cosa, plotone contro plotone. Ciò dovrebbe suscitare il suo interesse perché avrà maggiori possibilità di eliminarci. Le ragazze andranno tutte alla dimostrazione dei nuovi super soldati dell'esercito... che sono tutte donne. Tua sorella sarà al sicuro al ballo. Io starò con te a casa tua, Fish sarà in standby e quando Dean e i suoi scagnozzi si presenteranno, faremo loro il culo e li faremo arrestare per essersi intromessi in un addestramento del governo.»

«E Richard?» chiese.

«Mi occuperò io di lui» disse Fish prima che il comandante potesse intervenire.

«Ora, stammi bene a sentire, Munroe. Lo hai detto anche prima, ma non puoi...»

«Posso, e lo farò. Con tutto il rispetto, Signore, lei sa, come ogni uomo in questa stanza, che per uccidere il serpente bisogna tagliargli la testa.»

Kassie giurò che avrebbe potuto sentire cadere uno spillo, dal silenzio che c'era nella stanza.

Alla fine, il comandante dichiarò: «Quando ti trasferisci, Munroe? Perché prima sarai fuori dai piedi, meglio sarà.»

Stranamente, le sue parole sembrarono rilassare tutti.

«Non appena l'ufficio affari dei veterani approva il prestito e firmo i documenti per la casa, levo le tende.»

«Se c'è qualcosa che posso fare per affrettare le cose, chiedi pure» dichiarò il comandante mentre spingeva indietro la sedia e si alzava. «Per tutti gli altri, parlerò con il Generale e farò autorizzare questa roba. Ma verranno applicate le stesse regole dell'altra volta. È un'operazione non letale. L'esercito americano non può andare in giro a uccidere persone a causa delle minacce contro le fidanzate.»

«Non si tratta di una minaccia contro la mia fidanzata» ringhiò Hollywood. Kassie non l'aveva mai sentito così arrabbiato. Cercò di liberare la sua mano per dargli spazio, ma lui non volle lasciarla andare mentre continuava.

«Questa è una minaccia alla sicurezza nazionale. Jacks sta orchestrando tutto da dietro le sbarre. Come fa, eh? Deve avere un aiuto. I traditori che lavorano a Leavenworth non sono un problema da prendere alla leggera. Pensi al tipo di persone che sono incarcerate lì. Non sono esattamente cittadini modello, e Jacks è una cosa da nulla rispetto ad alcuni degli uomini che sono rinchiusi lì. Vuole che criminali violenti o membri di una banda ricevano informazioni dai loro seguaci? Stupratori? Assassini? Traditori che hanno connessioni con i talebani o l'ISIS? Non esiste, cazzo. Non metto la mia vita in pericolo a ogni missione per avere una guardia carceraria corrotta, che guadagna dieci dollari e venticinque l'ora e che guarda da un'altra parte quando un prigioniero fa una telefonata al suo contatto nel fottuto Afghanistan, o che passa informazioni ai suoi scagnozzi quando vanno in visita.»

«Hollywood...» lo avvertì il comandante, ma lo ignorò.

«Jacks è un coglione dilettante. Nessuno di noi è impensierito per lui o per i suoi tirapiedi, ma *siamo* preoccupati di quanto sia facile per Dean andare fino in Kansas a incontrarsi con lui. Di quanto sia facile per Jacks ricattare la sua ex fidanzata quando dovrebbe essere sottochiave per la sicurezza della società. Se ci riesce *lui*, cos'altro sta succedendo lassù? Quali altre informazioni vengono condivise e quali altre collaborazioni vengono formate?»

«Hai ragione» disse l'uomo con un tono basso «ma la tua mancanza di rispetto non è necessaria.»

Hollywood fece un respiro profondo. «Ne prendo atto» disse a denti stretti.

Rabbonito, il comandante annuì, poi guardò Kassie. «Parli con Dean. Dobbiamo chiudere questa faccenda. Lo contatti lei stessa se necessario.»

«Sì, Signore» disse Kassie, sollevata quando il comandante lasciò la stanza limitandosi ad annuire.

Si accasciò sulla sedia e mormorò: «Buon Dio. E io che pensavo che fossi *tu* autoritario, Hollywood.»

Qualche risata risuonò nella stanza, ma Fish non stava sorridendo quando chiese: «Sei d'accordo con il fatto che mi occupi di te e tua sorella quando Hollywood non può essere ad Austin?»

«Ehm, sì?» rispose, confusa. «Perché?»

«Per via di questo» disse, indicando la sua protesi. Il gancio all'estremità del braccio si aprì e si chiuse, come per sottolineare di cosa parlasse.

Kassie guardò Hollywood, che fissava accigliato Fish. Si voltò di nuovo verso l'altro uomo. «Mi dispiace... continuo a non capire.»

«Ho solo una mano, Kassie. Non sei preoccupata che non sia in grado di proteggerti come farebbe uno degli altri ragazzi che le hanno entrambe?»

Fissò l'uomo per un attimo e poi scoppiò a ridere. Era più che altro la tensione accumulata che si scioglieva, ma non riuscì a trattenersi. Alla fine, diventarono risatine e fece un respiro profondo, cercando di controllarsi.

«Non hai ancora finito?» sbottò Fish.

Kassie si calmò per il tono ferito nella sua voce. Merda, non aveva intenzione di insultarlo. Osservò l'ex soldato. Aveva la barba tagliata corta sulle guance, ma un po' più lunga sul mento che in aggiunta al gancio affilato e letale all'estremità del braccio, lo facevano sembrare *più* duro degli altri uomini seduti intorno a lui, non meno.

«Mi dispiace Fish, ma sul serio, è stato divertente. Se penso che tu non possa proteggermi? Anche senza una parte del braccio, sei più pericoloso e feroce di chiunque altro possa incontrare per le strade di Austin. Non ho alcun dubbio che se per qualche motivo Dean si presentasse nel mio appartamento con un'ascia, riusciresti a farlo fuori solo con una mano e fargli desiderare di non aver mai nemmeno sentito il mio nome. Quindi sì, sono perfettamente d'accordo con il fatto che mi copri le spalle quando Hollywood non c'è.»

Le sue parole risuonarono nella sobria sala conferenze.

Alla fine, Truck ruppe il silenzio dicendo: «Te l'avevo detto, Fish. Forse ora smetterai di lamentarti di essere uno storpio.»

Tutti ridacchiarono e Fish scosse la testa verso il suo amico. «Vaffanculo, Truck.» Ma non c'era cattiveria nelle sue parole.

Hollywood si alzò e tenne ferma la sedia di Kassie mentre si alzava anche lei. «Ci vediamo più tardi da Fletch, giusto?»

Cori di "giusto" e "certo" risuonarono tra il gruppo di amici.

«Pronta per andare via, Kass?» le chiese.

Lei annuì, immaginando che fosse la risposta giusta, dato che lui la stava già conducendo con una mano sulla schiena verso la porta della stanza.

CAPITOLO TREDICI

Dopo la riunione Hollywood la portò in tutta fretta fuori dall'edificio e alla sua auto, facendo a malapena un cenno con il mento alle poche persone che incontrarono. La sistemò in macchina, poi salì velocemente e uscì dalla base.

«Hai fame?»

«Non andiamo al barbecue più tardi?» gli chiese.

«Sì, ma mancano almeno tre ore. Poi staremo un po' lì in compagnia a chiacchierare mentre si cucinano i wurstel e gli hamburger. Il che significa che passeranno dalle quattro alle cinque ore prima di mangiare. Ho pensato che volessi fare uno spuntino. Il bagel che hai mangiato a colazione» guardò l'orologio e poi continuò «quattro ore e mezzo fa, ormai è bello che digerito. Inoltre, a me andrebbe di mangiare qualcosa.»

«Giusto. Quando la metti così. Sì, ho fame.»

Hollywood sorrise. Si notava quanto fosse a disagio per tutto ciò che era appena accaduto, ma preferiva di gran lunga vedere il suo lato sarcastico rispetto a quello incerto e spaventato. «Bene. Cosa vuoi?»

«*Whataburger.*»

«Come scusa?»

«*Whataburger*» ripeté.

«Sul serio, non esitare. Dimmi esattamente di cos'hai voglia» scherzò Hollywood.

Si voltò sul sedile e incrociò le braccia. «L'hai chiesto tu» lo accusò.

Hollywood fece un sorriso enorme. «È vero.»

«Così te l'ho detto. O avresti preferito che dicessi: "Oh, Hollywood, non lo so. Ovunque tu voglia mangiare è perfetto per me. Non ho nessuna idea, quindi dì solo una parola ed è lì che andremo".»

Lui scoppiò a ridere, scuotendo la testa. «No. Assolutamente no. È che non ci sono abituato. Accidenti, anche quando sono con i ragazzi facciamo una cazzo di discussione per decidere il posto dove mangiare. Mi entusiasma che tu riesca a scegliere senza la minima indecisione.»

Lei gli sorrise in risposta, per nulla infastidita dalla sua risata. «Bene. Perché devi sapere che ho idee estreme riguardo ai fast food. Alcuni li amo, altri li odio, per altri ancora sono indecisa. Ma quando ho fame, ho fame e voglio quello che mi piace. A *te* piace *Whataburger*, vero?» chiese con sospetto, alzando un sopracciglio.

«Ovvio. A quale texano non piace?»

«Appunto.» Annuì felice. «Aspetta, non so nemmeno da dove vieni. Sei cresciuto qui?»

«No» le rispose tranquillo, mentre si dirigeva verso il *Whataburger* più vicino. «A Fayetteville, nella Carolina del Nord.»

«C'è Fort Bragg lì» Kassie rifletté. «È per quello che sei entrato nell'esercito?»

Hollywood scrollò le spalle. «Forse. Di certo abbiamo sempre visto soldati in uniforme, ma penso che sia stato più perché mio padre è un appassionato di storia. Sono cresciuto guardando tutti i film militari che puoi immaginare. Mi è stato inculcato fin da giovane di essere orgoglioso del mio Paese. Quando mi sono diplomato al liceo sapevo che non c'era nient'altro che volessi fare se non arruolarmi.»

«Come mai hai scelto l'Esercito tra tutte le forze armate?»

Hollywood fece un sorrisetto. «Mi hanno offerto il miglior contratto» le rispose con sincerità.

«Oh, mio Dio, sul serio?» disse a occhi spalancati.

«Sì. Sarò anche stato patriottico, ma avevo diciotto anni. Ero superficiale, che ti devo dire?»

«Te ne sei pentito?» gli chiese inclinando la testa.

«Nemmeno per un secondo» affermò con emozione.

«I tuoi genitori vivono ancora lì?»

«Sì. Amano quel posto. Penso di avertelo detto, ma mia sorella Jade è sposata e vive a Chapel Hill. È andata a scuola all'Università della Carolina del Nord e l'ha talmente adorata che è rimasta.»

«Ha dei bambini?»

Hollywood non riuscì a interpretare il tono di Kassie. «Sì, due. Un maschio e una femmina.»

«Zio Graham» disse in modo scherzoso. «Li vedi spesso?»

«Non tanto quanto dovrei, ma ci chiamiamo sempre su Skype. Adoro quei piccoli marmocchi.»

«È fantastico.»

Hollywood entrò nel parcheggio del fast food. «Vuoi mangiare dentro o prenderlo da asporto?» Non gli piaceva il tono triste che si era insinuato nella sua voce e voleva fare il possibile per farla sorridere di nuovo.

«Dipende da dove mi porterai dopo che avremo mangiato.»

«Se mangiamo qui, poi andremo a casa mia fino a quando non sarà il momento di andare da Fletch. Se lo vuoi da asporto, andremo comunque a casa mia a mangiarlo.»

«Asporto, allora.»

Hollywood si spostò per mettersi in fila al drive e le

rivolse uno sguardo serio. «Vuoi dirmi il motivo del tuo tono strano quando ti ho parlato dei miei nipoti?»

Kassie scrollò le spalle. «È solo che... non conosciamo molte cose l'uno dell'altra.»

«Ci conosciamo» affermò lui.

«Hollywood, non sapevo nemmeno dove fossi cresciuto o che tua sorella avesse dei figli» protestò.

«Magari non conosciamo le cose superficiali, ma quelle importanti sì.»

«Dici?»

«Sì, Kassie, è così. Per esempio, so che ti piace allo stesso modo sia che ti baci con forza, sia che ti sfiori la fronte con le labbra. So che hai un enorme istinto protettivo e hai in te una forza che mi sbalordisce quando ci penso. So che sei onesta, generosa e hai un perverso senso dell'umorismo. So che non sei sicura del tuo fascino, il che è un'assoluta stronzata e non posso credere che nessun ragazzo ti abbia mai fatto sentire bella come sei. So che ti infervori facilmente, ma fai anche presto a calmarti. So, solo da quello che mi ha raccontato Emily riguardo alle tue interazioni con Annie di questa mattina, che saresti una madre meravigliosa. So che hai così tanta passione dentro di te in attesa di essere liberata che quando ti porterò a letto, vorrò rimanere lì una settimana fino a quando non l'avrò soddisfatta. E infine, so di essere un fortunato figlio di puttana e, se me lo lascerai fare, passerò il resto della mia vita ad assicurarmi che tu sappia di aver preso la decisione giusta fidandoti di me e permettendomi di entrare nel tuo mondo.»

Un clacson risuonò dietro di loro e gli fece distogliere di scatto gli occhi da quelli spalancati di Kassie, per avanzare lungo la corsia fino a fermarsi di nuovo dietro la macchina davanti e poi si voltò ancora a guardarla.

«Hai altro da ribadire sul fatto che non ci conosciamo?»

«Se lo faccio, dirai di nuovo un po' di quelle cose?» gli

chiese. Era arrossita, ma incontrò i suoi occhi e non li distolse.

«Te le dirò ogni giorno per il resto della nostra vita se avrai bisogno di sentirle, Kass.»

A quel punto, chiuse gli occhi. «È stata la cosa più bella che qualcuno mi abbia mai detto. Ok, forse non il fatto che ho un brutto carattere. So di averlo, ma non era necessario sottolinearlo.»

«Ho detto che ti infervori facilmente, tesoro, ma che ti passa subito. Ciò significa che non porti rancore e questo mi fa ben sperare per quando ti farò incazzare in futuro.»

Spalancò gli occhi. «Hai intenzione di farlo spesso?»

«No. Ma con tutta la passione che c'è in te, non so se c'è un modo per evitarlo.»

«Hollywood» si lamentò.

«Kassie» la imitò, sorridendo. «È quasi il nostro turno. Cosa vuoi?»

«Un burger vegetariano con tutto e il *Whataburger Hulk*.»

Hollywood guardò il menu e lo esaminò a lungo prima di tornare a guardare Kassie. «Tesoro, non ci sono.»

Kassie lo guardò a bocca spalancata, poi alla fine disse: «Se non avessi saputo che non eri un vero texano, lo avrei capito da quelle parole.» Scosse la testa fingendosi delusa. «Prenderai un semplice burger?»

Hollywood annuì con la testa. «Sì.»

Lei si slacciò la cintura di sicurezza e indicò davanti all'auto. «È il nostro turno.»

«Cosa stai facendo? Rimettiti la cintura, tesoro.» Fece avanzare piano l'auto fino all'altoparlante per ordinare.

Kassie lo sconvolse totalmente inginocchiandosi sul sedile e sporgendosi sopra di lui. Appoggiò le mani sulla sua coscia sinistra, si girò a guardarlo e sussurrò: «Ordino per entrambi, altrimenti rovinerai un'esperienza *Whataburger* assolutamente perfetta.»

Non avrebbe potuto tenere le mani a posto nemmeno se la sua vita fosse dipesa da quello. Avere Kassie in ginocchio su di lui gli fece immaginare come sarebbe stata a cavalcioni sui suoi fianchi mentre si muoveva sul suo cazzo. Hollywood se lo sentì diventare duro ma non gliene fregava niente.

«Benvenuti a *Whataburger*. Cosa volete ordinare oggi?» disse una voce metallica dall'altoparlante.

«Ciao» rispose Kassie allegramente. «Vorremmo un burger vegetariano con tutto e...»

«Non abbiamo più hamburger di patate, signora» rispose la voce in tono dispiaciuto. «Ma abbiamo le crocchette che possiamo usare per preparare il burger.»

«Mi pare perfetto» disse Kassie. «Il mio amico ha tanta fame e vorrebbe un *double-double*, ma *con* la salsa, per favore.»

«Ovviamente. Volete le patatine fritte?»

«Sì grazie. Quelle grandi.»

«Volete qualcosa da bere?»

Kassie girò la testa e sussurrò: «Ti fidi di me?»

«Con la mia vita» le rispose senza esitazione. Ed era vero. La donna in ginocchio su di lui che sorrideva perché stava ordinando un menu segreto, divertendosi un sacco, era quella per cui avrebbe sacrificato la propria vita. Sperava che col tempo sarebbe arrivata a provare lo stesso sentimento per lui.

Lei sorrise raggiante e si voltò di nuovo verso l'altoparlante. «Da bere due *Whataburger Hulk*, per favore.»

«Sono diciassette dollari e quarantatré da pagare alla prima finestra» disse il ragazzo all'altro capo dell'altoparlante senza perdere un colpo.

Hollywood tolse il piede dal freno e avanzò quanto bastava per lasciare il posto all'auto dietro di lui, ma avvolse il braccio intorno alla vita di Kassie, impedendole di tornare sul sedile.

«Hollywood, lasciami andare. Devi pagare» ridacchiò.

Strinse la presa, portando l'altra mano sulla sua guancia e

girandole il viso verso di lui. Senza chiedere, la baciò; un bacio alla francese, appassionato, come a cercare di memorizzare la sua bocca con la lingua e che lasciava intendere che la voleva nel suo letto.

Lei rispose allo stesso modo.

Hollywood si staccò molto prima di essere pronto e si leccò le labbra, assaporando un po' del lucidalabbra che aveva messo quel giorno, e della sua essenza. «Voglio sapere cosa c'è nella bibita Hulk?» chiese con un sorriso.

Lei sorrise a sua volta e si leccò le labbra. «Non te lo dirò finché non l'avrai assaggiata e mi dirai se ti piace.»

Hollywood spostò la mano dietro una delle sue cosce e strinse, amando il modo in cui Kassie si dimenò alla sensazione del suo tocco. «Siediti, tesoro. Devo pagare» ordinò.

Mantenne la presa su di lei, aiutandola finché non fu di nuovo seduta accanto a lui. Poi, prima che potesse allacciarsi la cintura di sicurezza, si chinò e le mise una mano sulla nuca. «Grazie.»

«Per cosa?» gli chiese, inclinando la testa.

«Per essere te. Per avermi fatto ridere quando tutto ciò che volevo fare oggi era trovare Dean e pestarlo a sangue. Per aver reso un'ordinazione al fast food un evento da ricordare piuttosto che un compito quotidiano noioso.»

«Oh. Allora prego.»

«Allacciati la cintura di sicurezza» le ordinò, mentre si avvicinava alla prima finestra.

«Lo stavo per fare» cantilenò. «E non perché me lo hai ordinato.»

Hollywood sapeva che il ragazzo alla finestra probabilmente si stava chiedendo perché diavolo stesse sorridendo così felice, ma non gli importava. Amava l'insolenza di Kassie e, se doveva essere sincero, cercava di provocarla di proposito. Provò a non pensare al suo cazzo duro come una roccia mentre prendeva il resto dal ragazzo e avanzava verso la finestra successiva.

Non gli importava nemmeno che avrebbe avuto le palle blu fino a quando non avesse fatto sua Kassie. Ogni secondo trascorso ad aspettare per averla nel suo letto avrebbe reso più perfetto il momento in cui sarebbe stato profondamente dentro di lei. Farla sua gli avrebbe cambiato la vita. Non vedeva l'ora.

————

Un'ora dopo, Kassie sorrise a Hollywood. Era seduta accanto a lui al bancone della sua cucina. Avevano finito di mangiare da circa quindici minuti e stavano finendo le bibite mentre chiacchieravano.

«Allora? Ti è piaciuto?» gli chiese, indicando il suo bicchiere ormai vuoto.

«Stranamente, sì. Anche se sembrava che un alieno fosse stato ucciso nel mio bicchiere... non che conosca l'aspetto degli alieni, ma il colore verde brillante corrisponde esattamente a come penso sarebbero gli omini verdi liquefatti... sì. Ora mi dirai cosa c'era dentro?»

Invece di rispondere, Kassie gli fece la linguaccia, ridendo di nuovo allo sguardo di orrore sul suo viso.

«Hai la lingua verde, Kass»

«Lo so. Anche tu» gli disse compiaciuta. «La bibita Hulk è un quarto Powerade e il resto Vault. Non è fantastica?»

«È per questo che mi batte così forte il cuore?» le chiese. «Perché mi hai riempito di bevande energetiche e caffeina?"

Lei ridacchiò. «Sì.»

«La Coca-Cola non ha sospeso la vendita delle Vault qualche tempo fa perché conteneva una quantità assurda di caffeina?» le domandò.

Kassie si guardò intorno come se qualcuno potesse

sentirla prima di sussurrare: «L'ho sentito anch'io, ma *Whata-burger* deve avere un accordo segreto con loro per continuare a rifornirli. Non portare sfortuna.»

Le fece la linguaccia, e lei ridacchiò ancora più forte. «E il tuo» sollevò le mani per fare le virgolette «"burger vegetariano" era buono?»

«Ovviamente.»

«Non credo che scambiare l'hamburger di carne con quattro crocchette di patate lo renda più sano.»

«Lo so, ma è sicuramente ghiotto.»

«Ghiotto? Non ricordo l'ultima volta che ho sentito qualcuno usare quella parola» le disse Hollywood, amando quanto sembrasse spensierata insieme a lui.

«Non mi interessa. *Era* ghiotto, e se mi va dico ghiotto. Ghiotto, ghiotto, ghiotto. Hai mai notato che se dici una parola veloce e abbastanza a lungo inizia a suonare molto strana? Tipo amo. Prova. Amoamoamoamoamoamo.» Disse velocemente le parole tutte unite. «Visto? È strano.»

Non resistette più. Fregandosene della loro lingua verde, Hollywood si alzò e si chinò su di lei. Catturò le labbra di Kassie con le sue e la attirò a sé mentre la divorava. Le mise entrambe le mani sui fianchi e la strinse forte.

Lei portò subito le braccia intorno al suo collo. Hollywood si tirò indietro il tempo per ordinare: «Solleva le gambe» prima di impossessarsi di nuovo della sua bocca.

Ne sollevò una e lui la afferrò subito sotto il ginocchio con la mano. Sollevò l'altra e afferrò anche quella. Poi si voltò e andò verso il divano. Avrebbe voluto portarla in camera ma aveva deciso, già dal giorno precedente al suo arrivo, che non l'avrebbe scopata quel fine settimana. Era troppo presto.

Il suo cazzo la pensava in modo diverso, ma Hollywood ignorò le esigenze del proprio corpo e invece la tenne stretta a sé mentre camminava; spostò la mano sul suo sedere per attirarla di più addosso al bacino, adorando il gemito che le sfuggì dalle labbra mentre si dimenava contro di lui.

Il suo primo pensiero fu di sdraiarla e sistemarsi sopra di lei, ma all'ultimo secondo il suo buonsenso prevalse, così si girò e si sedette usando entrambe le mani per tenerla incollata a sé.

Sentire il peso di Kassie gli fece trattenere il respiro, e lei colse l'occasione per tirarsi un po' indietro e guardarlo, tenendosi in equilibrio con le ginocchia ai lati delle sue cosce, i loro inguini erano talmente uniti che giurò di poter sentire il suo calore contro di lui.

«Cosa stiamo facendo?» chiese Kassie, le pupille dilatate e un'espressione di desiderio così chiara sul suo viso, che Hollywood avrebbe voluto strapparsi i vestiti.

Invece, sorrise pigramente e disse: «Pomiciamo un po'. Ci avanza del tempo prima di andare da Fletch.»

Lei si spostò, sfregandosi contro il suo cazzo duro. «Lo chiami pomiciare?» chiese senza fiato.

«Sì. Ecco le regole: i vestiti rimangono addosso, possiamo toccare dappertutto ma solo sopra i vestiti. Niente dita che si infilano sotto l'elastico o che toccano la pelle.»

Gli sorrise. «È un gioco che facevi al liceo?»

Scosse subito la testa. «No. Non ho mai fatto giochi che includessero il sesso. Prendevo ciò che volevo e che mi veniva offerto e non mi sono mai guardato indietro.»

Lo sguardo giocoso nei suoi occhi diminuì. «Oh.»

«Tutto ciò che faccio con te è una novità, tesoro. Credimi, per me è molto più sexy averti come sei ora rispetto a qualsiasi cosa abbia avuto in passato.»

Si riprese dallo stupore e sorrise maliziosamente: «Va bene. Nessun contatto pelle a pelle. Però possiamo baciarci, vero?»

«Solo il viso. Nessun bacio sotto il collo» rispose Hollywood.

«Quindi, diciamo che frequentiamo il liceo e siamo a un appuntamento, ma i miei genitori sono al piano di sopra e hanno la fastidiosa abitudine di venire a controllare il seminterrato dove stiamo guardando un film. Ci desideriamo, ma sappiamo che non possiamo fare l'amore con mia mamma e mio papà che ci sorvegliano.»

«Cazzo» gemette Hollywood, amando vederla coinvolta quanto lui. «Sì. Mi hai provocato molto ultimamente, lasciando cadere i libri nel corridoio e chinandoti, facendomi sbirciare nella scollatura. Sono arrapato e ti desidero da morire.»

Kassie spostò il suo corpo finché non ci furono circa quindici centimetri tra la sua fica e il cazzo di Hollywood. «Non possiamo, mia mamma ci controllerà tra pochi minuti.» La sua voce era acuta e quasi piagnucolosa.

Assecondando il suo gioco, osò dire: «Solo un pochino, piccola. Permettimi di farti sentire bene.»

«Ok, ma solo sopra i vestiti. Voglio preservarmi per il matrimonio.»

Sapeva che le sue parole facevano parte del gioco di ruolo, ma per qualche motivo andarono dritte al suo cazzo che pulsò e sentì i boxer inumidirsi di un po' di liquido seminale. *Porca puttana.* Hollywood spostò le mani dai suoi fianchi e le fece scorrere sopra la maglietta sui lati. «Solo sopra i vestiti, tesoro. Promesso. Amo che tu sia così pura e innocente.»

Era certo che le sue parole l'avessero sconcertata, ma dovette darle credito, rimase nel suo ruolo. Fece scendere le mani lungo il suo petto, accarezzandolo, poi di nuovo su. Era piacevole, ma sapeva senza ombra di dubbio che quando fossero finalmente stati pelle a pelle, non avrebbe mai più provato nulla di altrettanto meraviglioso.

Decidendo che quello era il momento migliore perché lei iniziasse a vedere che donna bellissima fosse, Hollywood cominciò a riempirla di apprezzamenti. «È così bello toccarti, sei morbida sotto le mie mani. Sei davvero eccitante. Non so perché le donne vogliono essere pelle e ossa. Amo le tue curve.» Spostò le mani sul petto, appiattendole e facendole scorrere lungo il busto. Kassie si inarcò nel suo tocco, premendosi contro i suoi palmi mentre passavano sopra i seni pieni.

Non si fermò però ad accarezzarli, continuò a scendere finché non raggiunse le gambe. Le accarezzò le cosce avanti e indietro, sfiorandole il sesso con la punta delle dita a ogni passaggio. Poi, lentamente, le fece scorrere i palmi sui fianchi e su, lungo il busto, per ricominciare tutto da capo. Continuò così più volte, sempre con lentezza, e per tutto il tempo osservò la sua pelle arrossarsi di eccitazione.

«Sei così reattiva. Un giorno, quando i tuoi genitori si fideranno abbastanza di noi da lasciarci soli la notte, ti scoperò proprio qui su questo divano.» Hollywood faceva fatica a rimanere nel ruolo, e fu ancora più difficile quando Kassie si inclinò all'indietro, appoggiando le mani sulle sue ginocchia. Inarcò la schiena, spingendosi di più verso di lui e premendosi ancora una volta contro il suo cazzo.

«Ti piace fare così» dichiarò lui.

«Mm-mm.»

«Riesco a vedere i tuoi capezzoli inturgidirsi sotto il reggiseno» le disse, incapace di distogliere lo sguardo dalla prova della sua eccitazione. «Non vedo l'ora di toccarli, di sentirli nelle mie mani. Mi stai stuzzicando da così tanto tempo; sai che vuoi le mie mani su di te.»

«Graham» gemette Kassie.

Hollywood chiuse gli occhi sentendo il suo vero nome uscire dalle sue labbra. Non aveva idea se se ne fosse resa conto, ma non aveva importanza. L'avrebbe ascoltata dirlo in quel mezzo gemito e mezza supplica per il resto della vita.

«Toccami» lo supplicò.

«Ti sto toccando» le disse. «Ma i tuoi genitori verranno a controllarci da un momento all'altro. Non posso fare altro.»

«Cazzo» sussurrò. Hollywood pensò che fosse adorabile, perché sapeva esattamente quanto si sentisse frustrata. Ma aveva iniziato quel gioco ed era determinato a rispettarne le regole. Mentre le accarezzava su e giù il busto le prese i seni tra le mani, soppesandoli, modellandoli nei suoi palmi.

Kassie si raddrizzò e gli afferrò entrambi i polsi, cercando di fermarlo.

«Sento che tua madre sta arrivando, Kass. Stai ferma. Non può vederti, quando controllerà vedrà solo la mia testa. Ma se fai rumore, capirà cosa stiamo facendo. Non muoverti e non fiatare.»

Respirando a fatica schiuse le labbra e ansimò eccitata sopra di lui. Tenendo una mano sul suo seno, Hollywood fece scivolare l'altra sulla pancia e poi tra le sue gambe. Lei spostò le ginocchia dandogli più spazio ma, soprattutto, il permesso di continuare.

«Non muoverti» le sussurrò, come se davvero qualcuno avrebbe potuto spiarli da dietro. «Stai ferma, tesoro.» Premette forte la parte bassa del palmo contro il suo clitoride. Non aveva programmato niente di tutto quello quando aveva iniziato il gioco. A essere sinceri voleva solo baciarla un po' e farla rilassare. Ma arrivato a quel punto, non poteva smettere. Voleva che Kassie venisse.

Sapendo che sarebbe stato necessario accarezzarla con più intensità, soprattutto per via dei jeans e delle mutandine tra loro, Hollywood le strinse un seno mentre strofinava sulla cucitura umida tra le sue gambe.

«Sei stupenda, Kassie. Ecco, lasciati andare. Lasciami godere di questo momento. *Goditi* questo momento.»

Si stava dimenando sopra le sue cosce e dovette spostare la mano dal seno alla schiena per assicurarsi che non cadesse e si facesse male. Dimenticando il gioco, ordinò: «Voglio sentirti, Kass. Ti piace?»

«Oh, mio Dio, Graham...sì» sibilò.

«Sei così sexy. Posso sentire quanto sei bagnata anche attraverso i jeans, tesoro. Vuoi di più?»

«Non fermarti. Ci sono vicina.»

«Bene.» Hollywood usò tutta la mano. Le sue dita le toccarono l'ombelico mentre continuava a strofinare con il palmo. Non aveva paura di essere troppo duro, dato che dalla sua bocca usciva un continuo "sì, sì, sì".

«Vieni per me, Kass. Mostrami quanto sei bella quando vieni nella mia mano.»

Alle sue parole inarcò la schiena e si strusciò su di lui. E venne. Tremò tra le sue braccia mentre veniva travolta dall'orgasmo. Hollywood mantenne la pressione sul clitoride fino a quando non si calmò e i suoi fianchi si allontanarono un po' da lui, facendogli capire che il suo tocco stava diventando più doloroso che piacevole, anche attraverso i vestiti.

Appiattendo la mano contro i jeans bagnati, usò l'altra sul sedere per attirarla a sé. Lei portò le proprie sui suoi fianchi, e strinse la maglietta come se la sua vita dipendesse da quello. Si avvicinò di più tanto che lui riuscì a sentire i suoi rapidi respiri contro il petto, poi posò la testa nello spazio tra la spalla e il collo, e il fiato caldo di Kassie sulla pelle gli provocò dei brividi sul braccio.

Dopo qualche istante, mormorò: «Buon Dio. Meno male che i miei genitori non sono venuti a controllare. Ci avrebbero beccati di sicuro.»

Lui ridacchiò. «Ma le mie mani non sono mai andate sotto i vestiti. Come avrebbero potuto arrabbiarsi?»

«Sei letale, non importa dove siano le tue mani, Hollywood» gli disse con un piccolo sorriso.

Stranamente gli mancò sentirla dire il suo vero nome, e

per contro amò il fatto che lo avesse detto solo quando era in preda al piacere. Sorrise e accettò il complimento.

«Vuoi che ti restituisca il favore?» gli chiese, tirandosi indietro per mettere un po' di spazio tra loro. Quel cambio di posizione consentì alle sue dita una maggiore libertà di movimento, e le strofinò con delicatezza tra le gambe.

«L'hai già fatto» la informò.

Lei scosse la testa. «No, voglio dire, non è giusto che tu abbia dato piacere a me senza ricevere niente in cambio.»

Hollywood la fissò. Kassie non ne aveva davvero la minima idea. Le prese una delle mani che ancora stringeva la maglietta e la portò tra loro, posandosela sul davanti dei jeans.

Strofinò le dita su e giù per la cerniera per assicurarsi che sentisse bene mentre diceva: «Ho ricevuto qualcosa in cambio, tesoro.»

Abbassò lo sguardo sulla sua mano, che ora era umida, poi alzò gli occhi su di lui. «Sei venuto?»

«Sì.»

«Ma non ti ho nemmeno toccato.»

«Ne sono consapevole. Ho la sensazione che non giochi a mio favore per il futuro» disse ironico, ma non proprio scherzando.

«Sei venuto» ripeté, solo che questa volta non era una domanda.

«Sì, tesoro. Non sono riuscito a trattenermi. Eri così maledettamente sexy. Ti dimenavi contro la mia mano, mi imploravi di muovermi più in fretta. Sei come un sogno erotico, Kass. Il *mio* sogno erotico.»

Arrossì a quel commento; una sfumatura rosso intenso che andava dal collo alle guance. Si gettò di nuovo tra le sue braccia e nascose il viso sulla sua spalla.

«Non puoi essere imbarazzata» le disse Hollywood, avvolgendo le braccia e tenendola stretta.

«Invece sì.»

«Perché?»

«Non lo so.»

«Be', non esserlo. Accettalo. Sei una donna sexy che mi eccita talmente tanto che non riesco a controllarmi vicino a te. Insieme faremo scintille, Kass. Non vedo l'ora, cazzo.»

«Non sei imbarazzato?»

«No.»

«Perché?» chiese, nascondendosi di nuovo.

«Perché mi sento benissimo. Disteso. Rilassato. Ho tra le braccia la mia donna, soddisfatta e languida e stasera starò insieme alle persone che preferisco su questo pianeta. Il fatto che tu sia così sexy da farmi venire senza nemmeno toccarmi è solo la ciliegina sulla torta.»

Rimasero seduti così per diversi minuti prima che Holly-wood le chiedesse: «Stai dormendo?»

«Mmmm» mormorò lei.

«Forza, andiamo» disse, alzandosi senza sforzo con lei in braccio.

«Non voglio andare da nessuna parte» si lamentò Kassie.

«Non andremo lontano» la rassicurò. La trasportò in camera da letto, e la stese sul materasso. Lei rotolò subito sul fianco e Hollywood sollevò il lenzuolo sopra di lei.

Lo guardò con occhi assonnati mentre si chinava e le baciava la tempia. «Fai un pisolino, tesoro.»

«Non ti sdrai con me?»

«Se entro in quel letto, finiremo entrambi nudi e nessuno dei due andrà al barbecue più tardi.»

«E?»

Hollywood digrignò i denti, ma riuscì a sorridere. «Succederà che sarai nuda nel mio letto, Kass, ma per adesso... dormi. Ti sveglierò tra circa un'ora. Ok?»

«Ok.»

«Bene.»

«Hollywood?»

«Sì, Kass?» Si fermò sulla soglia della camera e guardò la donna che in qualche modo era riuscita a cambiare la sua vita in due settimane.

«Grazie per avermi fatto sentire al sicuro da Dean.»

Strinse i pugni al ricordo della minaccia che ancora incombeva su di lei. Ma mantenendo la voce calma, disse solo: «Prego. Per me è un piacere, tesoro.»

Lei chiuse gli occhi e rimase a guardarla per qualche minuto mentre i suoi respiri si calmavano e si addormentava nel suo letto.

Hollywood rientrò nella stanza e prese un paio di jeans e dei boxer puliti prima di uscire e chiudere quasi del tutto la porta. Voleva sentire nel caso si fosse svegliata e per qualche ragione avesse avuto bisogno di lui.

Dopo essersi lavato e cambiato, trascorse i successivi tre quarti d'ora a preparare piani e strategie. Il piano che il team aveva ideato quella mattina era buono, ma come avevano imparato, quello A non va sempre come previsto. Quindi, era necessario avere il B, C e probabilmente D.

Jacks avrebbe smesso di importunare i Delta. Lui e il suo cazzo di amico avrebbero finito di tormentare Kassie e sua sorella. Tra due settimane, in un modo o nell'altro, sarebbe finito tutto.

E poi, Kassie sarebbe stata sua. Dalla testa ai piedi, anima e corpo.

CAPITOLO QUATTORDICI

«Posso chiederti una cosa?» gli domandò Kassie più tardi, mentre andavano a casa di Fletch.

«Penso di averti già detto che puoi chiedermi sempre ciò che vuoi» disse Hollywood, sentendosi ancora estremamente rilassato.

«Non capisco perché non vuoi essere al rifugio faunistico quando Dean, e chiunque altro sarà coinvolto in questo stupido schema, si presenterà. Dovresti essere lì.»

Non era proprio una domanda, ma Hollywood sapeva cosa stava chiedendo. «Sei la mia priorità assoluta, Kass. Non ho alcun dubbio che gli altri possano occuparsi di Dean.»

«Ma se pensi che non sarò in pericolo, che senso ha stare con me?»

Le lanciò un'occhiata prima di concentrarsi di nuovo sulla strada mentre le rispondeva. «Per la cronaca, *non* penso che tu sia in pericolo, ma poiché non sono convinto al cento per cento che Dean non manderà altre persone al rifugio per fare il lavoro sporco di Jacks, così da rimanere qui e fare qualcosa di stupido, mi rifiuto di lasciarti vulnerabile.»

Sentì gli occhi di Kassie su di lui, ma non interruppe qualsiasi pensiero le stesse passando per la mente. Però quando la sentì tirare su con il naso, spostò lo sguardo su di lei.

Si era girata sul sedile in modo da guardarlo, per quanto la cintura di sicurezza lo permettesse. Aveva gli occhi pieni di lacrime e si stava mordendo il labbro, ovviamente cercando di controllare le sue emozioni.

«Merda, Kass. Non volevo farti piangere» disse, la fronte corrugata per la preoccupazione.

«Lo so. Ma, Hollywood, come puoi provare quei sentimenti così presto? Potrei essere una persona orribile. Potrei prendere a calci i cuccioli nel tempo libero. Ridere delle vecchiette che entrano nel mio negozio e comprano vestiti orrendi solo perché sono in saldo. Imbrogliare i clienti.»

«Kass» dichiarò, sorridendo per le assurdità che aveva detto. «Ho trentadue anni. Ho visto molto nella mia vita. Cose che nessun essere umano dovrebbe mai vedere. Ho anche visto tre dei migliori uomini che conosco innamorarsi e non essere mai stati più felici di così. Ora è più piacevole stare con loro e lavorano più duramente e con più intelligenza di prima. Non ho mai provato per un'altra donna ciò che sento per te. Non sono disposto a rischiare che Dean colga l'occasione di tormentarti mentre siamo a quell'esercitazione. Anche se ci fosse solo l'uno per cento di possibilità.»

«Mi piaci, ma non sono sicura che la pensiamo allo stesso modo per quanto riguarda la nostra relazione» disse Kassie con dolcezza. «Parli di per sempre, almeno è quello che mi sembra, ma non hai idea di cosa accadrà tra una settimana, un mese o un anno. Non capisco come puoi essere così sicuro di volermi nella tua vita per il prossimo futuro.»

«So che non la pensi ancora come me. È il motivo per cui non faccio pressioni per portarti a letto. Mi ucciderebbe averti, avere un assaggio del paradiso, se poi tu decidessi che non vuoi le stesse cose. Ma sono paziente e so, fin nel profondo della mia anima, che tu sei stata messa su questa terra per essere amata da me, quindi non è possibile che non arriverai a provare la stessa cosa... prima o poi.»

«Non ci sono abituata» gli disse Kassie. «A essere protetta. A essere l'anima gemella di qualcun altro.»

«Lo so. Ma *dovrai* abituarti. Come mi hai detto spesso, sono autoritario e cocciuto, quindi farò tutto il necessario per assicurarmi che tu sia al sicuro, anche se ciò dovesse significare che dovrò proteggerti io stesso. E quando non potrò farlo di persona, farai meglio a credere che troverò qualcuno di cui mi fido che lo farà per me. Ma tra due settimane, posso essere con te qualsiasi cosa dovesse succedere con Dean. Quindi lo farò.»

Non rispose, allora Hollywood le chiese con dolcezza: «Sei d'accordo?»

«Sono assolutamente d'accordo» rispose, asciugandosi le lacrime dal viso. «Ma mi sento come se mi dovessi fare da babysitter. E quello *non* mi va bene.»

Hollywood entrò nel vialetto di Fletch e pensò a come risponderle. Non voleva dire qualcosa di superficiale, voleva che lei capisse davvero che era quella giusta per lui. Non era un indovino, non aveva idea di cosa sarebbe successo in futuro, ma avrebbe fatto tutto il possibile perché la loro relazione potesse continuare per sempre.

Fermò l'auto vicino alle scale dell'appartamento degli ospiti e spense il motore. Si tolse la cintura di sicurezza, spinse indietro il sedile fino in fondo, poi slacciò quella di Kassie. «Vieni, Kass» disse, incoraggiandola a scavalcare il freno a mano e mettersi a cavalcioni sulle sue cosce.

Obbedì senza dire una parola, sistemandosi sopra di lui nel piccolo spazio, proprio come aveva fatto quel pomeriggio. Posò le mani sui suoi fianchi e inclinò la testa, aspettando che parlasse.

«Prima di tutto, *non* ti sto assolutamente facendo da babysitter. Credimi, conosco la differenza. La mia squadra ha dovuto farlo ad autorità e personaggi politici che non pensavano due volte alla loro sicurezza, figuriamoci a quella degli uomini che li sorvegliavano. Non si interessavano di nient'altro che dei loro bisogni egoistici.

Tu, tesoro, pensi prima a tutti gli altri. Non credo che tu abbia pensato a te stessa da molto tempo. So che hai paura, ma invece di concentrarti su quello, mi hai detto quanto sei preoccupata per Karina e i tuoi genitori. So che è stato brutto ciò che hai passato a causa di Jacks, l'ho capito dalle tue reazioni al ballo e dalle stronzate che ha provato a farti credere riguardo all'esercito. Amo la tua compassione per gli altri e spero che non cambi mai. Ma mentre tu ti preoccupi per quelli intorno a te, io ti coprirò le spalle. Mi assicurerò che nessuno, in senso figurato, ti sorprenda da dietro e provi a pugnalarti alla schiena. Starò al tuo fianco e impedirò alla gente di cercare di intimidirti.

Non ti sto prendendo in giro, Kassie. Non sto cercando di eliminare Jacks e Dean dalla tua vita per portarti a letto. Lo sto facendo perché tu sei tu. Perché non sei riuscita a fare a meno di dirmi la verità riguardo al nostro incontro dopo poche ore che eravamo insieme. Non hai un briciolo di slealtà in te e proteggerò tutto questo con tutto me stesso.»

Hollywood le prese il viso tra le mani, la guardò negli occhi e la tenne ferma mentre diceva con dolcezza: «Inoltre, preferisco di gran lunga passare il tempo con te in un bell'appartamento climatizzato che stare fuori al caldo infernale di un rifugio faunistico a grattarmi le punture d'insetto. Mi farai un favore se mi lascerai restare con te quel fine settimana.»

Gli sorrise e gli afferrò i polsi con le dita fredde. «Nessuno ha mai voluto proteggermi così prima d'ora.»

«Peggio per loro, e meglio per me. Non è un sacrificio» le disse Hollywood. «Mi dai un bacio?»

Senza dire altro, si sporse in avanti. Non gli lasciò andare i polsi e le loro labbra si incontrarono in un lungo e tenero bacio.

Dopo alcuni istanti, Hollywood colse un movimento con la coda dell'occhio che lo distrasse e, riluttante, si staccò dalla bocca di Kassie per girare la testa, scoppiando a ridere.

La faccia e le mani di Annie erano incollate al finestrino della macchina. Il naso e le labbra erano appiattite contro il vetro, sembrava uscita da un film dell'orrore; sorrideva come una pazza e li osservava con occhi eccitati. Non appena vide Hollywood guardarla, indietreggiò e salutò con la mano in modo frenetico.

«Ciao!» disse a voce alta, che si sentì benissimo all'interno dell'auto. «Avete finito di baciarvi? Perché papà mi ha mandato qui per dirvi di sbrigarvi. Ho fame e non possiamo iniziare a preparare gli hot dog fino a quando non ci sono tutti. E voi siete gli ultimi.»

«Beccati» disse Hollywood a Kassie con un sorriso.

Gli sorrise a sua volta. «Emily mi ha detto che lei e Fletch stanno cercando di avere un bambino e che lui manda via Annie il più possibile per passare un po' di tempo da soli. Qual è la possibilità che si stiano dando da fare in questo momento?»

Hollywood ridacchiò e la attirò a sé.

«Dai ragazzi. Ho fame!» si lamentò Annie. Batté sul vetro con il suo piccolo pugno per far valere le sue ragioni.

«Ti do cinque dollari se ci dai altri cinque minuti» urlò Hollywood alla bambina.

«Se me ne dai dieci, affare fatto!» urlò a sua volta.

«Gesù, è un vero furto» si lamentò Hollywood. Ma quando Kassie portò le mani dietro la vita dei suoi jeans e infilò le dita lungo il sedere fin dove riuscì ad arrivare, gridò subito: «Dodici minuti. Dieci dollari.»

«Ok» rispose Annie felice. «Vado a giocare in garage con la mia pista. Torno tra dodici minuti esatti.»

«Sa leggere l'ora?» chiese Kassie.

«Purtroppo, sì» le rispose.

«Quindi è meglio non perdere un altro secondo.» Kassie si sporse di nuovo e lo baciò.

Esattamente dodici minuti dopo, Hollywood aprì la portiera della sua auto e la aiutò a scendere da sopra di lui e mettersi in piedi. Uscì, la attirò di nuovo tra le braccia e la guardò. «Ti terrò al sicuro, Kass» disse in tono serio.

«Lo so.»

«Bene. Sei pronta a rilassarti per qualche ora?»

«Sì. Non vedo l'ora di conoscere tutti.»

«Ti adoreranno.»

In quel momento Annie si avvicinò a loro e tese la mano. «Dieci dollari, Hollywood. Hai promesso.»

«È vero, scricciolo» le disse con un sorriso, prendendo il portafoglio dalla tasca dietro dei pantaloni. Tirò fuori una banconota da dieci dollari e gliela porse. Quando la prese, Hollywood la trattenne per un momento e le raccomandò: «Rimanga tra di noi, ok?»

«Il segreto è al sicuro con me» disse, facendo il gesto di chiudersi le labbra con la zip. Tirò la banconota e sorrise quando lui la lasciò andare. La infilò in tasca e prese la mano di Kassie. «Andiamo.»

Quando il trio iniziò a camminare verso la casa, Kassie le chiese: «Farai qualcosa di speciale con tutti quei soldi?»

Lei annuì, ma non rallentò il passo. «Sto risparmiando per prendermi un carro armato.»

«Un carro armato?» domandò, sorpresa.

«Sì. Ne ho visto uno su una rivista e lo comprerò.»

Hollywood si chinò e le sussurrò: «È una versione motorizzata in miniatura. Costa oltre cinquemila dollari. Fletch pensa che non ci arriverà mai a quella cifra, ma io e i ragazzi le diamo dei soldi ogni volta che ne abbiamo la possibilità. Non vedo l'ora di vedere il piccolo demone della velocità che falcia tutto ciò che incontra.»

Kassie trattenne una risata e annuì.

Girarono intorno alla casa e arrivarono nel cortile su retro. Cercò di non essere gelosa del bellissimo prato inglese. C'era un patio coperto con tre tavoli per accogliere tutti, un enorme barbecue a incasso e un'immensa distesa verde di erba dolce tipica del Texas. Su un lato c'era un braciere con delle panchine posizionate strategicamente intorno. Era un luogo accogliente dove chi ci abitava e i loro amici, potevano lasciarsi alle spalle le preoccupazioni. Lo adorava.

«È bellissimo» sussurrò.

Hollywood le strinse la mano che le aveva preso non appena si erano fermati. «Avresti dovuto vedere com'era appena Fletch si è trasferito. Qui c'erano tutte erbacce. Ma non voleva perdere Annie in mezzo ai cespugli, così alla fine ha assunto un'impresa di giardinaggio.»

Gli sorrise.

Annie corse verso Fletch. «Papà! Sono andata a prenderli. Si stavano baciando nella macchina di Hollywood. Ma ora sono qui. Puoi iniziare a cucinare gli hot dog adesso? Per favore?»

Tutti gli adulti risero e Hollywood fece un sorrisetto al rossore divampato sul collo di Kassie.

«Va bene, scricciolo. Ora che sono arrivati tutti, accendo la griglia. Perché non corri dentro e mi prendi le pinze.»

«Sìì! È l'ora degli hot dog!» urlò, girandosi e correndo verso la porta scorrevole in vetro che conduceva dentro casa.

«Mi stanco solo a guardarla» disse una donna che Kassie non conosceva. Aveva i capelli molto corti che le stavano benissimo.

«Oh, mio Dio, anch'io» concordò Rayne.

Hollywood la portò da loro. «Conosci già Rayne. Ma non

credo che tu abbia incontrato Mary. Mary, questa è Kassie. Kassie, Mary.»

«Ciao» disse, un po' intimidita.

«Ciao. È un piacere conoscerti. Ho sentito molto parlare di te da Rayne.»

«Oh. È un piacere anche per me. Sei la donna di qualcuno di questi ragazzi?» le chiese, confusa.

«Oh Signore, no» rispose subito Mary. «E mi pare di capire che sei stata un po' insieme a loro. Non "sarò" mai di nessun uomo.»

«Non intendevo...» iniziò Kassie, ma Hollywood la interruppe.

«Lasciala in pace, Mary. Solo perché non riesci a vedere quello che hai davanti non significa che le altre donne non lo facciano. Penso che ti stia dimenticando che se sei di un uomo, quell'uomo è tuo di conseguenza. E mai dire mai, non puoi sapere cosa accadrà in futuro» scherzò.

«Oh, stai zitto» ribatté lei, ma sorrise.

Alzò le mani in segno di resa e ridacchiò. «Stai bene?»

«Sto bene» rispose in fretta, quasi *troppo* in fretta.

Hollywood pensava che non avesse proprio un bell'aspetto, ma non voleva metterla in imbarazzo, e non sapeva cosa avesse confidato alla sua migliore amica. L'ultima cosa che voleva era dire qualcosa di inopportuno di fronte a Rayne. Dopo il ballo e parlando con Truck dei suoi continui trattamenti di chemioterapia, non era nemmeno sicuro che le facesse bene stare in giro. Era davvero una delle donne più forti che avesse mai incontrato. Aveva un carattere difficile, sì, ma se ciò le dava la forza di superare non una, ma due volte il cancro, poteva essere insolente quanto voleva. Si sarebbe preso le sue rispostacce anche tutti i giorni. Continuare le sue attività quotidiane come se non le stessero iniettando veleno nel corpo ogni settimana, confermava solo la sua opinione di quanto fosse forte.

«Se hai bisogno di qualcosa, non esitare a chiedere, ok?» le disse, assicurandosi di guardarla negli occhi.

«Grazie, Hollywood, ma sto bene» gli rispose tranquilla.

«Inoltre, ci sono io se ha bisogno di qualcosa» disse Rayne allegramente. «Perché dovrebbe venire da te quando ha la sua migliore amica?» Detto questo, le circondò le spalle con un braccio e sorrise raggiante.

Mary fece una smorfia. Fu rapida, ma comunque evidente.

«Porto Kassie in giro» le informò.

«Riportala qui dopo, così mangia con noi» gli ordinò Rayne. «Ho circa un milione di domande da farle su di te.»

«Mi dispiace. Ho firmato un accordo di riservatezza» le disse Kassie con un'espressione seria. «Tutto quello che posso dirti è il mio nome, l'età e che ho una sorella che si chiama Karina. Oh, e che Hollywood è l'uomo più straordinario che abbia mai incontrato.»

L'espressione sui volti di Rayne e Mary erano impagabili, e Hollywood cercò di mantenere la faccia seria, ma fallì.

Kassie porse subito fine alla loro sofferenza e fece un gran sorriso. «Scherzavo. Mi farebbe piacere sedermi con voi e raccontarvi tutti i suoi segreti. Lo sapevate che non ha nemmeno un letto? Ha solo un materasso per terra. È davvero patetico.» Gli sorrise per fargli capire che stava scherzando.

«Oh, mio Dio, sul serio? Ragazza... mangerai decisamente con noi. Devo saperne di più» si entusiasmò Rayne.

«Dai, Kass» la esortò Hollywood con una mano sulla sua schiena. «Andiamo a salutare gli altri prima che spifferi *tutti* i miei segreti.»

La accompagnò in giro tra i vari gruppetti. Conosceva già gli uomini, ma fu contenta di salutarli di nuovo. Era stata un po' reticente con Emily; Hollywood pensava che si sentisse ancora in colpa per ciò che Jacks le aveva fatto. Avrebbe continuato a lavorarci per assicurarsi che se lo lasciasse alle spalle. Sapeva senza ombra di dubbio che nessuno la riteneva responsabile delle cose che aveva fatto quello stronzo.

Arrivato il momento di cenare, Kassie si sedette con Rayne e Mary, le tre ridacchiarono e scoppiarono a ridere durante tutto il pasto mentre Emily e Harley si accomodarono con Annie e i loro uomini. Il resto dei ragazzi si sistemarono a un terzo tavolo, divorando il cibo come se non mangiassero da giorni. A Hollywood piaceva lanciare occhiate a Kassie e vedere la felicità sul suo viso mentre si rilassava con le sue nuove amiche. La sua vita non era stata una passeggiata e in quel momento si prefissò l'obiettivo di renderle le cose molto più facili.

Finito di mangiare, andarono tutti a sedersi e a rilassarsi vicino al braciere. Hollywood e alcuni degli altri uomini portarono nell'area libera attorno al fuoco delle sedie di plastica prese dal portico. Si accomodò su una e attirò Kassie per farla sedere sulle sue ginocchia. Lei lanciò un urlo sorpreso, ma si sistemò contro di lui senza protestare.

Ghost fece la stessa cosa con Rayne mentre Fletch ed Emily andarono su una panchina. Truck aiutò Mary ad accomodarsi su un'altra delle sedie poi si sistemò sull'estremità di una panchina accanto a lei. Anche gli altri uomini presero posto intorno al fuoco, l'atmosfera era tranquilla e rilassata.

«Allora, Kassie» disse Harley quando furono tutti seduti. «Ho sentito che hai bisogno di un avvocato.»

«Oh, be', io...»

«Jacks ha un amico che le sta rendendo la vita un inferno» si intromise deciso Hollywood per informare il gruppo.

«Be', accidenti, non trattenerti» borbottò Kassie, abbassando la testa, imbarazzata.

«Non vergognarti di qualcosa che sta facendo qualcun altro» le disse Harley. «Non ha il diritto di renderti nervosa e di sicuro nemmeno di seguirti o minacciarti.»

«Lo so, è solo... fargli notificare un ordine restrittivo mi sembra una cosa che lo farebbe solo incazzare di più.»

«Potrebbe» confermò Harley e scrollò le spalle. «Ma ciò non significa che non devi farlo.»

«Te l'avevo detto» sussurrò Hollywood. Poi disse a voce più alta: «Se puoi avvisare tua sorella che Kassie la chiamerà, ci faresti un piacere.»

«Certo. E per la cronaca, riceverai lo sconto "amici e famiglia"» li avvisò. «Il che significa che non ti farà pagare. Quindi, non chiedere nemmeno.»

«Io non...»

«Ho detto, non chiedere nemmeno» ripeté, senza nemmeno lasciarla iniziare a protestare.

«Grazie» disse Hollywood. «Lo apprezziamo.»

«Nessun problema. E questo vale per tutti, nel caso in cui non lo sappiate. Montesa mi ha detto di dirvi che se mai avrete bisogno di un avvocato, è a vostra disposizione. Chiamatelo un ringraziamento per aver fatto tutto il possibile per trovarmi quando ho avuto quell'incidente.»

«Oh cavolo, non puoi dirci queste cose» scherzò Mary. «Le toccherà tirarci fuori dai guai per tutta la vita.»

Ridacchiarono tutti e iniziarono a chiacchierare l'uno con l'altro attorno al fuoco.

Fletch aiutò Annie a fare gli *s'mores* senza preoccuparsi del fatto che avesse più cioccolata sulle dita e sui vestiti di quanto probabilmente ne aveva in bocca. Dopo un'ora di corse per il giardino, arrostendo marshmallow per chiunque ne volesse e facendo ridere gli adulti con le sue spiritosaggini, Annie finalmente si rannicchiò in braccio a sua madre.

«Ti sei divertita stasera, Annie?» le chiese Emily.

«Sì. Mi piace quando siamo tutti insieme.»

«Anche a me.»

«Mammina?»

«Sì, piccola?»

«Voglio un fratello.» Le sue parole risuonarono nella tranquilla notte del Texas.

Hollywood soffocò una risata mentre Emily cercava di rispondere alla dichiarazione di sua figlia.

«Avere un figlio è una grande responsabilità per i genitori» le disse.

«Sì, lo so. Ma papà ha detto che voleva vederti rotonda con il suo bambino e che con i suoi super nuotatori saresti rimasta incinta presto. Non capisco però cosa c'entra nuotare veloce in piscina con te che aspetti un bambino.»

Fletch tossì e quasi sputò la birra che aveva appena sorseggiato e guardò sua figlia a occhi spalancati.

Gli uomini attorno al fuoco scoppiarono a ridere e Hollywood fu improvvisamente felice di non essere nei panni di Emily in quel momento.

«Fletch, vuoi spiegarlo tu a tua figlia?» Passò la patata bollente al marito.

Fletch posò la birra sull'erba e prese Annie dalle ginocchia della madre. Lei gli avvolse le braccia attorno al collo e si rannicchiò contro di lui.

«Voglio davvero tanto avere un bambino, scricciolo. E spero che tra qualche mese saremo in grado di dirti che il tuo fratellino o sorellina è in arrivo.»

Mormorando contro il collo di suo padre, Annie chiese: «Voglio un fratello. Ma papà?»

«Dimmi.»

«Mi amerai ancora quando avrai il tuo bambino vero...giusto?»

«Guardami, scricciolo» le ordinò.

Annie sollevò la testa.

Le prese il piccolo viso tra le sue grandi mani e disse in tono mortalmente serio: «Sei anche tu la mia bambina vera, Annie. Magari non condividi il mio sangue, ma sei parte del mio cuore come se ti conoscessi da quando sei nata. E ciò non cambierà mai anche se io e tua madre avremo un bambino insieme. Sei la mia figlia maggiore. Punto. Ok?»

«Ok.» Rimase zitta per un momento, poi chiese: «Papà?»

«Sì, piccola?»

«Ti voglio bene.»

«Ti voglio bene anch'io.»

E con ciò, Annie si rannicchiò di nuovo nell'abbraccio dell'unico padre che avesse mai conosciuto e chiuse gli occhi.

Hollywood guardò Kassie e la vide fissare il fuoco pensierosa. Si sporse un po'. «Stai bene?»

Lei annuì rapidamente.

Hollywood le mise un dito sotto il mento e voltò il viso verso il suo. «Che c'è?»

«È sciocco.»

«No, se ti turba.»

«È solo che pensavo che non avrei mai avuto figli» sussurrò lei.

Hollywood sentiva i suoi amici parlare e ridere intorno a lui, ma aveva occhi solo per Kassie. «Cosa intendi? Perché no?»

«Pensavo che Richard fosse la mia unica possibilità.»

«Kass, hai solo trent'anni» le disse, confuso.

«Lo so, ma non hai idea di come siano stati gli ultimi due. In alcuni giorni Richard era fantastico, ma in altri era pazzo. Per un po' avevo pensato che avremmo potuto risolvere le cose, ma quando ha iniziato a diventare paranoico e a farmi spiare da Dean, la situazione è peggiorata. Interrogava ogni singolo uomo con cui scambiavo due parole. Mi ero rassegnata a non riuscire mai più ad avere una vita normale. Non sarei stata in grado di uscire con nessuno, figuriamoci ad avvicinarmi abbastanza a qualcuno da avere un figlio. E comunque, finché Richard fosse stato ancora in giro, non avrei preso in considerazione di avere un bambino, non avrei mai messo in pericolo una creatura indifesa. Per niente al mondo.»

«Avrai i tuoi bambini, Kass» affermò con convinzione. «Maschietti o femminucce con i tuoi capelli castani e gli occhi nocciola.»

«Solo ora mi sono resa conto di avere qualche speranza che possa accadere» gli disse Kassie, con un'intensa emozione nella voce, che brillava anche nel suo sguardo.

Hollywood chiuse gli occhi per un momento, poi la cinse con un braccio, posandolo proprio sotto il seno e la tirò indietro fino a quando non fu di nuovo abbandonata contro di lui. «Dobbiamo smettere di parlare di bambini» le sussurrò all'orecchio.

«Perché?»

«Perché parlarne mi fa pensare a come si fanno. E di conseguenza mi fa venire voglia di toglierti tutti i vestiti, infilare il mio cazzo dentro di te e iniziare a darti quella famiglia che hai sempre desiderato.»

«Graham» gemette, dimenandosi sulle sue ginocchia.

Hollywood sorrise all'uso del suo vero nome e seppellì il naso tra i suoi capelli mentre le stringeva una mano sul fianco per tenerla ferma. «Rilassati, Kassie. Goditi la serata.»

«Sei tremendo» si lamentò scherzando.

«Quindi, immagino che il detto "Tieni vicini i tuoi amici e ancor più i tuoi nemici" ha funzionato per te, eh?» disse con ironia Blade all'improvviso, dall'altra parte del cerchio di sedie.

Kassie si irrigidì in braccio a Hollywood e lui guardò male l'amico e compagno di squadra. Cazzo, Blade aveva il tempismo peggiore. Ma prima che potesse dire qualsiasi cosa, Fish, con la mano buona, diede uno schiaffo dietro alla testa a Blade e disse con rabbia: «Perché hai detto una cosa del genere? Sei uno stronzo.»

«Ehi... che ho fatto?» chiese, strofinandosi il punto in cui lo aveva colpito.

«Hai insinuato che Hollywood stia con Kassie per tenerla

d'occhio piuttosto che perché la ama» gli rispose senza un pizzico di rimorso.

«Io...» Blade si rivolse alla coppia in questione e si bloccò, vedendo quanto le sue parole avessero turbato Kassie. «Stavo scherzando, amico. Ragazzi, stavate parlando di bambini e cose così e ho fatto una battuta. Non la intendevo in senso negativo. Voglio dire, subito dopo il ballo abbiamo discusso di come Hollywood avrebbe potuto parlarti per scoprire cosa sta facendo Jacks, ma è ovvio che siete fatti l'uno per l'altra.»

«Stai zitto» gli intimò Fish. «Stai peggiorando le cose.»

«Sono un po' stanca. Penso che vi lascerò chiacchierare e andrò a letto» disse Kassie in tono sommesso.

«Kass, non intendeva dire così, gli è uscito male.» si intromise Beatle cercando di riparare il passo falso di Blade.

«È tutto a posto. Capisco. Fammi alzare, Hollywood» gli ordinò mentre cercava di scendere dalle sue ginocchia.

Senza dire una parola, Hollywood si alzò tenendola in braccio e si allontanò dai suoi amici, andando verso l'appartamento sopra il garage.

«Domani terrò Annie a casa» gridò Emily. «La colazione verrà servita alle nove! Ma se *non* ci sarete, ve la sguinzaglierò dietro!»

Kassie era talmente rigida tra le sue braccia che Hollywood non si prese la briga di rispondere, in quel momento era solo preoccupato di quanto fosse turbata.

In una frazione di secondo erano passati dal parlare di lei incinta con i suoi bambini, a lui che doveva tornare nelle sue grazie. Era stato il primo ad ammettere che gli piaceva quanto facesse presto a infervorarsi, ma odiava quando lo usava per allontanarlo.

«Hollywood, mettimi giù, io...»

«Chiudi il becco, Kass» sbottò.

«Che cosa? No, sul serio...»

«Sì, sul serio, Kass. Aspetta che arriviamo di sopra.»

«Sono stanca. Devi andare. Ci vediamo domani.»

«No, cazzo. Giustamente, sei arrabbiata con Blade, e forse anche un po' con me solo perché sono suo amico. Probabilmente ti senti anche ferita, e ciò mi uccide. Devo spiegarti. Devi perdonarmi, poi torneremo a parlare di avere i miei bambini.»

«Hollywood, no. Hai ragione. *Sono* incazzata... e ferita. Ho bisogno di un po' di tempo.»

«No» replicò mentre saliva le scale sul lato del garage verso la porta dell'appartamento. «Dobbiamo parlarne. Non mi dispiace che tu sia arrabbiata, ma se ti lascio da sola stanotte, penserai a tutti i motivi per cui credi che tra noi non funzionerà. Deciderai che stiamo andando troppo in fretta, che devi concentrarti sulla sicurezza di Karina, e salirai in macchina e tornerai a casa.» Non appena ebbe finito di parlare, Hollywood la mise in piedi e la tenne stretta a sé mentre lei ritrovava l'equilibrio.

«Dammi la chiave, tesoro.»

Senza dire una parola, prese dalla tasca in modo bellicoso la chiave dell'appartamento e gliela mise in mano. Hollywood sbloccò la serratura e le tenne aperta la porta. Passò davanti a lui pestando i piedi e andò dritta al frigorifero.

Hollywood la richiuse e mise la chiave sopra il tavolino appena dentro l'appartamento. Era irritato per le parole sconsiderate di Blade, ma una parte di lui era stranamente compiaciuto della reazione di Kassie.

Non era contento che fosse arrabbiata, ma il fatto che lo fosse con lui significava che le importava. Doveva farle capire che la conversazione che aveva avuto con i suoi amici era avvenuta quando stava ancora superando ciò che gli aveva detto al ballo. Nemmeno una volta, da quando aveva deciso di volere Kassie nella sua vita, aveva pensato di stare con lei solo per tenere d'occhio Jacks.

Mantenne un'espressione seria sul viso mentre la seguiva,

ma dentro di sé sorrideva. Lo avrebbero superato, e avrebbe capito una volta per tutte quanto facesse sul serio con lei.

Era meglio se avesse imparato ora che, per quanto lo riguardava, non sarebbero mai andati a letto arrabbiati tra loro. E aveva tutte le intenzioni di andare a letto con lei quella notte. La promessa di non fare l'amore quel fine settimana rimaneva, ma *avrebbe* dormito tra le sue braccia.

CAPITOLO QUINDICI

Kassie afferrò una bottiglia d'acqua dal frigorifero e la aprì. Era arrabbiata, imbarazzata e abbattuta. Sapeva che la relazione con Hollywood stava andando troppo in fretta. Aveva avuto un bisogno così disperato di sentirsi al sicuro e amata, da bloccare tutte le ragioni per cui avrebbe dovuto essere cauta e mantenere il suo cuore al sicuro. Stupida.

Tranguggiò l'acqua ma si fermò quando Hollywood afferrò la bottiglia di plastica e gliela tolse dalla bocca. «Basta così, tesoro.»

«Oh, quindi ora mi dici anche cosa bere? Poi mi dirai che sono troppo grassa e cosa posso mangiare» sbottò amareggiata. Sapeva di essere irragionevole... non era che Hollywood non le avesse ripetuto in continuazione che gli piaceva e voleva stare con lei, ma le parole di Blade l'avevano ferita nel profondo e le era difficile essere obiettiva.

«*Non* sei grassa» le disse, mettendo la bottiglia d'acqua sul bancone accanto al frigorifero. «E se lo dici perché lo faceva quello stronzo del tuo ex, dovresti sapere che tutto ciò che è uscito dalla sua bocca erano stronzate. Sei bellissima.» Le mise le mani sui fianchi e la girò verso di lui. «Ogni curva. Ogni centimetro. È tutto dannatamente bello.»

Il cuore di Kassie mancò un battito alle sue parole. Le sembrava deciso e irremovibile nella sua opinione. Mai nessuno, in tutta la vita, le aveva detto che era carina. Figuriamoci bellissima. «Hollywood, questa cosa tra di noi non funzionerà.»

«Funziona *già*» ribatté. «Dai. Sediamoci. Affrontiamo la faccenda.»

Lo lasciò trascinarla dietro di sé finché non si sedettero sul divano, poi la guardò negli occhi e disse: «So che sei arrabbiata, ma parliamone.»

Kassie fece un respiro profondo, poi si accasciò sui cuscini. Per fortuna, Hollywood capì che aveva bisogno di un po' di spazio. Non l'aveva attirata accanto a sé, né presa tra le braccia. Invece, l'aveva lasciata sistemarsi su un lato del divano mentre lui era rimasto sull'altro.

Non poteva guardarlo e avere quella conversazione. «Non sono incazzata» gli disse.

«Kass, lo so...»

Lo interruppe: «Ok, sono un po' incazzata. Soprattutto per la situazione, non proprio con te.»

«Allora perché tu sei laggiù mentre io sono qui?» chiese con dolcezza.

«Perché mi sento ferita» gli disse, stringendo le labbra. «Lo capisco, davvero. Quello che ho fatto è stato orribile. Terribile. Imperdonabile. Ma dopo che ci siamo scusati, pensavo che fosse tutto a posto.»

«Infatti *è* così, Kass» le confermò con fermezza.

«Ma non è vero» ribatté esasperata. «I tuoi amici, i tuoi compagni di squadra non l'hanno dimenticato. E non è un problema, posso sopportare di non piacere loro per quello che ho fatto, ma tu ci devi lavorare insieme. Hai bisogno che ti coprano le spalle e viceversa. Vedo quello che ho davanti agli occhi, Hollywood. Amano Emily, Rayne, Harley e persino Mary. È evidente.»

«Kassie...» tentò di nuovo di parlare, ma lei era inarrestabile.

«Il fatto che Blade l'abbia tirato fuori è stato solo il suo modo di farmi sapere che non avevano dimenticato. E ha ragione. Non ti biasimo per essere venuto a cercarmi, dopo che ti avevo confessato cosa mi avesse spinto a scriverti inizialmente. Al vostro posto anch'io vorrei tenere d'occhio Richard dopo quello che ha fatto. Ma ho abbassato la guardia. Le ultime due settimane sono state fantastiche e ho permesso che mi facessero dimenticare come abbiamo iniziato.» Chiuse gli occhi per cercare di controllare le lacrime che stava trattenendo.

Kassie sentì il cuscino accanto al suo abbassarsi ma Hollywood non la toccò.

Aprì gli occhi, girò la testa e se lo ritrovò seduto accanto. Quasi attaccato; la minor distanza possibile senza però toccarla. Il calore del suo corpo cominciò a pervaderla. «Hai finito?» sussurrò.

Lei annuì, ma poi pensò a qualcos'altro e scosse la testa.

«Continua allora. Tira fuori tutto.»

Alzò gli occhi al cielo. «Grazie per avermi dato il permesso» disse mostrando un accenno della solita Kassie. «Mi piacciono i tuoi amici. Tutti. Fish con i suoi occhi tormentati. Il modo in cui Ghost guarda Rayne come se non riuscisse a credere che è seduta accanto a lui. Come si comportano Fletch ed Emily con Annie. Come Coach non riesce a tenere le mani lontane da Harley, anche se lei arrossisce ogni volta che la tocca. Come Beatle e Blade sono uniti come fratelli. E mi piace soprattutto il modo in cui Truck si prende cura di Mary senza che lei se ne renda conto. Ho visto come si assicurava che il suo bicchiere d'acqua fosse sempre pieno e, quando non ha mangiato molto, l'ha incoraggiata a provare almeno a finire le verdure. Per un po' stasera, ho dimenticato di essere l'estranea.»

«Hai finito» stabilì Hollywood in modo inequivocabile.

Ora era il suo turno.

Le prese il viso tra le mani, costringendola a guardarlo negli occhi mentre parlava. «*Non* sei tu il nemico.»

«Ma Blade ha detto...»

«No, ora tocca a me» la rimproverò, poi continuò: «La mattina dopo il ballo, ho riunito la mia squadra per parlare di ciò che era successo. Lo sai che ero arrabbiato, ma a quanto pare c'è bisogno di ripeterlo ancora una volta, tesoro. Ero arrabbiato perché ci tenevo già tanto a te. Qualcuno, ora non ricordo chi, ha detto una frase simile a quella di Blade. Aveva senso, ma per la sola ragione che avrei avuto una scusa per venirti a cercare in quel momento. Pensi davvero che non saremmo riusciti a tenere d'occhio Jacks senza di te?» Fece uno sbuffo ironico.

«Tesoro, se ne fossi al corrente, probabilmente avresti paura dei tipi di connessioni che abbiamo. Non avevamo davvero bisogno che tu ci dicessi cosa stava facendo Jacks. Sì, farti parlare con Dean in modo che gli riferisca tutto aiuterà a neutralizzarlo più in fretta ma non è, nel modo più assoluto, il motivo per cui sei qui adesso.»

Kassie si leccò le labbra, nervosa. «Perché sono qui?»

Senza esitazione, le spiegò: «Sei qui perché mi hai chiesto la ragione che spinge gli uomini a mandare foto di cazzi a donne che non conoscono. Sei qui perché quando sorridi, lo sento non solo nel mio uccello, ma anche nel mio cuore. Sei qui perché hai accettato di incontrarmi a un evento dell'esercito quando ti spaventava a morte. Sei qui perché sono pazzo di te, Kass. Non importa quante volte dovrò dirlo. Non importa quante volte te ne dimenticherai e dovrò ricordartelo, lo farò.»

Si fermò, poi quando lei non disse nulla, chiese: «Nessuna risposta?»

Kassie scosse la testa, non credeva di poter parlare al momento nemmeno se la sua vita fosse dipesa da quello.

Hollywood continuò: «Odio che le parole di Blade ti abbiano ferita, ma posso dirti con estrema certezza, che ogni singola persona presente stasera ti vede già come parte del gruppo. Fish si è già preso l'impegno di vegliare su di te e Karina quando non posso venire ad Austin. Ognuna delle ragazze a un certo punto della serata mi ha preso da parte per dirmi che approvavano la mia scelta. Harley mi ha persino detto che sta creando un personaggio nel suo nuovo gioco che ti assomiglia. Sai cosa prova Annie per te, ti ha coinvolto subito. E i ragazzi?» scosse la testa. «Blade e Beatle ti porterebbero via da sotto il mio naso se pensassero di avere una possibilità. E se Truck non fosse già impegnato, anche se Mary non lo ha ancora ammesso, ci proverebbe anche lui. Quindi, non hai assolutamente alcun motivo per sentirti ferita. Nessuno.»

Kassie chiuse gli occhi per proteggersi dall'intensità di quelli di Hollywood.

«Capisco che questo è tutto nuovo per te. Lo è anche per me. Sono sicuro che avremo altre cose del genere in futuro da affrontare, ma non ti permetterò di nascondermi le tue emozioni. Se sei incazzata, devi dirmi il motivo. Se sei ferita, voglio sapere la ragione anche di quello, così posso sistemarlo. Sei triste, felice, irritata, in sindrome premestruale... non mi interessa cosa sia, qualsiasi cosa provi, voglio saperlo.»

Kassie aprì gli occhi. «Vale per entrambi?»

«Cosa, piccola?»

«Parlare dei sentimenti.»

«Ovvio.»

«Va bene, ma devo dirti... che non me la cavo molto bene con la rabbia. So che non è giusto dato che prima ero arrabbiata con te, ma Richard era solito incazzarsi per ogni piccola cosa e mi chiamava o veniva da me per urlarmi addosso; la spesa era imbustata nel modo sbagliato, qualcuno gli tagliava la strada mentre si recava ad Austin, io che lo mettevo in imbarazzo di fronte ai suoi amici... non esitava mai a farmi sapere quanto fosse arrabbiato.»

«Ricevuto» disse subito Hollywood. «La terrò sotto controllo, tesoro.»

«Non intendo...»

«La terrò sotto controllo» ripeté con fermezza.

«Ok» sussurrò.

«Ci siamo capiti?»

«Credo di sì.»

Hollywood si spostò e la attirò tra le sue braccia per la prima volta da quando si erano seduti. «Di cosa non sei sicura?»

Kassie si abbandonò contro il suo petto. Era seduta di traverso sopra le sue cosce, con le gambe appoggiate sul cuscino accanto a lui. Le aveva circondato la vita con le braccia tenendo le mani sul fianco, lei infilò una delle sue dietro la schiena di Hollywood per scaldarla e posò l'altra sul suo stomaco. Appoggiò la testa sulla sua spalla e inspirò profondamente. Dio, adorava il suo odore.

«Kass?»

«Hmmmm?»

«Cos'altro?»

«Oh... è solo che ... sono preoccupata che tu possa non piacere alla mia famiglia.»

Non si irrigidì nemmeno sotto di lei. «Perché?»

«Be', dopo che ho raccontato loro com'era Richard e cosa mi stava facendo... anche tramite Dean... non erano proprio felici. Mio padre ha minacciato di tirare fuori il fucile e uccidere quel bastardo se mai lo avesse visto aggirarsi nei pressi di casa a spiare sua figlia. Mia madre ha pianto. E se pensi che io sia irascibile, dovresti vedere Karina. Era spaventata, ma anche incazzata.»

Hollywood rise. «Mi piacciono già.»

«Sul serio, Hollywood, non stavano scherzando. Sanno che sono venuta con te al ballo dell'esercito, ma probabilmente hanno pensato che fosse l'uscita di una sera. Non sono sicura che apprezzeranno il fatto che ti stia frequentando.»

«Chiamali.»

«Che cosa?»

«Chiamali. Adesso.»

Kassie guardò l'orologio sulla televisione. «È tardi. Non credo sia una buona idea chiamarli a quest'ora.»

«Allora chiama Karina. Inizieremo con lei. È un'adolescente. So che non sta dormendo.»

«Probabilmente è fuori con il suo nuovo ragazzo.»

«Chiamala, Kass. Lasciami almeno toglierti una preoccupazione» ordinò Hollywood.

«Questa prepotenza mi sta stancando» borbottò Kassie, ma prese il telefono che aveva ancora nella tasca posteriore dei pantaloni. Lo sbloccò e premette sul numero di Karina, sperando di non interrompere nulla di importante.

«Pronto?»

«Ehi, sorella» disse Kassie, cercando di suonare vivace.

«Kass! Che succede?»

«Hai un secondo?»

«Per te, sempre» rispose pronta la sorella.

«Sei ancora al tuo appuntamento?»

«Sì. Il film è appena finito. Blake è andato a prendere la macchina. Ci sono problemi?»

«Le cose vanno ancora bene con Blake?»

«Sì.» La voce di Karina si abbassò a un sussurro. «Mi piace davvero. È proprio un gentiluomo. Non mi lascia pagare per i popcorn o altro. E ora mi ha detto di aspettare mentre andava a prendere l'auto. Oh, e quando ha ricevuto una telefonata nel mezzo del film, si è persino alzato ed è andato fuori per non disturbare nessuno.»

«Perché ha accettato una chiamata mentre guardava un film?» chiese Kassie. «A me non pare un comportamento da gentiluomo.»

«Non essere una guastafeste» le ordinò Karina. «Ora, dimmi che succede.»

«Ok, allora, sai che sono andata a Temple questo fine settimana» disse in fretta, volendo togliersi il pensiero.

«Sì... anche se non hai detto perché.»

«Esatto. Allora, quel ragazzo con cui sono andata al ballo... lo sto frequentando. Seriamente.»

«È una buona cosa... vero? Voglio dire, fintanto che non è un bastardo come Richard.»

«Non è un bastardo.»

«Sul serio, sorella, ti meriti molto di più. Mi ucciderebbe se tornassi a essere com'eri alla fine della tua relazione. Non eri tu... è meglio che questo ragazzo non ti tratti in quel modo.»

«Vai su FaceTime» le disse con dolcezza Hollywood.

«Che cosa?»

«Attiva FaceTime.»

«Non so se...»

«Fidati di me, Kass. Fallo» insistette.

Kassie sospirò e disse a Karina: «Passiamo su FaceTime.»

«Va bene.»

Toccarono entrambe l'icona sul loro telefono per attivare le telecamere.

Kassie sollevò il cellulare e guardò negli occhi scuri di sua sorella. Era bella. Si era impegnata molto per truccarsi per il suo appuntamento e Kassie riconobbe, da quello che riusciva a vedere della scollatura, che aveva indossato il suo vestito preferito.

«Stai molto bene.»

«Non cercare di ammorbidirmi con i complimenti, Kassie» disse sua sorella arrossendo, le sopracciglia corrugate e uno scintillio caparbio negli occhi. «Quindi hai fatto davvero colpo su di lui al ballo, eh? È bravo a letto...»

Le sue parole si interruppero bruscamente quando Hollywood prese il telefono dalla mano di Kassie e lo tenne più lontano, per far rientrare il suo viso nell'inquadratura in modo che sua sorella potesse vederli bene entrambi.

«Oh merda» sussurrò Karina. «Non sapevo che fosse lì.»

Hollywood sorrise. «Ehi, Karina. Sono Graham Caverly. E sì, io e tua sorella ci siamo piaciuti subito al ballo.»

«Ehm... piacere di conoscerti» disse l'adolescente, poi si morse il labbro. «Immagino che dovrei chiedere scusa per la cosa del bravo a letto. È stato da maleducati.»

Hollywood ridacchiò. «Non sono andato a letto con tua sorella» la informò in tono piatto, per niente imbarazzato. «La rispetto troppo per quello.»

«È una frase in codice per dire che non sei attratto da lei, che vuoi solo esserle amico e vuoi mollarla con gentilezza?»

«Karina» protestò Kassie. «Dammi il telefono, Hollywood» insistette, cercando di strapparglielo dalla mano, senza riuscirci.

«Zitta» le intimò in tono sommesso. «No» rispose poi a Karina. «Sono attratto da Kassie. *Molto* attratto da lei. Ma voglio prendermi il mio tempo per conoscerla come persona. È facile fare sesso, ma quando c'è qualcosa di più del solo desiderio è cento volte meglio.»

«Accidenti, Kass» sussurrò Karina, guardando lui e poi la sorella. «Di certo sei salita di livello.»

Kassie sorrise. «Sì. Ti presento Hollywood, è un soprannome. Hollywood, mia sorella, Karina.»

«È un piacere conoscerti. Non ho sentito altro che cose meravigliose su di te da parte sua.»

«Ah, sì, da quel poco che mi ha detto prima del ballo... anch'io. Cioè, ho sentito cose positive su di te.»

«Voglio che tu sappia che apprezzo che ti preoccupi per lei» le disse. «So tutto di Richard Jacks e voglio rassicurarti che mentre parliamo c'è chi sta esaminando la situazione.»

«E Dean? Che mi dici di lui? Lo farai smettere di molestare Kass?»

«Assolutamente. E non solo lei, ma anche te. Sai dove vuoi andare al college?»

All'improvviso cambio di argomento, Karina fu presa alla sprovvista, ma si riprese subito. «Forse qui all'Università del Texas. Ho fatto domanda anche all'A&M, alla Baylor e alla Southern Methodist.»

«Tutte ottime scuole» commentò.

«Sì.»

«Con chi stai parlando, piccola?» chiese una voce maschile. Poi il suo viso apparve sullo schermo accanto a quello di Karina.

«Con mia sorella. Kassie, lui è Blake. Blake, lei è mia sorella...e il suo... ehm... ragazzo, Graham.»

«Yo!» salutò il tipo.

Kassie socchiuse gli occhi quando vide il nuovo ragazzo di sua sorella sul piccolo schermo del telefono. Era di bell'aspetto, come aveva detto Karina. Sembrava il tipico ragazzo della porta accanto e non era sorpresa che sua sorella se ne fosse innamorata. Era piuttosto alto, da riuscire con facilità a mettere un braccio attorno alle sue spalle e attirarla al suo fianco. I capelli castano chiaro gli ricadevano a regola d'arte intorno alle spalle e l'azzurro dei suoi occhi era abbastanza fuori dal comune ma piuttosto carino.

Ma ciò che la turbava era che sì, Karina aveva detto che sembrava più vecchio... ma sembrava *davvero* molto più vecchio.

Hollywood doveva aver provato la stessa sensazione, perché invece di salutare, gli chiese: «Quanti anni hai?»

«È un piacere conoscerti anche per me» rispose Blake con un po' dell'insolenza tipica di un adolescente. «Ho vent'anni. Avevo lasciato il liceo, ma ho capito che era stata una mossa stupida e sono tornato per completare gli studi e ottenere gli ultimi crediti di cui avevo bisogno per diplomarmi.»

«Avresti potuto ottenere una certificazione GED» ribatté Hollywood.

«Lo so, ma molte aziende non vedono di buon occhio un certificato che conferma il livello di abilità rispetto a un vero diploma. Mi va bene così, amico.»

«Sai che Karina è minorenne, vero?» gli chiese Kassie, pizzicando la gamba di Hollywood per zittirlo. Quella era *sua* sorella, se ne sarebbe occupata lei.

«Sì, signora» rispose in fretta. «Karina mi piace, ma non stiamo facendo nulla di illegale.»

«Sarà meglio» replico, socchiudendo di nuovo gli occhi.

Karina si allontanò da lui e gli disse fuori dall'inquadratura della telecamera: «Dammi un secondo, Blake, ok?»

«Certo, piccola» rispose.

Gli occhi di Karina tornarono a quelli della sorella. «Ok, ora che mi hai messo in imbarazzo, c'è qualcos'altro?» Il suo tono era un po' impertinente, ma anche ferito. Simile a quello che Kassie sapeva di aver avuto parlando con Hollywood poco prima.

«No. Volevo solo farti conoscere Graham e metterti al corrente che lui e i suoi amici stanno facendo il possibile per rintracciare Dean e assicurarsi che le molestie finiscano.»

«Bene.» La risposta secca dimostrò chiaramente quanto fosse irritata.

«Sembra molto più vecchio di te, Kar» sussurrò, non sapendo quanto lontano fosse andato Blake.

«Non lo è» dichiarò.

«Mi preoccupo per te.»

Il suo viso si addolcì. «Lo so. Proprio come io mi preoccupo per te.» I suoi occhi si posarono su Hollywood. «Se le torci anche un solo capello, te ne pentirai. Sarò anche piccola, ma troverò comunque un modo per prenderti a calci in culo. L'ultima cosa di cui Kassie ha bisogno è qualcun altro che la mandi fuori di testa.»

«Se vuoi, ti *insegnerò* come fare il culo a qualcuno» si offrì Hollywood. «Poi ti lascerò usare su di me tutto ciò che hai imparato se mai dovessi fare del male a tua sorella.»

«Perfetto» gli disse Karina. «Devo andare.»

«Oh, e un'altra cosa» la fermò prima che riattaccasse.

«Che c'è?»

«Dovresti andare alla Baylor. È più vicina a Fort Hood, così potresti vedere più spesso tua sorella.»

«Perché?» chiese con sospetto.

«Perché se questa relazione va come voglio io, Kassie si trasferirà qui a Temple. Dopo che ci saremo frequentati per alcuni mesi, le chiederò di venire a vivere da me. Qualche mese dopo, le chiederò di sposarmi, ovviamente con il permesso tuo e dei tuoi genitori. Non appena lei dirà di sì, farò il possibile per darle i bambini che desidera da tutta la vita. Quindi sì, la Baylor è più comoda e sono sicuro che vorrai stare vicina ai tuoi nipoti per viziarli, giusto?»

«Hollywood!» esclamò Kassie, dandogli uno schiaffo sulla spalla. «Non puoi dirle certe cose!»

«Perché no?» chiese tranquillo. «È la verità.»

«Porca vacca. È serio» mormorò Karina.

«Mortalmente serio» ribatté. «E, Karina, non permettere mai a nessuno ti spingerti a fare cose che non vuoi.»

Kassie sorrise e imitò l'alzata di occhi al cielo di sua sorella, poi si sporse sopra il telefono in modo che potesse vedere solo il suo viso sullo schermo. «È un po' autoritario» la informò, e di certo era una cosa che sua sorella aveva capito da sola.

«Ti piace?» le chiese Karina.

Kassie annuì.

«Allora mi riserverò il giudizio fino a quando non potrò incontrarlo di persona.»

«Lo apprezzerei.»

«Lo dirai a mamma e papà?»

«Quando torno a casa. Aspetterai e mi lascerai parlare con loro per prima?»

Karina annuì. «Sì, ma se non lo fai presto, spiffero tutto» la minacciò.

Sapeva che sua sorella stava scherzando. «Li informerò.»

«Bene.»

«Stai attenta» disse, sistemandosi di nuovo accanto a Hollywood. Lui le restituì il telefono e le avvolse le braccia attorno ai fianchi.

«Va bene. Smettila di preoccuparti.»

«Non smetterò mai di preoccuparmi per te.»

«Come vuoi. Hai intenzione di venire presto a vedere il mio vestito per il ballo?»

«Non so a che ora partirò domani da qui, ma passerò a casa per parlare con mamma e papà così vedrò il tuo vestito. Ti va bene?»

«Sì. Guida con prudenza. Ci vediamo domani sera. Aspettati altre domande» la avvertì.

«Certo. Non mi aspetto niente di meno. Ti voglio bene.»

«Ti voglio bene anch'io. Ciao.»

«Ciao.»

Kassie chiuse la chiamata e si accasciò contro Hollywood come se fosse senza forza. «Sono esausta.»

Lui ridacchiò. «Penso che sia andata bene» le disse.

«Che tu ci creda o no... è così. Era sorpresa, ma avrebbe

protestato molto di più se davvero non le avessi fatto una buona impressione.»

«Ha la testa sulle spalle» commentò Hollywood.

«Sì. Anche se Blake non mi ha entusiasmato.»

«Hmm. Sì, a essere sincero, neanche a me. Chiederò al mio amico Tex di vedere cosa può scoprire su di lui. Sarà abbastanza facile controllare la sua storia. Riesci a farmi sapere il suo cognome?»

Kassie annuì. «Assolutamente. Non riesco a credere che tu le abbia detto che mi avresti chiesto di sposarti e messo incinta.»

Fece un sorrisetto. «Non le ho detto niente che non fosse vero, tesoro.»

«Sei pazzo, Hollywood. Non sai cosa succederà tra noi.»

«So cosa *voglio* che succeda e mi comporterò come se ciò che voglio, sia già ciò che sarà. Sai, il potere del pensare positivo e tutto il resto.»

Kassie non rispose, si limitò a chiudere gli occhi e inspirò di nuovo il suo straordinario profumo, lasciando che la rilassasse.

«Stai bene?» le chiese per la seconda volta quella sera.

«Credo di sì. Per quanto possa esserlo in questo momento.»

«Me lo farò andare bene» disse. «Vuoi guardare la TV?»

«C'è qualcosa di bello?»

«Non ne ho idea. Ma qualcosa troverò se vuoi.»

«Non sei stanco? Non devi tornare a casa?» gli chiese.

«No e no. Rimango qui stanotte. No, non agitarti, non succederà niente, è solo che non voglio lasciarti. Abbiamo solo stasera, poi domani tornerai ad Austin. Ci vedremo la prossima settimana, ma non potrò passare la notte da te. Quindi, questa è l'ultima volta che posso tenerti tra le braccia. Voglio solo starti vicino, Kass.»

«Te lo concedo.» gli disse con dolcezza. «Lo voglio anch'io. È strano, ma mi manchi già e non me ne sono ancora andata.»

Si sdraiarono, Hollywood le baciò la fronte e la sistemò su un fianco, con la schiena contro i cuscini e la testa sulla sua spalla.

«Metti la mano sotto al mio braccio» le sussurrò.

«Perché?»

«Hai le dita fredde. Lo odio. Lascia che te le riscaldi con il mio calore.»

Kassie cercò di non sciogliersi per la sua premurosità, ma fallì. Mise una mano sotto il suo braccio e l'altra sul petto e si accoccolò contro di lui.

«È stata una giornata strana» disse assonnata.

Hollywood ridacchiò. «Un po'. Ma non cambierei nemmeno un secondo dato che è finita qui, con te tra le mie braccia.»

«Adulatore» protestò debolmente.

Lui ridacchiò, ma non disse altro.

L'ultima cosa che Kassie ricordò fu di aver pensato a quanto si sentisse al sicuro tra le sue braccia. Non era stato risolto nulla con Dean e Richard, e lei doveva ancora fornire le informazioni false sull'addestramento, ma in un certo senso non aveva importanza. Hollywood l'avrebbe tenuta al sicuro. Lo credeva fin dentro l'anima.

CAPITOLO SEDICI

«Non sono sicuro di approvarti» disse Jim Anderson a Hollywood mentre si appoggiava indietro sulla sedia. Avevano appena finito di cenare ed erano seduti attorno al tavolo da pranzo a chiacchierare.

«Papààààà» gemette Kassie. Suo padre aveva guardato male Hollywood per tutta la sera. In realtà, non era sorpresa di ciò che aveva appena detto, ma solo che ci avesse messo tanto. Sul serio, chi diceva una cosa del genere a qualcuno *dopo* averci mangiato insieme? Suo padre, spaventato e iperprotettivo, ecco chi.

Hollywood le mise una mano sulla gamba per cercare di rassicurarla, poi guardò l'uomo negli occhi e disse: «Non c'è problema... per ora. Mi ha conosciuto stasera e ha saputo solo di recente che l'ex di sua figlia la trattava male. Spero tuttavia che mi darà una possibilità. Lasci che le mostri che non tutti i soldati sono come quell'idiota.»

Kassie gradì il fatto che Hollywood si trattenesse dal dire parolacce di fronte alla sua famiglia. Gli mise una mano sulla gamba sotto il tavolo e la strinse, facendogli sapere quanto lo apprezzasse.

«Non sono sicuro che dovrebbe frequentare qualcuno con tutto quello che sta succedendo» disse suo padre, ovviamente non ancora convinto.

«Mi sta aiutando in questa situazione» protestò Kassie.

«Non so cosa possa fare con Richard in prigione in Kansas e quel suo amico che spia la mia bambina.»

«Uno dei miei amici è rimasto ferito in Medio Oriente e ha appena terminato la riabilitazione. Il suo soprannome è Fish. È stato congedato per motivi medici e ha tenuto d'occhio Karina mentre andava a scuola negli ultimi due giorni.» Hollywood informò la sua famiglia.

Kassie si voltò a fissarlo. «Davvero?»

«Non ho notato nessuno seguirmi» disse Karina.

«E non succederà» la informò lui con un sorriso. «È bravo in ciò che fa.» Le fece l'occhiolino, poi tornò a rivolgersi al padre di Kassie. «Le giuro che sto facendo tutto il possibile per assicurarmi che entrambe le sue figlie siano al sicuro.»

«È un inizio» ammise Jim, non completamente placato, ma almeno un po' più trattabile.

«E voglio anche che sappia che farò tutto il possibile per mostrare a Kassie come dovrebbe essere trattata da un uomo. Ho capito che Jacks è cambiato dopo l'esplosione, ma non è una scusa. Se me ne darà la possibilità, la tratterò con cura. Voglio mostrarle che solo perché sa badare a se stessa, non significa che *debba* farlo sempre.»

Kassie deglutì a fatica. Accidenti, le stava rendendo davvero difficile mantenere una certa distanza emotiva da lui. Le piaceva. Un sacco. Ma aveva deciso di fare un passo indietro dalla loro relazione fino a quando la cosa con Richard e Dean non fosse finita. Era stato difficile quando era andato a trovarla lunedì, e poi di nuovo quella sera solo per cenare con la sua famiglia.

«Le sto dicendo da anni di non accontentarsi» disse sua madre. «Voglio che trovi ciò che abbiamo io e Jim.» Donna

Anderson guardò suo marito con evidente amore e rispetto negli occhi.

«Scusate, posso andarmene?» chiese Karina in modo educato, ma proseguì prendendoli in giro: «Sto per vomitare con tutte queste smancerie.»

Tutti gli adulti risero e Donna scacciò via la figlia più piccola. «Vai pure, allora.»

Karina sorrise e si allontanò dal tavolo.

«Ma niente messaggi fino a quando non avrai finito i compiti» la avvertì Jim.

«Ma papààà.»

«No. Conosci le regole. Blake sarà ancora lì quando avrai finito.»

«Va bene» disse imbronciata. «Non ho molte cose da fare comunque.»

«Ci vediamo dopo» gridò Kassie a sua sorella.

«A più tardi» urlò Karina mentre correva su per le scale verso la sua camera.

Quando l'adolescente scomparve e sentirono partire la musica nella sua stanza, Hollywood si sporse in avanti e posò i gomiti sul tavolo di fronte a lui. «Ha incontrato Blake?» chiese a Jim.

Lui scosse la testa. «Non ancora. Dovrebbe venire a prenderla per il ballo sabato prossimo. Perché?»

«Hollywood, non credo...»

«È più vecchio di lei» rispose, ignorando l'avvertimento di Kassie.

«Ce l'ha detto. Dovremmo essere preoccupati?» chiese suo padre, andando al sodo.

«Non lo so» disse con onestà.

«Kassie? Cosa ne pensi?» domandò sua madre preoccupata.

Lei si strinse nelle spalle. «Come ha detto Hollywood, non lo so. Sapevo che stava frequentando il nuovo ragazzo a scuola e che era più grande, ma non ci ho pensato molto. Ma ci siamo sentite su FaceTime questo fine settimana quando era al cinema con lui e devo ammetterlo, sembra troppo vecchio per essere al liceo.»

«Ha detto che ha vent'anni. Che aveva abbandonato la scuola e preso la decisione di tornare e finirla» disse Jim.

«È quello che ha detto anche a noi, ma... è legale questa cosa?» chiese Kassie. «Voglio dire, qualcuno che ha vent'anni può tornare al liceo?»

«Ho fatto una ricerca» li informò Hollywood. «In Texas, chiunque fino ai ventisei anni può essere ammesso in un liceo, ma se non si è frequentata la scuola negli ultimi tre anni, non si può essere inseriti in una classe con studenti di età inferiore ai diciotto anni.»

«Penso che Karina abbia detto che ne ha persi due» rifletté Kassie.

«Allora penso che sia legale» disse Hollywood. «Posso chiedere alla sorella di Harley di controllare, è un avvocato, ma non sono sicuro che ci sia qualcosa che possiamo fare al riguardo nella prossima settimana e mezzo.»

«Forse dovremmo dirle che non può andare al ballo?» Donna era agitata.

«Mamma, non puoi farlo» le disse Kassie. «È da un mese che non aspetta altro. È così eccitata.»

«Ma se non sappiamo nulla di questo Blake, non mi piace l'idea che partecipi» protestò.

«Perché non lo invitate a cena come avete fatto con Hollywood? Potete intimidirlo e fargli sapere che Karina non è una preda facile.»

«Non intimidiamo le persone.» Donna sbuffò.

«Mi sentirei meglio se il mio tentativo di intimidazione avesse avuto almeno un minimo effetto sul tuo fidanzato» affermò Jim in maniera concreta.

Kassie fissò suo padre per un momento, poi si voltò per

vedere la reazione di Hollywood a quell'ammissione. Stava sorridendo. *Sorridendo*!

«Non è divertente» disse a Hollywood.

«Un po' sì» ribatté.

Lei alzò gli occhi al cielo e guardò di nuovo suo padre. «Comunque, invitalo. Vedi tu stesso.»

«Verrai anche tu?»

Kassie scosse la testa. «Non posso. Ho fatto cambio di turno con una ragazza al lavoro. Per avere liberi sabato e domenica scorsi, ho accettato di fare i suoi turni serali. Lavoro dalle dodici alle nove per i prossimi sette giorni consecutivi.»

«Buon Dio» esclamò Hollywood. «Devi lavorare con un orario di merda per una settimana di fila per aver preso due giorni liberi?»

Scrollò le spalle. «Di solito no. Ma me l'hai chiesto, ed era importante parlare di Richard e Dean. Quindi ho ingoiato il rospo e accettato.»

Hollywood le mise una mano sul viso e la girò perché lo guardasse. «L'hai fatto per me» disse in tono sommesso. Non era una domanda.

Kassie annuì lo stesso. «Sì.» Sapeva che lui avrebbe voluto baciarla perché lo voleva assolutamente anche lei. Ma anche se aveva trent'anni, di certo sufficienti per baciare il suo ragazzo di fronte ai genitori, si vergognava ancora.

Come se potesse leggerle nella mente, la attirò verso di sé e le diede un lieve bacio sulla fronte. Poi sussurrò: «Grazie.»

«Prego.»

Non appena le parole le uscirono di bocca, il suo cellulare suonò. Era sopra il bancone della cucina e Kassie lo ignorò; sua madre non voleva che portassero niente di elettronico a tavola. Il cellulare smise di suonare, ma ricominciò subito dopo.

Guardò Hollywood nervosa.

«Che c'è?» chiese, intuendo il disagio.

«Quando Dean vuole contattarmi di solito lo fa per telefono, e se non rispondo continua a richiamare finché non lo faccio.»

«Scusateci» disse Hollywood ai genitori di Kassie, alzandosi in piedi.

«Se ha a che fare con le mie figlie, voglio sentire» affermò Jim mentre si alzava anche lui.

Hollywood sollevò una mano. «Non la biasimo. Ma se è davvero Dean, allora deve dare a Kassie un po' di spazio in modo che possa parlare con lui senza preoccuparsi di ciò che il padre iperprotettivo e arrabbiato potrebbe dire o fare.»

I due uomini si fissarono a lungo mentre il telefono continuava a suonare.

«Le giuro che ho tutto sotto controllo» disse all'uomo più anziano. «Abbiamo un piano. Ma Kassie deve concentrarsi sulle informazioni che deve fornire a Dean, e non può farlo se è preoccupata per sua madre e suo padre e per ciò che pensano mentre sta eseguendo quel piano.»

Le spalle di Jim si curvarono e si sedette di nuovo accanto alla moglie. Donna gli prese subito la mano.

«Resteremo qui tranquilli» concordò suo padre. «Ma voglio un riassunto prima che andiate via.»

«D'accordo» disse, trascinando Kassie dietro di sé verso il bancone della cucina e il telefono. Lo prese e guardando lo schermo vide che era davvero Dean, così le chiese: «C'è una stanza in cui possiamo andare per parlare con lui?»

Annuì. «L'ufficio di papà.»

«Fai strada.»

Senza dire altro, Kassie si girò e si diresse dall'altra parte della casa. Attraversarono il soggiorno e percorsero un corridoio. Alla fine, aprì la porta che li condusse in un ufficio buio e dallo stile maschile. C'erano librerie lungo due pareti, una grande finestra sulla terza e una scrivania contro la quarta.

Il telefono aveva smesso di suonare, ma non appena Hollywood chiuse la porta, ricominciò.

«Ricordi cosa dire, vero?» le chiese mentre le porgeva il cellulare.

Kassie annuì.

«Va bene. Aspetta un secondo.» Le baciò la fronte, poi tirò fuori il proprio telefono e toccò il nome di un contatto. «Ehi, Ghost. Sono Hollywood. Dean sta chiamando. Sei pronto? Bene. Un secondo... Ok, tesoro. Rispondi, metti in vivavoce in modo che anche Ghost possa ascoltarlo. Lo registrerà così avremmo tutti le informazioni precise. Puoi farcela.»

Kassie annuì, più nervosa di quanto non fosse stata in passato quando aveva avuto a che fare con quell'uomo.

«Pronto?»

«Cazzo, era ora che rispondessi, troia» la salutò. «Dove cazzo sei?»

Kassie guardò Hollywood e lui annuì. «Sono a casa dei miei genitori. Stavamo cenando.»

«A quanto pare ti interessa poco di tua sorella perché ho cercato di contattarti per giorni» ringhiò.

Lei scosse la testa per far capire a Hollywood che Dean stava mentendo. In risposta le mise una mano sulla nuca e appoggiò la fronte contro il lato della sua testa. Lei sentì il suo meraviglioso profumo e la calmò un po', almeno abbastanza da riuscire a pensare a ciò che doveva dire. La sua vicinanza le diede la forza di continuare.

«Mi dispiace. Ora ho risposto. Cosa vuoi?» gli chiese.

«Voglio sapere quali informazioni hai per me. *Ricordi* il motivo per cui sei andata a quel cazzo di ballo l'altro fine settimana, giusto? Gli hai succhiato il cazzo come ti avevo ordinato? Ti avrebbe detto tutto ciò che volevi sapere con la tua bocca intorno all'uccello.»

Kassie si irrigidì e chiuse gli occhi. Odiava che Hollywood sentisse quelle cose. Ma invece di incazzarsi, le posò le labbra contro la tempia. Le diede un lieve bacio, poi le strinse piano il collo.

«Non sono ancora sicura di che tipo di informazioni volevi scoprissi da lui, Dean.»

«Lui e i suoi amici saranno presto fuori città? In tal caso, dove andranno e per quanto tempo? Si è lamentato di eventuali imminenti esercitazioni? Quegli stronzi si allenano sempre... bastardi. Sai niente di qualche familiare ammalato? Vogliamo qualsiasi tipo informazione tu possa ottenere riguardo a quegli stronzi. E siamo piuttosto stanchi di aspettare.»

Non le sfuggi che nell'avvertimento avesse usato il plurale invece di parlare per sé.

«Che cosa avranno mai fatto a te e a Richard?» Kassie chiese in tono sommesso, sentendosi un po' nauseata dal fatto che volevano sapere se una delle donne meravigliose, o Annie, fosse malata. Cosa pensavano di fare? Ricattarle in modo che non potessero ricevere le medicine di cui avevano bisogno? La sua mente era in subbuglio. Non era una cosa possibile... no? Non voleva nemmeno pensare a cosa Dean e i suoi amici avrebbero potuto fare a una donna o un bambino malati.

«Non devi preoccuparti di ciò che hanno fatto, troia. *Dovresti* preoccuparti di tua sorella. Non vorrai mica che sparisca senza lasciare traccia, vero?»

«Se la tocchi, giuro su Dio andrò dritta dalla polizia. Non te la caverai.»

«Invece sì, e ti garantisco che avrò un alibi di ferro» ribatté Dean. «E tutto ciò che otterrai è assicurarti che la tua sorellina finisca in posizione supina per un ricco pervertito. Ora dimmi quali cazzo di informazioni hai. Ed è meglio che siano buone o non vedrai mai più Karina.»

«Ok, ok, ok, fammi pensare» lo supplicò, ora in preda al panico. In precedenza, Dean era stato vago con le minacce verso sua sorella, ma questa volta... dirle che poteva farla sparire, era qualcosa di completamente diverso. Non riusciva a sopportare l'idea che Karina svanisse nel mercato clandestino del sesso.

«Respira, tesoro» le sussurrò Hollywood nell'orecchio. «Puoi farlo. Raccontagli del rifugio faunistico.»

«Presto faranno quella cosa dell'addestramento» sbottò Kassie.

«Dove? Quando?» ordinò Dean.

«Ehm... il prossimo fine settimana. Hollywood ne ha parlato con alcuni dei suoi amici al ballo. Si lamentavano di quanto non fossero impazienti di farlo.»

«Con chi lo fanno?»

«Ehm... non ne sono sicura. Credo stessero ridendo di quanto sarebbe stato facile perché era una piccola cosa. Tipo la loro unità contro un'altra.»

«Quindi non è coinvolta tutta la divisione?»

Kassie guardò Hollywood, non conoscendo il termine che aveva usato. Lui scosse la testa, facendole capire la risposta.

«No. Solo loro contro un altro piccolo gruppo di soldati.»

«Alla base?»

«No. Uno degli uomini si lamentava del fatto che, sebbene fossero vicini alla spiaggia, non avrebbero potuto passare del tempo a guardare le ragazze in bikini.» Kassie stava improvvisando, ma sembrava funzionare. Dean era più interessato a sentire i dettagli che a minacciare sua sorella.

«Dove? Gesù Cristo, rispondi alla cazzo di domanda.»

«Ci sto provando, Dean! Dammi un secondo per pensare.»

«Hai avuto due settimane. Dove. Cazzo. È?»

Rabbrividendo per l'odio contenuto nelle sue parole, sbottò: «Parlavano di un rifugio faunistico vicino a Galveston.»

Lo sentì digitare su una tastiera, probabilmente per cercare una mappa online. Odiava la sensazione di malessere che provava dentro. Pur sapendo che gli stava riferendo esattamente ciò che volevano Hollywood e i suoi amici, in qualche modo si sentiva ancora come se li stesse tradendo.

«Il Rifugio nazionale della fauna selvatica di Brazoria?» le chiese Dean. «Perché cazzo dovrebbero andare lì per fare un'esercitazione?»

Ora doveva improvvisare ancora di più dato che non le avevano detto cosa rispondere se le avesse chiesto il motivo, così disse: «Non lo so, ma hanno accennato che il loro comandante voleva che l'addestramento si svolgesse in una zona umida, invece che sempre nel deserto.»

«Sì, sì, ha senso» confermò Dean, più a se stesso che a lei.

«Ottimo lavoro» sussurrò Hollywood prima di avvolgerle le braccia intorno al corpo.

«Sono buone informazioni?» chiese Kassie, la sua voce tremante era reale. Non aveva bisogno di fingere di essere spaventata.

«Per adesso. Ma se queste informazioni sono false, Karina pagherà» la minacciò.

«Non sono false!» si affrettò a dire. «Li ho sentiti parlarne. Lo giuro. Stai lontano da mia sorella. Ti ho dato le informazioni che volevi.»

«Sei una brava piccola spia» sogghignò Dean. «Se vuoi tenere al sicuro tua sorella, mantieni il rapporto con quel fottuto perdente. Avremo bisogno di altre informazioni.»

«No! Avevi detto che era solo per il ballo. Avevi detto che non avrei dovuto fare nient'altro» urlò Kassie.

«Ho mentito. Dà il bacio della buonanotte a tua sorella per me. Ci sentiamo.»

«No! Dean! Dean? Sei ancora lì?»

Hollywood le tolse il telefono di mano e lo spense. Si portò alla bocca il suo, che aveva tenuto in mano durante tutta la conversazione. «Hai registrato tutto, Ghost?»

«Affermativo. Sono in vivavoce?»

«Sì.»

«Ottimo lavoro, Kassie» le disse Ghost. «Hai fatto esattamente ciò che dovevi.»

Ignorandolo alzò lo sguardo su Hollywood. «Non potrei mai perdonarmelo se succedesse qualcosa a Karina.»

«Non succederà nulla a tua sorella» rispose Ghost, pensando che stesse parlando con lui. «Ce ne occuperemo noi. È più che ovvio che abbia abboccato. Saremo pronti per lui il prossimo fine settimana. Non ho alcun dubbio. Hollywood? Ci vediamo domani?»

«Ci sarò» disse al suo compagno di squadra.

«Ci vediamo.»

«Ciao» rispose e chiuse la chiamata.

Girò subito Kassie in modo da averla di fronte e la strinse forte senza dire una parola.

Con la sensazione che fosse trascorsa un'ora, ma sapendo bene che erano passati solo un paio di minuti, Kassie mormorò: «Dovremmo uscire e dire a mio padre cosa sta succedendo.»

«Non c'è fretta» le disse Hollywood, senza muoversi di un centimetro.

«Ehm, eri là fuori quando ha perso la testa perché Dean mi stava chiamando, no?»

Lui ridacchiò. «Sì, Kass. Ero lì. Ma non ci muoviamo finché non sarò sicuro che tu stia bene e che sappia che lavoro eccezionale hai fatto.»

«Ero spaventata.»

«Lo so. E ciò rende quello che hai appena fatto ancora più impressionante.»

«Farà del male a Karina» disse amareggiata.

Hollywood la allontanò da lui e Kassie sapeva che la stava fissando, aspettando che lei alzasse lo sguardo.

Così lo sollevò

«Vorrei poterti garantire che non lo farà, ma non posso. E ho promesso che non ti avrei mai mentito. Ma lo giuro su

Dio, se riuscirà a sfuggire a Fish, e la rapirà, niente al mondo mi fermerà finché non la ritroverò e la porterò a casa.»

Le lacrime che era riuscita a trattenere alla fine sgorgarono. «P-prometti?» disse in tono soffocato.

«Lo giuro su Dio.»

Quello la fece sorridere. «Non credo che dovresti usare il nome di Dio invano quando prometti qualcosa di così importante, Hollywood. O in qualsiasi altro momento, in realtà.»

«Scusa. Giuro che farò in modo che la tua famiglia sia al sicuro, Kass. Sai perché?»

Lei scosse la testa.

«Perché sono la *tua* famiglia. Perché voglio un futuro con te. Un futuro lungo, pieno di risate, litigi, passione e bambini. E per farlo, devo occuparmi di ciò che è più importante per te.»

«Anch'io lo voglio» ammise per la prima volta.

«Allora è ciò che avremo.»

Kassie chiuse gli occhi, fece un respiro profondo, poi lo guardò di nuovo. «È tardi. Probabilmente dovresti andare.»

«Sì» ammise, ma non si mosse.

Abbassando la testa sul suo petto, sospirò. «Non voglio che tu te ne vada.»

«Lo so.»

«Non ha senso che tu venga la prossima settimana dato che lavorerò fino a tardi» gli disse.

«Purtroppo so anche quello.»

«Possiamo parlare al telefono. E mandarci messaggi.»

«Non è la stessa cosa.»

Quelle parole furono come uno schiaffo per Kassie. Certo, *non era* la stessa cosa. Assolutamente. Ma doveva lavorare, e anche lui.

«Fish sarà qui e ti chiamerà per assicurarsi che Dean si mantenga a distanza. Ma se hai bisogno di qualcosa, tipo se sei al lavoro e vedi quel coglione in giro, chiami prima Fish, poi me. Mi ci vorrà almeno un'ora per arrivare qui, ma lui è in zona, ti raggiungerà più velocemente.»

«Ok, Hollywood.»

«Lo stesso vale per Karina. Devi parlare con lei, programmare i nostri numeri sul suo telefono.»

«Certo.»

«Tra un paio di settimane sarà tutto finito, in un modo o nell'altro.»

«Lo sarà davvero? Cosa succederà a Dean e a chiunque avranno reclutato per aiutarli, quando li catturerete durante l'addestramento? In che modo riuscirete a impedire a Richard e a Dean di tormentarmi? Non li *ucciderete*, vero?»

Hollywood ridacchiò. «No, tesoro. Non li uccideremo. Diciamo che non ci è permesso.»

Lo fissò. «Quindi?»

«La mia squadra convincerà Dean ad abbandonare il percorso di distruzione su cui si trova. Se si dovesse rifiutare, il comandante ha ricevuto l'ok per portarlo a Fort Hood e tenerlo in detenzione lì.»

«Ma lui non fa parte dell'esercito» disse Kassie.

«Hai ragione, ma intromettersi in un'esercitazione del governo non è esattamente legale. Lui e gli avvocati dell'esercito troveranno che ha infranto una dozzina di leggi e saranno in grado di tenerlo rinchiuso per molto tempo.»

Kassie scosse la testa. «Quei due mi tormentano da parecchio, Hollywood. Non vedo come questo li fermerà.» Guardandolo con enormi occhi pieni di lacrime, sussurrò: «Non smetteranno finché non saranno morti. Sei sicuro di non poterli uccidere?»

Nonostante odiasse la disperazione che vide nel suo sguardo, Hollywood non riuscì a trattenere un guizzo delle labbra alle sue parole. «Non possiamo ucciderli.»

«Accidenti» ribatté.

«Finirà tutto il prossimo fine settimana» ripeté con fermezza.

«Lo spero.»

«È così» insistette. Poi sorprendendola disse: «Sai che c'è un *JCPenney* nel centro commerciale di Temple.»

«Come scusa?» domandò, senza distogliere lo sguardo dai suoi occhi castani.

«C'è un *JCPenney* nel centro commerciale di Temple» ripeté. «Se va tutto come vogliamo, Fletch ha detto che potresti affittare l'appartamento sopra il suo garage per tutto il tempo che ti serve. Potresti chiedere un trasferimento al lavoro.»

Per quanto stupido potesse sembrare, Kassie non aveva nemmeno pensato a cosa sarebbe potuto succedere alla loro relazione dopo che fosse finita la faccenda con Dean e Richard. Sì, voleva stare con Hollywood, ma la logistica relativa a dove avrebbe potuto abitare e lavorare non le era proprio passata per la mente. Il fatto che lui fosse più che consapevole di entrambe le cose, e avesse parlato con Fletch dell'appartamento, dimostrava quanto fosse serio riguardo a una relazione a lungo termine con lei.

Doveva avere avuto uno sguardo scioccato sul viso, perché Hollywood sorrise e disse: «Quale parte del mio discorso non hai capito quando ho detto a tua sorella che doveva andare alla Baylor in modo da poter stare vicino a te per vedere i suoi futuri nipoti, tesoro?»

«È solo... che... non ci avevo pensato.»

«Be', ora puoi. Vuoi vivere da qualche altra parte o fare qualcos'altro, mi va bene tutto. Basta che sia un posto in cui possiamo dormire nello stesso letto ogni notte.»

«Devi proprio andartene stasera?» chiese, pur sapendo la risposta, solo per fargli capire quanto desiderava che rimanesse.

«Sì. Ora che Dean ha chiamato, devo parlare con i ragazzi

per finalizzare i dettagli di questo maledetto finto addestramento.»

Kassie ridacchiò. Sembrava molto seccato.

«Preferirei di gran lunga stringerti tutta la notte e svegliarmi con te tra le braccia com'è successo domenica mattina.»

«Anch'io.»

Si fissarono a lungo, poi Hollywood ordinò: «Baciami.»

Così Kassie si alzò in punta di piedi, gli avvolse le braccia intorno al collo e lo baciò.

Dieci minuti dopo, con riluttanza, lasciarono l'ufficio mano nella mano per informare i suoi genitori.

Parlò Hollywood, lasciando intervenire qua e là Kassie con tutti i dettagli che aveva tralasciato. Quando finirono, il viso di Jim era rosso per la rabbia e Donna era sconvolta.

«Non riesco a credere che quel giovane simpatico che conoscevamo sia finito così» mormorò la madre, tirando su con il naso.

«Se hai bisogno di qualcosa da parte nostra, chiedi» disse Jim a Hollywood, qualsiasi traccia di disapprovazione era scomparsa dal suo viso e dal tono.

«Fatevi dare il mio numero da Kassie. E anche quello di tutti i miei compagni di squadra. Vi dirò ciò che ho detto a lei, se avete la sensazione che qualcosa non quadri, chiamate Fish. È qui ad Austin e può raggiungervi subito.»

Jim tese la mano a Hollywood e se la strinsero. «Mi dispiace se ti ho dato l'impressione di essere uno stronzo prima.»

Hollywood scosse la testa. «No, non deve scusarsi. È solo un papà che si prende cura delle proprie figlie. Se sarò fortunato da avere una bambina, deve credermi, sarò protettivo quanto lei. Forse di più.»

Abbassò lo sguardo su Kassie e lei arrossì. Poi continuò:

«Purtroppo, mi tocca andare via. Devo tornare a Temple e le quattro arrivano presto.»

Jim annuì. «Certo.»

Kassie raccolse la borsetta e andarono tutti alla porta d'ingresso.

«Apprezzo tutto ciò che stai facendo per le mie ragazze. Grazie per aver dedicato del tempo per venire a cena a conoscerci. E per assicurarti che Kassie sia protetta.»

«È stato un piacere» gli disse Hollywood. «Non solo ho visto di nuovo Kassie, ma ho anche potuto assaggiare il miglior polpettone che abbia mai mangiato. Ma non ditelo a mia madre. Pensa che sia il suo il migliore del mondo.»

Donna arrossì, ma alzò gli occhi al cielo e scosse la testa. «Grazie per il complimento, ma il mio polpettone è solo passabile e lo so. Ma se mi dirai che le mie *lasagne* sono le migliori che tu abbia mai mangiato, allora ci crederò.»

Kassie abbracciò la madre mormorando: «Dici un sacco di cavolate.». Sua madre era un'ottima cuoca e lo sapevano tutti. Passò da suo padre e gli diede un caloroso abbraccio. «Ti voglio bene, papà.»

«Ti voglio bene anch'io, Kass. Fai attenzione, ok?»

«Sì, signore.»

Hollywood le circondò la vita con il braccio e la condusse alle loro macchine, parcheggiate nel vialetto. Quando era arrivato da Temple, quella sera, si erano incontrati direttamente a casa dei suoi genitori. Rimasero accanto alla sua macchina e Kassie fece un sospirò pesante.

«Per cos'era?"» chiese, attirandola ancora una volta contro di lui.

«Vorrei baciarti ma non credo sia appropriato farlo nel vialetto dei miei genitori. I vicini probabilmente ci stanno spiando. Per non parlare di Karina, e con la fortuna che ho anche Dean, dato che gli ho detto che mi trovavo qui.»

«In una situazione normale non me ne fregherebbe

niente» le disse con un sorriso. «Ma poiché sto ancora cercando di impressionare tuo padre e non voglio che esca di casa con un fucile, stasera andrò sul sicuro.» Poi disse in tono serio: «Mi chiamerai ogni sera quando torni a casa dal lavoro?»

«Certo» lo tranquillizzò.

«Dimmi che hai il prossimo sabato libero.»

«Ho il prossimo sabato libero» lo rassicurò. «Dovrei venire qui e aiutare Karina a prepararsi per il ballo. Pensi che sia ancora la cosa giusta da fare?»

«Sì.»

«E hai ancora intenzione di venire a casa mia?» chiese titubante. Aveva detto che sarebbe stato con lei piuttosto che al rifugio faunistico con la sua squadra, ma non ne era sicura.

«Assolutamente» rispose con convinzione. «Non c'è altro posto in cui vorrei stare.»

«Va bene. Allora ci vediamo il prossimo fine settimana.»

Lui annuì, poi si chinò e la baciò. Non era un semplice bacio sulle labbra, ma nemmeno qualcosa che avrebbe costretto suo padre ad uscire di casa minacciando la sua vita. Quando si allontanò, disse: «Uno dei più bei ricordi erotici che ho, è quello di quando ti ho fatto venire senza nemmeno toccare la tua pelle. Sogno l'orgasmo che ho avuto quel pomeriggio. Ho così tanta voglia di fare l'amore con te da stare male.»

Quando si fermò, Kassie chiese incerta: «Ma?» Sembrava che ce ne fosse uno grande in arrivo.

«Ma vorrei aspettare fino a quando non sarai libera da Jacks. E da Dean. Quando saprai che stiamo insieme perché lo vogliamo, non perché ti tengo al sicuro. Non perché sei stata ricattata affinché mi contattassi. Quando saremo due persone normali che si frequentano e vanno avanti insieme con le loro vite, sarà allora che ti farò mia e tu mi farai tuo.»

«Sei terribilmente sicuro di te» scherzò.

«In realtà, no. Sono decisamente terrorizzato, tesoro» le disse sommessamente.

«Di cosa?» gli chiese sorpresa.

«Che tornerai in te e ti chiederai che cazzo ci stai facendo con un soldato delle forze speciali che viene mandato in missione, a volte senza alcun preavviso. Che deciderai che il mio disturbo ossessivo compulsivo quando si tratta di tenere pulito il mio appartamento, è qualcosa che non puoi sopportare. Che smetterai di pensare che il fatto che non abbia un letto adeguato sia carino. Che una volta che tutta questa situazione sarà finita, ti renderai conto che non hai bisogno che nessuno ti protegga perché hai fatto un lavoro impressionante da sola per tantissimo tempo.»

«Hollywood, non lo penserò. Non devi temere.»

«Non ho mai avuto una vera relazione, una che avrei voluto che continuasse per sempre. Temo di rovinare tutto.»

«L'ultima relazione che ho avuto pensavo sarebbe durata per sempre, e l'uomo mi ha costretto a bere un punch dal sapore disgustoso, baciare con la lingua i suoi amici e ora minaccia di fare qualcosa di orribile a mia sorella. Non credo che tu possa rovinare così tanto questa relazione. Penso che tu sia perfetto.»

Kassie fu sollevata quando Hollywood le sorrise. Non le piaceva pensarlo spaventato. Per lei era un uomo invincibile. Era la sua forza quando non ce l'aveva e si metteva come un muro tra lei e tutto ciò che avrebbe potuto ferirla.

«Vai a casa, Graham» sussurrò. «Sognami, proprio come io sogno te ogni notte. Mi tocco desiderando che siano le tue mani sul mio corpo e spero che ci arriveremo presto. Mi piace il pensiero di aspettare fino a quando tutto questo non sarà finito. Non voglio pensare a nient'altro che a te quando faremo l'amore.»

Hollywood premette le mani contro la sua schiena finché i

loro corpi non furono completamente incollati. «Ti masturbi pensando a me?» le chiese con gli occhi socchiusi.

«Ehm... l'ho detto ad alta voce?»

«Sì, cazzo» imprecò, poi piegò la testa indietro e fissò le stelle. «Non riuscirò mai a dormire ora che ho *quell'immagine* nella mente.»

Kassie ridacchiò e si alzò in punta di piedi per baciarlo sotto la mascella. Lui abbassò la testa e le catturo di nuovo le labbra. Allontanandosi molto prima che lei fosse pronta, disse: «Se non me ne vado ora, non ci riuscirò più.»

Sapendo che aveva davvero bisogno di andarsene, Kassie decise di porre fine alla sua sofferenza. «Guida con prudenza. Fammi sapere quando arrivi a casa.»

«Lo farò. Anche tu.»

«Va bene.»

«Mi ha fatto piacere incontrare i tuoi genitori.» Aprì la portiera della macchina. «Sembrano brave persone.»

«Lo sono.»

Si chinò ancora una volta e le afferrò il mento, poi la baciò brevemente prima di lasciarla andare e salire in auto.

Kassie indietreggiò e gli permise di chiudere la portiera. Lui tirò giù il finestrino e disse: «Ci sentiamo presto. Stai al sicuro, tesoro.»

«Lo farò. Ciao.»

«Ciao.»

Kassie aveva sulla punta della lingua le parole "Ti amo", ma le trattenne... a malapena. Era una cosa assurda che lo amasse dopo solo poche settimane, ma era così.

Fissò le stesse stelle che Hollywood aveva appena guardato. Una stella cadente attraversò il cielo proprio in quel momento.

Non esprimeva un desiderio da molto tempo, ma quella sera la richiesta arrivò senza nemmeno pensarci. «Per favore, fa che si risolva tutto» sussurrò.

CAPITOLO DICIASSETTE

Kassie si sedette sul divano, sorseggiando un bicchiere di vino rosso mentre guardava Hollywood cucinare. Aveva cercato di aiutare, ma lui l'aveva cacciata via, dicendole di sedersi e rilassarsi. Era venerdì sera ed erano stati dieci giorni lunghi e stressanti. Dean aveva chiamato un sacco di volte, cercando ulteriori dettagli sull'esercitazione. Non era stata in grado di fornirgli più informazioni di quelle che aveva già, semplicemente perché non aveva idea di cosa avessero pianificato Hollywood e i suoi amici.

Al lavoro era stato uno schifo. Odiava il turno serale, e lo aveva fatto per sette giorni consecutivi. Anche se aveva parlato con Hollywood ogni giorno, non era lo stesso che vederlo. Erano entrambi stanchi quando lo chiamava a fine giornata, e anche se amava parlare con lui, era ovvio che stessero risentendo dello stress della situazione.

Così, quando era rientrata quella sera e lui la stava aspettando, Kassie era più che eccitata. Si era gettata tra le sue braccia e finalmente aveva sentito il suo umore risollevarsi. Nell'ultima settimana e mezzo era andata in giro quasi in uno stato di intorpidimento, ma la presenza di Hollywood la faceva sentire al sicuro.

Non riusciva a ricordare un momento in cui si era sentita in quel modo.

«Allora, vai ad aiutare tua sorella verso le undici, vero?» chiese Hollywood dall'altra stanza.

«Sì. Vado dal parrucchiere con lei, poi torniamo a casa e la aiuto a truccarsi. Blake arriverà verso le quattro, così mamma e papà possono fare delle foto. Andranno a mangiare, e poi all'hotel dove si tiene il ballo.»

«Come sta gestendo tuo padre il fatto di non essere riuscito ad averlo a cena, per intimidirlo adeguatamente prima del ballo?»

«Non bene» ammise Kassie. «Era piuttosto arrabbiato che trovasse una scusa dopo l'altra per non andare.»

«Almeno andrà a prendere Karina a casa.»

«Sì. Il tuo amico ha fatto il controllo dei precedenti su di lui?» Hollywood le aveva detto all'inizio di quella settimana che conosceva un tizio in Pennsylvania che avrebbe provato a scoprire qualcosa su di lui per cercare di rassicurarla.

«È stato parecchio impegnato con altre cose, ma ha detto che ha eseguito un controllo preliminare e non è emerso nulla di allarmante. Blake Watson ha abbandonato la scuola quando aveva diciotto anni, ha iniziato con un anno di ritardo perché compie gli anni in autunno. Ha fatto alcuni lavoretti prima di iscriversi di nuovo nel liceo di tua sorella.»

«Be', è già qualcosa» disse Kassie. «Cosa farai domani quando sarò con Karina?»

«Mi troverò con Fish.»

«Sembra una brava persona» osservò Kassie.

«Lo è.»

«E si trasferirà in Idaho, ho capito bene?» domandò.

«Sì. Ha firmato i documenti questa settimana.»

«Perché nell'Idaho?»

«Perché è fuori mano e c'è tanto spazio. Non è a suo agio in mezzo alla gente. Penso che sia peggiorato col passare del tempo. Sta vedendo uno psicologo, ma non pensa che gli stia servendo molto. È testardo e determinato a risolvere i suoi problemi da solo.»

«Che brutta storia» rifletté Kassie, guardando nel suo bicchiere di vino. «Odio che sia in quella situazione.»

«Anch'io» concordò lui. «Sei pronta a mangiare?»

«Assolutamente» rispose, alzandosi per andare nella piccola cucina. «C'è un profumo fantastico.»

A quanto pareva, Hollywood si era fermato al supermercato prima di arrivare lì, perché aveva con sé tutti gli ingredienti per preparare i peperoni verdi ripieni. Kassie si sedette al tavolo, fissando la cena che le aveva preparato.

«Sono impressionata» ammise con sincerità.

Lui scrollò le spalle. «In realtà è abbastanza facile da realizzare. Rosoli la carne, la condisci, mescoli con un po' di salsa di pomodoro e un po' di riso tolto a metà cottura. Svuoti i peperoni dai semi, li riempi con il composto di carne. Copri con altra salsa di pomodoro e formaggio. Poi inforni.»

«Chissà perché, ma non credo che sia stato così facile» gli disse con un sorriso.

«Ma è stato un piacere farlo, tesoro. Non credo che ti sia seduta a fare un buon pasto dalla scorsa settimana a casa dei tuoi genitori.»

«No, ma immagino nemmeno tu.»

«Non è divertente cucinare per se stessi» dichiarò.

Kassie deglutì e confermò: «No, non lo è.»

Hollywood si sedette accanto a lei e mise la mano sul tavolo con il palmo rivolto verso l'alto, ovviamente desiderando che mettesse sopra la sua.

Lo fece senza pensarci, desiderando anche lei quel contatto.

Hollywood chiuse la mano e scosse la testa. «Non riesco a credere a quanto siano sempre fredde le tue dita.»

«Non mi preoccupa neanche più.»

Sollevando l'altra mano per coprirla, Hollywood disse: «Be', preoccupa me.» Gliele sfregò per un momento. «È bello essere qui con te, Kass. Cucinare, parlare, mi sembra così normale e giusto.»

«Sì, è vero.»

Hollywood si portò la mano alla bocca e ne baciò il dorso, poi la esortò: «Buttati e fammi sapere cosa ne pensi.»

«È meraviglioso» disse prendendo la forchetta.

Hollywood rise. «Non l'hai nemmeno assaggiato.»

«Non serve. Se ha un sapore buono la metà del profumo, mi piacerà da impazzire.»

E aveva ragione. Era incredibile.

———

Il mattino successivo, alle dieci e mezzo, Hollywood baciò Kassie vicino all'ingresso del suo appartamento. La stava tenendo in un abbraccio rilassato quando si costrinse a lasciarla andare.

«Mi chiami quando arrivi lì?»

Lei annuì. «A che ora dovrebbe iniziare l'addestramento?»

Ne avevano parlato un po' la notte precedente, ma poi avevano guardato un film perché lei era agitata e nervosa, quindi Hollywood aveva voluto farla rilassare e non pensare a ciò che sarebbe accaduto al rifugio faunistico.

«È già iniziato. Ghost e gli altri sono laggiù adesso. Sono arrivati ieri pomeriggio e hanno preparato tutto. Anche l'altro team Delta è lì, per fare la parte del "nemico".»

«E hai già lavorato con loro prima? Sanno cosa sta succedendo?»

«Sì, Kass. Ci alleniamo sempre con loro e conoscono la situazione.»

Chiuse gli occhi e fece un respiro profondo, cercando di tenere sotto controllo le sue emozioni. «Hanno soprannomi divertenti come te e i tuoi amici?»

Hollywood le sorrise. «I nostri soprannomi non sono divertenti.»

«Oh, sì che lo sono» lo informò. «Truck? Beatle? Hollywood? decisamente divertenti.»

«Trigger, Lefty, Oz, Grover, Lucky, Brain e Doc» elencò Hollywood.

«Eh?»

«Sono i loro soprannomi. Trigger, Lefty, Oz, Grover, Lucky, Brain e Doc» ripeté con pazienza.

Kassie ridacchiò e scosse la testa. «Ok, non dirò più che i vostri nomi sono divertenti perché i loro sono esilaranti.»

Felice di essere riuscito a farla sorridere, Hollywood si sporse in avanti e appoggiò la fronte contro la sua. «Mi è piaciuto molto svegliarmi con te tra le braccia, Kass.» La sentì abbandonarsi contro di lui.

«Sì. Anche a me.»

«Vorrei poterlo fare ogni mattina.»

«Sarebbe bello» rispose Kassie. «Mi dispiace per il tuo... ehm... problema di questa mattina.»

Lui si tirò indietro e disse in tono ironico: «Intendi il mio cazzo duro come una roccia?»

«Hollywood!» protestò, spalancando gli occhi e arrossendo.

Lui sorrise. «Non posso credere che tu sia sconvolta perché ho pronunciato la parola cazzo, dopo quello che abbiamo fatto ieri sera.»

Se possibile, diventò ancora più rossa. «È mattina. Non sono fuori di testa dal desiderio e mi stai fissando» si difese.

«Mi piacciono i nostri giochetti.» la informò Hollywood,

anche se sicuramente già lo sapeva. «Farti venire solo con le mani e la bocca sulle tue tette è qualcosa che non ero sicuro di riuscire a fare, ma per fortuna mi hai dimostrato di sbagliarmi.»

«È che sei troppo bello» borbottò, arricciando il naso. «È fisicamente impossibile per me *non* venire se mi tocchi e mi baci.»

Il suo sorriso si allargò ancora di più. «Se continui ad adularmi, potrei montarmi la testa.»

«Te la sei già montata» gli disse con un sorrisetto

Hollywood rise e le mise una mano sulla nuca mentre la stringeva a sé con un braccio intorno alla vita. «Sei incredibile, Kassie Anderson. Non vedo l'ora di metterci tutta questa situazione alle spalle così mi darai tutta te stessa.»

«Anch'io, Hollywood. Ma...» distolse gli occhi dai suoi.

«Guardami, tesoro. Che c'è? Voglio che tu ti senta sempre libera di dirmi qualsiasi cosa.»

Lo guardò e fece scorrere le mani su e giù lungo i suoi fianchi mentre diceva: «Se per qualche motivo non dovesse finire oggi e Dean non si presentasse perché vuole ottenere altre informazioni... dobbiamo aspettare ancora? Ti voglio, Hollywood.»

«Ho cercato di non metterti fretta. Non voglio spingerti a fare qualcosa per cui non sei pronta. Se sei davvero sicura della nostra relazione, allora no, non aspetteremo. Posso anche essere autoritario, ma per quanto riguarda il nostro rapporto non sono un dittatore, Kass.»

Lei allora sorrise. «Bene. Perché ci sto andando piano per te, ma sto finendo la pazienza.»

Lui ridacchiò di nuovo. «Piano, eh?»

«Sì, decisamente.»

Hollywood la attirò a sé e, mentre la baciava, Kassie gli mise le mani sulla schiena e strinse la maglietta. Ci mise tutta se stessa, inclinando la testa per avere un'angolazione migliore. La lingua duellò con la sua e quando si allontanarono respiravano a fatica.

«Divertiti con Karina oggi, tesoro. Chiamami, anche quando stai per tornare a casa.»

«Lo farò. E mi fai sapere se senti qualcosa dai ragazzi?»

«Certo. Voglio che questa storia finisca esattamente come lo vuoi tu. Ora vai, prima che ti riporti a letto così non riuscirai a passare il pomeriggio con tua sorella.»

«Grazie per essere venuto qui» disse Kassie mentre raccoglieva la borsa e apriva la porta.

«Non c'è un altro posto in cui vorrei essere» replicò Hollywood.

«A dopo.»

«A più tardi, tesoro.»

Rimase a guardare dalla porta finché non scomparve dietro l'angolo. Poi la chiuse, vi appoggiò la testa contro e chiuse gli occhi. «Dai, Ghost. Chiama» mormorò, poi si raddrizzò e attraversò l'appartamento di Kassie.

———

«Hollywood?» lo chiamò Kassie dopo aver aperto la porta del suo appartamento. Erano le cinque e mezzo ed era pronta a passare il tempo sul divano senza occuparsi di nessuno per un po'.

«Ehi» le rispose mentre entrava nel corridoio. Andrò dritto da lei e l'abbracciò. Le diede un breve bacio sulle labbra e disse: «Sembri esausta.»

Ignorando la sua osservazione appropriata, gli chiese: «Hai sentito niente?»

«No.»

«Significa che qualcosa è andato storto?» si agitò.

«No. Significa solo che non è ancora successo niente. Ghost ha chiamato circa due ore fa. Ha detto che stavano ripassando diversi scenari con gli altri Delta come farebbero per una vera esercitazione. Hanno dei ricognitori intorno all'area, e la sorveglianza satellitare ha mostrato un gruppo di uomini a circa cinque chilometri di distanza dal loro campo base. Sono lì e cadranno nella trappola. Non ci resta che dare loro il tempo di farlo. Ok?»

«Voglio solo che sia tutto finito» gli disse, odiandosi per quel tono lagnoso.

«Finirà» le assicurò risoluto.

«Cos'è che ha un profumo così buono?» gli chiese, cambiando argomento.

«L'arrosto. Ho trovato la tua pentola a cottura lenta e l'ho messo su nel primo pomeriggio. Ho chiesto a Fish di fermarsi al negozio e ritirarlo per me.»

«Mi vizi sempre.»

«Ti lamenti?» ribatté.

«No. Assolutamente no. Sentiti libero di farlo quando vuoi.»

«Lo farò.» Hollywood le tolse la borsa dalla spalla e la posò sul tavolino vicino alla porta. Poi le prese la mano e la condusse in cucina. «Siediti. Vuoi del vino?»

«Sì, grazie.»

Mentre gliene versava un bicchiere, Kassie gli chiese: «Come sta Fish? Pronto per andare in Idaho?»

«Più che pronto. Ora che la casa è sua, non vede l'ora di andarsene.»

«Non lo sto trattenendo io, vero?» domandò, preoccupata di impedire all'uomo di fare ciò che voleva.

«No. Non pensarci nemmeno. Fish non fa nulla che non voglia. È entusiasta della sua nuova casa, ma non penserebbe mai di andarsene prima che sia tutto finito. Non ti farebbe mai una cosa del genere, e di certo nemmeno a me e al team.»

«Mi piace davvero.»

«Anche a me. Ora, che ne dici di smettere di dirmi quanto

ti piace il mio amico e parliamo invece di quanto fosse bella tua sorella. Hai delle foto?»

«Se ho delle foto?» disse con gli occhi luccicanti. «Certo! E spero che non ti dispiaccia passare tre ore a guardarle con me.»

Lui sorrise, ma si fece serio pronunciando le parole successive. «E Blake? Come sono stati i tuoi genitori con lui?»

Kassie scrollò le spalle. «Normali. Niente di eccezionale, niente di terribile. Sono stati sorpresi da quanto sembrasse più vecchio, ma lui ha riso e ha mostrato la patente. Ha detto che si sarebbe preso cura di Karina e l'avrebbe trattata come meritava. Dopo il milione di foto che hanno scattato, penso che si siano un po' ammorbiditi nei suoi confronti.»

«Bene» disse Hollywood, mettendo un piatto di fronte a lei sul tavolo. C'era uno sfilatino di pane riempito di tenera carne. «Fish è andato via circa un'ora fa e li sta seguendo mentre vanno a cena e poi al ballo. Quando lei entrerà in hotel, lui starà lì in giro, tenendo d'occhio il parcheggio nel caso si presentasse Dean.»

Kassie annuì. «Karina ha detto che mi avrebbe mandato un messaggio una volta tornata a casa»

«Bene.» Con un bagliore negli occhi le chiese: «Vuoi fare il gioco della bottiglia stasera? O sette minuti in paradiso?»

Lei si morse il labbro. «Farò qualsiasi cosa tu voglia, Hollywood.»

Non replicò, ma si limitò a sorridere e a buttarsi sulla cena.

Per la centesima volta, Kassie si stupì che fosse seduto al suo tavolo, a mangiare cibo che lui aveva cucinato per lei, e che si sarebbe addormentata stretta tra le sue braccia. Non era esattamente una racchia, ma sapeva di non essere alla sua altezza; il suo soprannome era Hollywood, per l'amor del cielo. Era bello come qualsiasi protagonista su cui aveva sbavato nei film. Ed era suo. Finalmente, per una volta, la fortuna aveva bussato alla sua porta.

———

Kassie sbatté le palpebre.

Non era riuscita a dormire bene, anche se Hollywood aveva fatto del suo meglio per aiutarla a rilassarsi. Sapeva che era troppo agitata e ansiosa per fare qualsiasi gioco, così si erano semplicemente sdraiati sul divano a guardare la televisione mentre aspettavano che Karina chiamasse.

Alla fine, verso mezzanotte, lui aveva deciso che era meglio traferirsi in camera. Si era preparata per andare a letto, mettendo una maglietta larga e i pantaloncini da notte, e Hollywood si era spogliato rimanendo con i boxer e una maglietta bianca aderente.

Tutte le altre volte che aveva dormito nel suo letto, si era messo i pantaloni della tuta. Era la prima volta che lo vedeva così poco vestito, ed era davvero bellissimo. Aveva ammirato i suoi addominali scolpiti sotto la maglietta, e i muscoli delle cosce che si erano tesi quando era salito sul letto per infilarsi sotto le coperte. Poi l'aveva presa tra le braccia e il suo familiare profumo aveva fatto la magia. Anche se non aveva ancora sentito Karina, si era addormentata sentendosi al sicuro e amata.

Ma qualcosa l'aveva svegliata. Le ci volle un momento per ricordare cosa fosse successo la sera prima, ma quando si rese conto di essersi addormentata senza sentire sua sorella, voltò la testa per guardare il comodino.

Vide il debole bagliore del suo telefono che la avvisava di aver ricevuto un messaggio. Andò con gli occhi all'orologio. Erano le quattro e mezzo del mattino. Avrebbe dato una bella sgridata a Karina per averla fatta preoccupare così tanto.

Ad un certo punto nelle ultime due ore, Kassie doveva

essersi allontanata da Hollywood. Era sdraiato sulla schiena con un braccio appoggiato sopra la testa. Respirava in modo pesante, di certo era sfinito da tutto ciò che aveva fatto nell'ultima settimana per tenere d'occhio lei e Karina.

Girandosi piano sul fianco per non svegliarlo, prese il telefono e premette il pulsante per sbloccarlo con il pollice. Andò sui messaggi e il sorriso svanì dal suo viso quando vide l'immagine che le era stata inviata dal telefono di Karina.

Era una foto che ritraeva sua sorella, seduta per terra e bendata. Era buio, ma la foto era stata fatta con il flash così vide che il bellissimo vestito che indossava era strappato e sporco. Aveva della terra sul viso e le mani erano legate dietro la schiena. Ai suoi lati si vedevano alcuni piccoli cespugli, ma non riuscì a distinguere altri dettagli che potessero farle capire dove fosse.

Aveva il battito a mille mentre l'adrenalina le attraversava il corpo. Il suo primo pensiero fu di svegliare Hollywood perché se ne occupasse, ma quando stava per voltarsi, arrivò un altro messaggio.

Karina: Se vuoi rivederla, vieni subito al Dizzy Rooster sulla sesta. Da sola.

Le dita di Kassie volarono sullo schermo mentre rispondeva.

Kassie: Voglio parlare con Karina.
Karina: No. È a un'ora di distanza dal passare il confine con il Messico. Se non ti fai vedere, sparirà per sempre. Sono sicuro che adorerà farsi scopare dai banditos tutto il giorno e la notte.
Kassie: No!

Karina: Allora porta il culo al Dizzy Rooster. Hai 20 minuti. Se porti il tuo ragazzo, farai diventare tua sorella una puttana.

Kassie: Ci sarò.

Kassie: Non farle del male.

Kassie: Ehi?

«Cazzo» sussurrò Kassie. Si sedette piano e mise le gambe fuori dal letto. Stava facendo la cosa sbagliata, lo sapeva, ma non poteva correre il rischio che chiunque le stesse scrivendo dal telefono di Karina, avrebbe fatto ciò che minacciava. Dalle foto sembrava che non fosse vicino ad Austin; la sabbia/terra su cui era seduta e i cespugli intorno a lei, le facevano pensare che probabilmente non si trovava nei dintorni.

Erano passate parecchie ore da quando era uscita per andare al ballo, un tempo sufficiente perché qualcuno la portasse al confine sud.

Le mani di Kassie tremarono mentre raccoglieva i jeans dal pavimento e andava verso la porta della sua camera. Si voltò a guardare il letto ed esitò. Hollywood era proprio nella stessa posizione in cui l'aveva visto l'ultima volta, e dormiva pacifico, come un sasso.

Avrebbe dovuto svegliarlo.

Avrebbe dovuto chiedergli di occuparsene per lei.

Lui avrebbe potuto aiutarla.

Ma se lo avesse svegliato, avrebbe in sostanza firmato la condanna a morte di sua sorella.

Chiuse gli occhi. Era troppo stupida per vivere. Lo sapeva. Hollywood era un implacabile soldato delle forze speciali. Avrebbe potuto occuparsene lui. Ma non riusciva a togliersi dalla testa le parole sul telefono.

Se porti il tuo ragazzo, farai diventare tua sorella una puttana.

Fece un respiro profondo e, ignorando la lacrima che le scese sulla guancia, deglutì a fatica. Avrebbe mandato un messaggio a Hollywood quando fosse arrivata nella Sesta Strada. Era stupida, ma non del tutto... ok, lo era, ma il tempo stringeva. Doveva andarsene. *Subito*.

Kassie curvò le spalle come se portassero il peso del mondo, si voltò e sgattaiolò fuori dalla camera da letto.

———

Hollywood si svegliò di scatto al rumore della vibrazione del suo cellulare contro il ripiano in legno accanto a lui. Allungò una mano verso Kassie, ma trovò solo delle lenzuola fredde. Girò la testa e, nella debole luce del mattino che entrava dalla finestra, vide che non era sdraiata accanto a lui.

Si alzò a sedere e si strofinò il viso. Aveva dormito come un sasso. Era stato svegliato da una telefonata di Ghost verso le due, e durante la breve conversazione Kassie non si era mossa.

L'operazione era stata completata. Dean si era presentato con altri sei uomini che giocavano a fare i soldati. Erano stati circondati da entrambi i team Delta e si erano subito arresi tutti, tranne Dean. Quando i suoi amici avevano lasciato cadere le armi, si era voltato tenendoli sotto tiro e urlando che erano dei deboli, traditori e perdenti. Aveva iniziato a far fuoco, senza nemmeno far caso ai proiettili non letali dei Delta. Uno dei suoi complici aveva ripreso il suo fucile per sparargli e fermare la situazione ormai fuori controllo.

Dean era morto. Ucciso da uno degli uomini che aveva reclutato per "giocare" il suo gioco di guerra con lui.

Come richiesto dal comandante, nessuno dei Delta aveva proiettili veri nelle proprie armi. Non ci sarebbe stata nessuna ripercussione da parte dell'esercito riguardo alla morte di quel civile. Kassie era libera dalle sue minacce una volta per tutte.

Hollywood non aveva avuto il coraggio di svegliarla, e aveva deciso di lasciarla dormire e di darle la buona notizia al mattino, aveva salutato Ghost ed era tornato a dormire, soddisfatto per la prima volta da oltre un mese che Kassie e sua sorella fossero davvero al sicuro.

Chinandosi, prese il telefono per vedere chi lo stava contattando così presto. C'era un messaggio di Fish.

Fish: Alza il culo! Karina è scomparsa e Kassie è andata a cercarla.

Nel leggere le parole, tutte le belle sensazioni di sollievo per il fatto che Kassie fosse al sicuro, furono spazzate via. Hollywood pigiò con forza sul nome di Fish e si portò il telefono all'orecchio.

«Era ora» disse come saluto.

«Dimmi tutto» ordinò Hollywood mentre indossava un paio di jeans.

«Trenta minuti fa ho ricevuto un messaggio da Kassie. Diceva che qualcuno aveva rapito sua sorella, che le aveva mandato una foto di Karina legata, seduta nella terra e le aveva detto che doveva andare da sola al *Dizzy Rooster* sulla Sesta Strada.»

«Cazzo!» ringhiò Hollywood. «Dean è morto, quindi non era lui. Chi cazzo le ha scritto?»

«Nessun indizio» gli disse Fish. «Ho provato a chiamarla ma non ha risposto. Le ho mandato un messaggio e non ho ricevuto risposta.»

«Dove sei?» gli chiese.

«Fuori da quel cazzo di *Dizzy Rooster*. È deserto. L'unico segno vita qui sono un paio di aziende in fondo alla strada vicino al *Voodoo Doughnut*. Ho chiesto, e nessuno ha visto niente.»

«Quindi è sparita?» chiese incredulo.

«Così sembra.»

«Cazzo, cazzo, cazzo» imprecò camminando su e giù nella camera da letto di Kassie. «Perché non mi ha svegliato? Cosa stava pensando?»

«Hollywood, non fargliene una colpa...» iniziò Fish, ma lui lo interruppe.

«Non le faccio una colpa, cazzo. So che era spaventata a morte. Probabilmente lo stronzo le ha detto che se avesse parlato con qualcuno avrebbe ucciso sua sorella o qualcosa del genere. È molto protettiva nei confronti di Karina e a questo punto non farebbe nulla per metterla in pericolo.» Hollywood sospirò. «Non sa di Dean.»

«Immaginavo. Ma in un certo senso non ha importanza. Se Dean è morto e Jacks è in prigione... chi ha preso Karina e ha scritto a Kassie?»

La risposta gli fu chiara in un attimo. «Blake, cazzo. Deve essere lui. Non c'è nessun altro.»

«Il nuovo ragazzo?» chiese Fish.

«Proprio lui» rispose, andando in salotto.

«Maledizione. Ho combinato un bel casino» gli disse. «Una volta arrivati al ballo, sono rimasto seduto nel parcheggio per un paio d'ore e quando Ghost mi ha inviato il messaggio dicendo che Dean era all'addestramento, che ne avevano avuto la conferma visiva, ho pensato che lei fosse a posto. L'ho abbandonata.»

«Non è colpa tua» ribatté subito Hollywood. «Ho fatto fare un controllo a Tex sui precedenti, ma mi ha detto che è riuscito a farne solo uno superficiale. Era impegnato con alcune cose del team dei SEAL. Non ho insistito. Avrei dovuto farlo, quello stronzo non mi convinceva.»

«Non ha senso stare qui a punirci. Dobbiamo capire dove le ha portate e quali sono i suoi piani.»

«Pensi che fosse in contatto con Jacks?»

«Forse» disse Fish. «Stavo rimandando di neutralizzare quel bastardo fino a quando non fosse finita questa cosa con

Dean, ma farò alcune chiamate. Vedo cosa riesco a scoprire.»

«Non metterti nei guai» lo avvertì Hollywood. Per quanto volesse trovare Kassie e sua sorella, non voleva che di conseguenza il suo amico si trovasse nei casini.

«Magari non sono Tex, ma conosco alcune persone... che sono in debito con me. Riscuoto i favori.»

Cazzo. Un Delta che riscuoteva un favore era una cosa grossa. Incontravano molti tipi di persone nell'ambito della loro professione. I membri del governo non sarebbero contenti di sapere che i loro super soldati avevano fraternizzato con quelle persone. E che Fish ricorresse a quella gente per aiutare lui e Kassie non era una cosa da poco. Poteva anche aver perduto i suoi compagni di squadra nel deserto mesi fa, ma fino ad ora, Hollywood non era stato sicuro che fosse davvero così motivato da stabilire di nuovo connessioni del genere.

«Va benissimo qualsiasi informazione tu riesca a trovare, Fish» gli disse.

«Chiama gli altri. Probabilmente stanno tornando alla base. Dovrebbero essere più vicini ad Austin di quanto non fossero poche ore fa.»

«Faccio subito» confermò Hollywood. «Ma prima chiamo Beth.»

«Beth?»

«È una lunga storia, ma è un hacker di San Antonio che lavora con Tex. Preferirei la sua esperienza, ma se è impegnato in un'operazione, non metterò in pericolo i miei compagni delle forze speciali.»

«Tienimi informato» fu tutto ciò che disse Fish, senza nemmeno chiedersi se Beth potesse svolgere quel lavoro.

«Grazie per la chiamata.»

«Qualsiasi cosa per un Delta» rispose, poi riattaccò.

Hollywood si infilò in fretta la maglia che aveva preso

mentre usciva dalla camera da letto e compose il numero di Beth.

«'onto?» rispose una voce assonnata.

«Ho bisogno che mi rintracci un telefono» sbraitò Hollywood impaziente.

«Chi parla?» chiese Beth.

«Hollywood.»

«Merda. Ok, ok. Dammi un secondo.» La sua voce si fece più ovattata, e Hollywood capì che stava parlando con Cade "Sledge" Turner, il suo ragazzo. «Torna a dormire, tesoro. È lavoro.»

Non riuscì a sentire la risposta di Cade e Beth tornò in linea. «Che succede?»

«La mia ragazza e sua sorella sono scomparse. La sorella è sparita probabilmente dopo le nove di ieri sera. Kassie ha ricevuto un messaggio con una foto che la mostrava legata. Le è stato detto di incontrare qualcuno al *Dizzy Rooster* qui in centro ad Austin, così lei ha mandato un messaggio a uno dei miei compagni di squadra.»

«Hanno tutte e due il telefono con loro?» chiese Beth.

Hollywood la sentì battere sui tasti in sottofondo e disse: «Non lo so. Ma è un punto di partenza.»

«Dammi i loro numeri» ordinò Beth.

Hollywood glieli dettò e rimase in ascolto mentre l'altra donna faceva le sue cose. La visione di Kassie che giaceva morta da qualche parte, anche se solo per la soddisfazione di Jacks, e di Karina che veniva venduta a un bastardo depravato come schiava sessuale continuava a passargli per la mente mentre aspettava con impazienza che Beth scoprisse qualcosa che lo avrebbe aiutato a trovarle.

«Sì, ok» disse più a se stessa che a Hollywood. «Vedo perché Kassie se n'è andata senza dirti niente.»

«Che cosa? Perché?»

«Sto guardando l'immagine e i messaggi di testo che ha

scambiato con chiunque le abbia inviato la foto. Non sto dicendo che sia stata la decisione giusta, ma posso capire perché lo abbia fatto.»

«Cazzo» imprecò Hollywood. Era l'unica parola a cui potesse pensare che riassumesse ciò che stava provando in quel momento. «Non posso credere che tu ci sia già riuscita.»

«Ehi» disse Beth, suonando offesa, «mi hai chiamato per un motivo. Sono brava in queste cose. Ora non farmi incazzare mentre sto cercando di aiutarti.»

Normalmente, Hollywood l'avrebbe trovata divertente, ma al momento non era dell'umore giusto. «Che cosa diceva?»

«Oh, le solite cose che dicono i bastardi di merda come questo, quando vogliono che il loro obiettivo sgattaioli fuori di casa senza dire al fidanzato cazzuto – che potrebbe tranquillamente usare quello stronzo per pulire il pavimento – dove sta andando. È stata molto probabilmente l'immagine che l'ha convinta.»

«Per l'amor di Dio, Beth, cosa...»

«Controlla il tuo telefono. L'ho appena inviata» gli disse.

Hollywood mise in vivavoce e toccò lo schermo per aprire la mail. Dovette aspettare un secondo che si scaricasse l'immagine, ma una volta terminato gli mancò il respiro.

«Gesù» mormorò.

«Esatto. Sto cercando di individuare le coordinate GPS di dove è stata scattata la foto, ma ci vorrà un po'. Mi sembra che sia da qualche parte a sud di Austin. Quanto a sud, non lo so. Ma di sicuro non è a Hill Country.»

Hollywood sentiva solo per metà i continui borbottii di Beth. Aveva incontrato la sorella di Kassie solo una volta quando era andato a casa sua per cena, ma gli era piaciuta. Era una versione più giovane di Kassie. Sfacciata e divertente, ma anche rispettosa con i suoi genitori, ed era evidente l'amore reciproco di tutta la famiglia. Gli ricordava la sua, sotto molti punti di vista.

Quindi, lo sguardo di assoluto terrore sul volto di Karina nella foto lo colpì come un camion da dieci tonnellate, togliendogli il respiro. Aveva gli occhi coperti da un pezzo di stoffa e le mani legate insieme dietro la schiena, ma poteva ancora vedere quanto fosse spaventata guardando i lineamenti del suo viso e la posizione del corpo.

Labbra strette, spalle curvate in avanti come se potessero proteggerla da chiunque stesse scattando la foto. Il trucco era sbavato e aveva tracce nere che le scendevano sulle guance, di certo provocate dal mascara quando aveva pianto. Le sue gambe erano dritte davanti a lei e Hollywood riuscì a vedere graffi e lividi attraverso il tessuto strappato del vestito elegante.

Odiava che Kassie fosse sgattaiolata fuori dalla stanza e non si fosse rivolta a lui, ma come aveva detto Beth, era comprensibile.

«Ti ho beccato, piccolo bastardo» esclamò Beth eccitata. «Ok, avevo ragione. La foto di Karina è stata scattata quasi al confine. Appena fuori Laredo. Ci vogliono circa tre ore e mezza per arrivare lì da Austin. Quindi, chiunque l'abbia presa avrebbe potuto portarla laggiù, poi tornare e mandare un messaggio a Kassie per incontrarla in centro.»

«O potrebbe lavorare con qualcuno» disse Hollywood.

«Vero. Ma non penso sia così.»

«Perché no?» le chiese impaziente.

«Perché ho le posizioni di entrambi i telefoni sullo schermo in questo momento.»

«E?»

«E stanno per entrare nella periferia di San Antonio. Il segnale indica che chiunque abbia i telefoni sta guidando verso sud sulla I-35.»

«Dannazione» disse Hollywood. «Non li raggiungerò mai.»

«No» concordò Beth. «Ma guarda caso conosco alcune

persone, proprio qui a San Antonio, a cui non dispiacerebbe fare il culo a qualcuno stamattina.»

Hollywood pensò subito a TJ Rockwell, conosciuto come Rock quando faceva parte del team Delta. «Chiama per primo TJ» le ordinò. «Poi chiunque altro pensi possa aiutare. Vedo se riesco a ottenere un elicottero da Fort Hood. Devo radunare il mio team, ma possiamo essere in aria entro un'ora.»

«Quindi vuoi usare una strategia di monitoraggio, "osserva e aspetta"?» chiese Beth.

Quella era una domanda da un milione di dollari. Secondo lui, se era stato Blake a rapire Karina per poi tornare per Kassie, ora stava andando di nuovo verso sud nel posto in cui aveva nascosto Karina. Ma se avesse avuto torto e Kassie fosse stata ferita, aspettare avrebbe potuto costarle la vita. Se fosse morta perché aveva preso una decisione sbagliata, non sarebbe mai riuscito a perdonarselo.

D'altro canto, se avessero aspettato di beccare Blake allo scoperto in mezzo al deserto, avrebbero potuto farlo fuori più facilmente.

«Sì» le rispose Hollywood, prendendo la decisione. «Chiedi a TJ di seguirli, ma di non fermarli. Lo troveremo dall'alto.»

«Chi devo controllare per scoprire i dettagli riguardo a ciò di cui vi state occupando?» chiese Beth, e Hollywood rimase colpito dalle sue domande intelligenti e dall'atteggiamento concreto. «Blake Watson. Ha detto che aveva vent'anni, ma lo stronzo sembra molto più vecchio. Lo avevo capito, ma non ho insistito sulla questione.»

«Ci penso io.»

«Ora chiamo i genitori di Kassie e cerco di scoprire la marca e il modello della sua auto. Devono essere spaventati che non sia ancora tornata a casa. È ovvio che Blake potrebbe aver usato il suo telefono per scrivere loro inventando qualche cazzata, ma se fosse mia figlia, sarei in preda dal panico.»

«Ottima idea. Ti richiamerò non appena troverò qualsiasi

altra informazione pertinente che potrebbe servirti per quando lo raggiungerai» lo informò.

«Grazie.» Era ovvio che Beth avesse imparato molto lavorando con Tex. Si atteneva ai fatti e sapeva esattamente cos'era necessario fare quando si trovavano in una situazione di merda. Per non parlare del fatto che era molto brava a lavorare sotto pressione.

«Sono in debito» le disse Hollywood.

«No, non lo sei» ribatté pronta. «Se posso aiutare a togliere dalla circolazione bastardi del genere, lo faccio gratis. A dopo.» Chiuse la chiamata senza dargli la possibilità di rispondere.

Senza preoccuparsi dei convenevoli, dato che l'unico pensiero di Hollywood era di arrivare a Kassie, premette un pulsante per chiamare gli Anderson. Stava per compiere la missione più importante della sua vita. Non poteva fallire ora.

CAPITOLO DICIOTTO

Kassie cercò di non farsi prendere dal panico. Si era recata al bar chiuso sulla Sesta Strada come le era stato ordinato, ma all'ultimo minuto aveva inviato un messaggio a Fish dicendogli cosa fosse successo. Non sapeva perché non avesse scritto a Hollywood... in realtà, sì. Aveva avuto paura.

Paura che le avrebbe urlato contro. O che le avrebbe detto che era una stupida. E in effetti lo era. Così aveva mandato un messaggio a Fish, poi era uscita dall'auto. Ricordava che un uomo con una felpa le era andato incontro, di essere stata certa che fosse colui che aveva preso Karina e che avrebbe dovuto incontrare, ma era comunque andata nel panico e si era girata per scappare. Ma era ovvio che non fosse andata molto lontano prima che lui la colpisse così forte da farla svenire.

Si era svegliata sul sedile posteriore di un'auto in movimento... e con Blake Watson. Avrebbe dovuto capirlo.

Aveva provato a trattarla come se fosse una sua ospite in macchina invece che la vittima di un rapimento. L'aveva invitata a scavalcare il sedile per andare davanti, ma si era rifiutata fino a quando lui si era girato e le aveva puntato un coltello contro. Le aveva dato un po' d'acqua e due aspirine per la testa che le pulsava. Le aveva persino fornito una salvietta per potersi pulire il sangue dal viso. Che gentiluomo... del cazzo.

Ma quando gli aveva chiesto dove stessero andando, non aveva risposto, e nemmeno quando gli aveva chiesto dove fosse Karina. Alla richiesta di parlare con sua sorella, aveva semplicemente riso dicendole che l'avrebbe vista abbastanza presto.

Così era rimasta in silenzio mentre vedeva scorrere San Antonio dal finestrino. Aveva provato a catturare gli occhi delle persone che incrociavano, ma Blake se n'era accorto e le aveva detto con voce gelida: «Se fai qualcosa per farmi fermare, tua sorella morirà.»

«Che cosa?»

«Sono l'unico al mondo che sa dove si trovi Karina, e se ci impedisci di raggiungerla, morirà. Da sola. Una morte lenta e dolorosa. Hai mai avuto così tanta sete da aver ingoiato manciate di sabbia perché era meglio di niente?»

Kassie aveva scosso la testa.

«Non è un bel modo di morire. Quindi stai seduta lì e tieni i tuoi pensieri per te, così vedrai di nuovo tua sorella.»

Era stato trenta minuti prima. Kassie non riuscì più a tacere. «Perché stai facendo tutto questo? Che cosa ti abbiamo fatto io o mia sorella?»

«A me? Niente.» rispose, ma non spiegò.

«Allora a chi?» insistette.

«A mio fratello.»

«E chi sarebbe?» quasi urlò, stanca di quei giochetti.

«Non lo sai?»

«Ovvio che no.»

«Dean Jennings.»

«Oh, mio Dio, sei il fratello di Dean?» sussurrò incredula. «Non gli assomigli per niente.»

«Perché abbiamo la stessa madre troia ma padri diversi. Non sono cresciuto con lui e non abbiamo lo stesso cognome, ma mi ha rintracciato di recente e siamo andati subito d'accordo. Mi ha raccontato tutto di te e di come hai mancato di rispetto al suo amico Richard.»

Kassie scosse la testa. «No, non è così, noi...»

L'immagine da bravo ragazzo che mostrava si incrinò quando tolse la mano dal volante e le tirò un pugno. Per fortuna lei si spostò abbastanza in fretta da fargli colpire la spalla invece del viso. Ma fece molto male.

«So tutto. Lo hai illuso. Gli hai promesso il mondo. Ma quando è stato ferito, sei diventata incostante. Lo facevi implorare per avere la fica. Ti sei rifiutata di trasferirti con lui nei cambi di base. Facevi gli occhi dolci a tutti i suoi amici. Oh sì, Dean mi ha detto quanto eri attratta da lui, che eri quasi disperata di averlo. Ma quello che non sapevi è che raccontava a Richard tutto di te e delle tue azioni.» Blake scosse la testa con finta tristezza. «Perché è così difficile trovare una donna che te lo succhia e scopa a comando? Eh?»

«Quanti anni hai?» gli chiese invece di rispondere a ciò che le sembrava una domanda retorica disgustosa e con orribili implicazioni.

«Ventinove» rispose «E devo dire che non ero interessato alle fiche adolescenti prima di questo lavoretto, ma ora che l'ho avuta, ho cambiato idea. È così facile fare il lavaggio del cervello e manipolare le ragazzine. È fantastico.»

Avrebbe voluto chiedere, anche se in realtà *non* voleva sapere. Ma non ce ne fu bisogno.

«E nel caso te lo stia chiedendo, no, non ho scopato tua sorella. Il compratore voleva una vergine, quindi non potevo toccarla. Anche se con il modo in cui si eccitava per me quando ci baciavamo e per come mi succhiava il cazzo, ora me ne pento.»

Kassie sentì la bile risalirle in gola, ma la deglutì decisa.

Sperava davvero, davvero tanto, che Blake stesse dicendo la verità e che la stesse proprio portando da sua sorella. Avrebbe fatto tutto il necessario per assicurarsi di farla fuggire da quell'inferno. Avrebbe fatto cambio con Karina se ce ne fosse stato bisogno. Kassie non era vergine, ma comunque...

«Che cosa hai intenzione di fare con noi?» chiese in tono sottomesso, cercando di ottenere da Blake quante più informazioni possibili per elaborare una sorta di piano. Aveva scritto a Fish, ma a questo punto non aveva idea di cosa lui potesse fare. Non si trovava più nemmeno ad Austin. Era sola.

«Vendervi» disse Blake senza nemmeno pensarci. «Richard ha fatto amicizia con alcuni uomini lassù nella sua bella prigione. Conoscono persone che conoscono persone che comprano e vendono ragazze. Ha deciso che si era stancato e si è accordato con Dean per sbarazzarsi di te una volta per tutte.»

«Perché trascinare Karina in tutto questo?» chiese Kassie, in preda alla nausea.

«Perché no?» rispose lui. «Le vuoi bene e Richard voleva che soffrissi. È stato abbastanza facile per Dean pagare un tizio per modificare i miei dati e farmi avere un nuovo documento d'identità che dicesse che avevo vent'anni. Non pensavo che qualcuno ci sarebbe cascato, ma a quanto pare la gente è stupida e crede a tutto ciò che viene detto loro, anche se è ovviamente una cazzo di bugia.»

«Pagherò qualsiasi cifra se ci lasci andare» gli disse disperata.

«Non voglio i tuoi soldi, troia» ribatté Blake con evidente disprezzo nella voce. «Lo sto facendo per mio fratello. Per Richard. Per gli uomini di tutto il mondo che vengono fregati dalle donne.»

«Mi dispiace che tuo padre sia stato fregato da tua madre» replicò Kassie con gentilezza, cercando di far leva sul suo lato buono... se ne aveva uno.

«Stai zitta, cazzo!» le ordinò. «Non sai nulla di quello che ho passato, o di mia madre. Era una troia. Proprio come te. Proprio come tua sorella. Proprio come tua madre, cazzo. Deboli. Tutte le donne sono *deboli*. Questo mondo sarebbe un posto migliore se potessimo tenere tutte le donne rinchiuse. Il loro unico scopo è fare figli; i maschi verrebbero portati via e cresciuti per diventare uomini forti. Le femmine andrebbero tenute in vita solo se carine per poter essere usate per far nascere altri bambini.»

Kassie si rannicchiò contro la portiera, sconvolta. Come diavolo avevano fatto a non accorgersi che era completamente pazzo?

«Donne del cazzo. Vanno bene solo per una cosa» borbottò Blake.

Non gli chiese nient'altro. Rimase lì con la testa appoggiata al finestrino, a guardare la campagna del Texas che le scorreva davanti agli occhi. Pensò a Hollywood e a come doveva essersi svegliato chiedendosi dove fosse. Non gli aveva nemmeno lasciato un biglietto. Ormai era di sicuro preoccupato.

In realtà, probabilmente era fuori di testa. Fish doveva averlo contattato dopo il messaggio che gli aveva inviato e ora stavano cercando di capire dove fosse. Kassie non aveva idea se il resto della squadra era ancora al rifugio faunistico, a occuparsi di Dean e qualunque cosa avesse pianificato per loro.

Si concesse un momento per autocommiserarsi, e non si prese nemmeno la briga di asciugare la lacrima che le scese lungo il viso. Ma non appena le sfuggì, strinse gli occhi più forte che poté, trattenendo le altre. Non poteva lasciarsi andare alla disperazione. Prima della fine della giornata, o sarebbe diventata il nuovo giocattolo sessuale di un uomo a sud del confine o sarebbe morta. Ma qualunque cosa fosse accaduta, non sarebbe stata lì a subire senza lottare.

Forse un mese prima avrebbe potuto farlo. Ma Hollywood aveva cambiato tutto, e anche sapere ciò che avevano passato Rayne, Emily ed Harley. Non erano rimaste passive o si erano arrese. No, avevano combattuto con tutte le forze. Lei aveva lasciato che Richard e Dean la tormentassero per anni e anni, ma ora era finita.

Non appena riuscì ad avere le sue emozioni sotto controllo, Kassie iniziò a preparare un piano, pensando a diversi scenari e a cosa avrebbe potuto fare per salvare sua sorella. Non aveva ancora visto nessun altro con Blake, e se era solo lui, forse avrebbero avuto una possibilità. Due contro uno era sempre positivo, no? Anche se Blake era completamente pazzo, forse sarebbero riuscite a sopraffarlo.

Mentre proseguivano verso sud, Kassie pregò che Dean fosse occupato a Galveston, che Blake non avesse altri fratellastri in giro per il mondo coinvolti in quel folle schema, e che chiunque avesse intenzione di comprare lei e sua sorella non si sarebbe fatto vedere presto; sperava che arrivasse quando loro erano già lontane.

Chiuse gli occhi e fece finta di dormire mentre Blake continuava a borbottare di donne inutili, e pensò a Hollywood. Cosa avrebbe fatto in una situazione come quella? Avrebbe aspettato il momento perfetto per fare la sua mossa. Quindi, era esattamente ciò che avrebbe fatto anche lei.

CAPITOLO DICIANNOVE

«Beth, sono Hollywood. Qualche aggiornamento sulle coordinate?»

«No. Sono le stesse di trenta minuti fa» gli disse. «Siete arrivati lì?»

«Appena atterrati. Siamo a un paio di chilometri di distanza, dovremmo essere lì tra dieci minuti, anche meno» le rispose.

«State attenti.»

«Sempre» ribatté, poi chiuse la chiamata.

Si voltò verso la sua squadra. Per fortuna, Ghost e i ragazzi erano già vicini ad Austin. *Erano* ad Austin, in effetti. Dopo aver lasciato il rifugio faunistico, avevano preso una camera d'albergo prima di tornare a casa. Anche se erano solo a un'ora di macchina, avevano tutti concordato di fermarsi lì per la notte e di tornare a casa la domenica, lavati e freschi, piuttosto che fare tutta una tirata.

Grazie a Dio avevano deciso così.

Persino il loro comandante era lì, aveva preso subito il comando e ricevuto l'autorizzazione a usare l'elicottero ancora in standby al rifugio, mandandolo ad Austin a prendere la squadra per portarla a Laredo.

Il comandante aveva spiegato al suo ufficiale superiore che si trattava di un'estensione dell'addestramento. Dato che coinvolgeva il team Delta Force, non erano state poste molte domande, quindi erano riusciti a incontrarsi all'aeroporto e a volare verso sud in un'ora.

Coach era rimasto in contatto continuo con Beth, e aveva riferito alla squadra ciò che aveva scovato su Blake Watson.

Avevano così scoperto che Dean era il suo fratellastro. Purtroppo per loro, la madre aveva un disturbo mentale molto serio e si era suicidata diversi anni prima. Sembrava che entrambi i suoi figli avessero ereditato quell'instabilità mentale.

Blake aveva ventinove anni, molto vicino all'età di Dean, ed era cresciuto in una piccola città nei pressi di Laredo. Aveva avuto guai con la legge fin da adolescente. Aveva abbandonato il liceo, ma all'età di quindici anni. Il fratello lo aveva rintracciato e avevano legato, e Blake si era fatto coinvolgere nei piani suoi e di Richard.

Beth sembrava pensare che Blake fosse un solitario e che molto probabilmente stava lavorando da solo, ma non ne era certa.

Quindi ora, la squadra al completo si stava dirigendo attraverso il deserto, verso il punto in cui era stato localizzato il segnale dei telefoni di Kassie e Karina. Non erano stati spenti né distrutti; o Blake non ne sapeva molto di tecnologia da non rendersi conto che stava trasmettendo la sua posizione a chiunque sapesse come cercarla, o li stava attirando in una trappola.

A prescindere da ciò, il team doveva verificarlo. Se le sorelle non fossero state lì, speravano di poter mettere le mani su Blake e fargli confessare ciò che aveva fatto di loro. Il pensiero che Kassie potesse essere morta era qualcosa che

Hollywood si rifiutava di considerare. Non poteva, se voleva essere in grado di procedere.

No, stava bene. Forse era ferita, di sicuro spaventata, e in quel caso avrebbe potuto aiutarla. Ma non avrebbe potuto fare nulla se fosse morta.

Il team avanzò silenziosamente attraverso il deserto già caldo a quell'ora del mattino, comunicando attraverso una serie di clic in cuffia e gesti delle mani, quando erano abbastanza vicini da vedersi.

Dopo circa dieci minuti si riunirono per discutere del loro approccio alla piccola baracca che Beth aveva descritto guardando le foto satellitari.

Pianificarono inginocchiati nella sabbia e la terra dietro arbusti e cespugli.

«Ghost, tu e Blade vi muovete da questa parte» ordinò Hollywood, facendo un disegno sulla sabbia. «Fletch, tu e Beatle vi avvicinate dalla parte opposta. Coach, tu vai dietro e copri tutte le uscite in quel punto. Truck e io copriamo davanti. Rimaniamo in ascolto per assicurarci che non ci sia nessun altro oltre alle donne e a Watson. Beatle e Fletch, uno di voi lancerà una granata stordente nella finestra laterale. Li confonderà tutti, ma darà a me e a Truck il tempo di entrare dalla porta d'ingresso e far fuori Watson. Domande?»

Tutti gli uomini scossero la testa. Lo avevano fatto così spesso che non sarebbe servito spiegarlo. Sapevano ciò che facevano, ma anche che il loro compagno di squadra doveva sentire di avere il controllo in quella difficile situazione. Nessuno gli aveva suggerito di sorvegliare il retro della baracca. Nessuno aveva cercato di convincerlo che sarebbe stato meglio lasciare a qualcun altro il comando. Era la sua donna a essere in pericolo e toccava a lui affrontare di petto quella minaccia.

Si sparpagliarono a ventaglio, sempre in allerta per qualsiasi cosa avrebbe potuto cambiare la dinamica del piano e farli passare a quello B, C o D. In un modo o nell'altro, entro pochi minuti sarebbe finito tutto. Poi avrebbero dovuto capire se dovevano infiltrarsi in Messico per salvare Kassie e Karina dalla tratta delle schiave sessuali o se potevano andare a casa con entrambe le donne sane e salve.

————

Dopo un viaggio che le sembrava fosse durato un'eternità, Blake fermò la macchina sul bordo di una strada e la costrinse a uscire. Camminarono per un po' nel paesaggio secco e polveroso fino a raggiungere una baracca. Senza dire una parola, aprì la porta e la spinse dentro.

Kassie atterrò in ginocchio proprio accanto a sua sorella. Non aspettò il permesso, le strappò la benda dagli occhi e cominciò a liberare le mani di Karina. Nel frattempo, Blake stava appoggiato contro la porta e le guardava con un sorrisetto.

«Ah... che dolce. Le sorelle si ritrovano.»

Ignorandolo, abbracciò forte Karina, poi si tirò indietro e le chiese: «Stai bene?»

La ragazza annuì, ma sembrava un po' sotto shock.

Kassie si voltò verso Blake. «Hai dell'acqua? Deve bere qualcosa.»

«Perché cazzo dovrei sprecare la *mia* acqua per darla a una di voi?» sogghignò.

«Perché non vuoi consegnarci in fin di vita a chi sta arrivando. Pensi che qualcuno voglia portarci fuori di qui in braccio?»

«Non vi porterebbero in braccio, tesoro. Vi trascinerebbero.»

Kassie sentì un piccolo lamento provenire dalle labbra di Karina e si voltò verso la sorella. Le rivolse uno sguardo duro.

«Ignoralo. Lui non è niente. Hai capito? Abbiamo tutto sotto controllo.»

«Cosa vuoi dire che non sono niente?» chiese Blake, spingendosi dalla porta e avvicinandosi.

Kassie si mise davanti a Karina e allargò le braccia come per impedire all'uomo incazzato che stava andando verso di loro di andare dietro di lei.

«Volevo solo dire che abbiamo problemi più grandi dell'acqua di cui preoccuparci» rispose, cercando di placare Blake. Ma non le credette.

Kassie lo vide arrivare ma non si mosse sapendo che se l'avesse fatto, Karina sarebbe stata vulnerabile; il manrovescio di Blake colpì la sua guancia e la fece quasi cadere. Si salvò puntellandosi con una mano sul pavimento. Mantenne la testa bassa, ma riprese il suo posto di fronte alla sorella. Blake poteva colpirla quanto voleva, non si sarebbe mossa. Era chiaro, dai lividi che si stavano già formando sul viso di Karina che l'aveva picchiata, ma non sarebbe successo di nuovo se poteva impedirlo.

Quando lui strinse la mano a pugno e la tirò indietro per prepararsi a tirarlo, Kassie si girò di scatto e afferrò la sorella gettandola a terra, e si rannicchiarono insieme sul pavimento.

Attese l'arrivo del pugno, ma sembrava che il suo movimento improvviso l'avesse sorpreso abbastanza da fargli cambiare idea, così invece le tirò un calcio. Forte. Kassie grugnì per la violenza del colpo alla schiena. Faceva malissimo. Ma si spostò comunque, si rannicchiò ancora di più sopra sua sorella, che cooperò raggomitolandosi il più possibile tra le sue braccia.

Mentre Blake si scatenava su di loro e si divertiva a dare calci a Kassie in qualunque posto riuscisse a raggiungere, lei sussurrò all'orecchio di Karina.

«C'è una finestra sopra di noi.» Grugnì per il dolore del piede di Blake che le colpiva la coscia. «Lo distrarrò. C'è un...»

urlò quando il calcio le arrivò sul sedere «...un'asse di legno proprio dietro di te. Usala per rompere la finestra e lanciati fuori. Farà male, ma...» trattenne a malapena il gemito che cercava di uscire dalla sua gola quando Blake ridacchiò come se stesse per fare qualcosa di veramente orribile, ma continuò senza guardare il suo aguzzino, «...non importa. Esci e corri, Karina. Non fermarti, qualunque cosa tu senta. Hai capito?»

La percepì annuire sotto di sé nello stesso momento in cui Blake si abbassò per strapparla via da sua sorella; le mise un braccio intorno alla gola e la strattonò verso l'alto.

Kassie lottò con tutta se stessa. Doveva tenerlo occupato mentre Karina rompeva la finestra e fuggiva.

«Ora, Kar! Ora!» gridò portando una mano dietro per afferrare il pene di Blake. Strinse più forte che poté, felice quando lui urlò in modo acuto e fastidioso da far davvero male alle orecchie.

Kassie sentì il rumore di vetri rotti e torse la mano, desiderando di avere la forza di strappargli l'uccello. Lui le lasciò andare il collo e lei fece un sospiro di sollievo, che si trasformò subito in un urlo quando la colpì con un pugno fortissimo.

Il colpo le arrivò su un lato della testa e Kassie fu scaraventata a terra. Sapendo che non poteva permettersi di perdere conoscenza, balzò in piedi e si lanciò nella direzione in cui pensava fosse Blake. Non riusciva a vedere nulla con il sangue che le colava sopra un occhio e i puntini neri che le offuscavano l'altro, ma riuscì ad afferrarlo per un braccio.

«Cosa credi di fare, stronza? No, torna qui!»

Blake si lanciò verso Karina e la finestra, e Kassie usò tutte le sue forze per tirargli un pugno sul fianco, proprio dove sperava fosse il rene. Funzionò, in un certo senso. Blake si piegò in due per il dolore, ma non cadde a terra.

Kassie sollevò lo sguardo e vide le gambe di sua sorella scalciare in aria mentre cercava di darsi lo slancio per buttarsi fuori dalla finestra. Lanciandosi verso di lei, gliele afferrò e spinse.

Udì un ringhio provenire da Blake e mentre dava un'ultima spinta a Karina sentì sulla schiena un dolore mai provato prima. Urlò e si gettò di lato per cercare di scappare da qualunque cosa fosse. Ma Blake la seguì. Sentì un altro dolore terribile e acuto dietro le spalle e ansimò in cerca d'aria. Le sembrava di soffocare.

«Non riuscirà mai a scappare» disse Blake sopra di lei. «Hai solo rimandato l'inevitabile. Verrà comunque venduta, ma ora andrò a prenderla e la scoperò in ogni buco proprio davanti a te prima che arrivi il compratore. E sarà tutta colpa *tua*, troia. L'avrei lasciata andare con lui senza problemi, ma a causa della tua interferenza, vorrà morire prima ancora che lui le metta le mani addosso e le renda *davvero* la vita un inferno.»

Non riusciva a far entrare aria nei polmoni, e qualunque cosa Blake le avesse fatto, il dolore era lancinante, ma non poteva arrendersi. Non poteva lasciargli mettere le mani sulla sua sorellina.

Con l'ultimo briciolo di forza che le era rimasto, e che sapeva provenire solo dall'adrenalina e da nient'altro, urlò ancora una volta e, torcendo il corpo per affrontarlo, si gettò verso Blake. Vide per un attimo il ghigno sul suo viso sopra di lei e puntò proprio a quello.

Mentre spingeva l'indice nel suo occhio, un'esplosione risuonò nella piccola baracca.

———

Hollywood si avvicinò alla baracca il più velocemente possibile. Poteva sentire delle voci all'interno, ma non quello che stavano dicendo. Lanciò un'occhiata a Truck, che annuì e sollevò due dita, poi indicò verso destra e verso sinistra.

Hollywood annuì. Era quasi il momento di agire.

Sapeva di dover aspettare che la sua squadra fosse pronta, ma dentro di lui smaniava di correre verso la baracca.

Truck gli mise una mano sul braccio. «Dieci secondi e saranno pronti all'azione» gli disse pressante.

La voce di Coach arrivò dagli auricolari: «Qualcuno sta uscendo dalla finestra posteriore. È la sorella.»

Hollywood trattenne il respiro mentre il tempo sembrò letteralmente fermarsi; vedeva la baracca sgangherata come se lui si trovasse a un'estremità di un tunnel molto lungo e l'edificio sull'altra. Tutta la sua attenzione era concentrata sulla porta d'ingresso, verso cui era proiettato tutto il suo essere.

«È fuori» li informò Coach. «Cazzo, sta correndo.»

Con la coda dell'occhio, Hollywood notò una piccola figura allontanarsi come una forsennata dalla baracca. Vide Coach raggiungerla in fretta e trascinarla a terra, assicurandosi di prendere il peso della caduta.

«Dobbiamo entrare» comunicò Hollywood alla sua squadra.

«Karina è a posto» li informò Coach. «Malconcia, ma per il resto a posto.»

Hollywood era sollevato, ma ciò non fece diminuire la sua ansia.

Né lo fece il forte urlo terrorizzato e incazzato di Kassie che arrivò dall'interno.

«Ora!» ordinò Ghost, e quasi in contemporanea, la granata stordente scoppiò dentro la baracca. Era stata gettata nell'edificio dalla finestra su un lato.

Hollywood era già in movimento quando Ghost aveva ordinato di lanciarla. Abituato al rumore e alla luce degli dispositivi destinati a stordire piuttosto che a uccidere o mutilare, aprì con un calcio la fragile porta ed entrò.

Blake era a terra, con una mano sul viso e l'altra che copriva una delle orecchie. Nonostante fosse sotto tiro, tolse la mano dall'orecchio e prese il coltello che aveva probabilmente lasciato cadere quando era esplosa la granata.

Hollywood premette il grilletto nello stesso momento in cui lo fece Truck. Entrambi i proiettili colpirono i punti previsti; quello di Truck la mano di Blake, che lo costrinse a mollare di nuovo il coltello, e quello di Hollywood la tempia.

Senza preoccuparsi di aver appena ucciso un altro essere umano o di aver mirato con l'intenzione di uccidere, Hollywood mise l'arma nella fondina e andò dritto da Kassie, che giaceva immobile a terra. Fece per prenderla tra le braccia, ma Truck lo fermò con decisione.

«Potrebbe avere una lesione alla colonna vertebrale, il movimento potrebbe paralizzarla» lo avvertì.

Hollywood digrignò i denti, frustrato. Si accovacciò al suo fianco senza toccarla per paura di farle male.

Del trambusto distolse la sua attenzione da Kassie, ed ebbe solo un secondo per capire di cosa si trattasse e agire. Era Karina che piangendo disperata provò a lanciarsi verso sua sorella. Hollywood si alzò e la prese al volo affinché non la ferisse più di quanto non lo fosse già.

Udì vagamente Fletch chiedere che l'elicottero andasse lì e avvisare l'ospedale di stare in attesa. Poi sentì Coach che informava Ghost e gli altri sul fatto che Karina aveva detto che stava per arrivare un compratore per entrambe, e che dovevano rimanere vigili.

Beatle e Blade entrarono nella piccola baracca e si inginocchiarono accanto a Kassie. Cominciarono a valutare le sue ferite. Hollywood avrebbe voluto prendersi cura di lei, ma al momento era Karina ad aver bisogno di lui.

Si scostò e le diede una rapida occhiata. Aveva dei tagli sulle braccia e sulle gambe, molto probabilmente per essersi gettata fuori dalla finestra, ma erano superficiali. La abbracciò di nuovo, e lei gli si rannicchiò contro come se lo conoscesse da una vita.

«Shhhh. Ci siamo noi ora. Va tutto bene.» la consolò, tenendo gli occhi sui suoi compagni di squadra e sulla donna che significava tutto per lui.

«Me l'ha detto lei di farlo» disse Karina tra i singhiozzi. «Si è messa tra me e lui. La prendeva a calci e le faceva del male e lei continuava a pensare solo a me.»

«Sei sorpresa?» le chiese. «Ti vuole bene. Tanto bene.»

Karina non rispose, se non per singhiozzare più forte.

«Mi dispiace, amico» si intromise Blade in tono sommesso, guardando Hollywood. «Non è messa bene.»

«Come scusa?» gli domandò, non capendo a cosa si riferisse.

«Ha perso molto sangue. Troppo. C'è polso ma è debole e le sue mani sono gelide.»

Hollywood si voltò verso Coach e praticamente spinse Karina verso di lui. Non lo fece con forza, ma doveva andare da Kassie. Non era possibile che stesse morendo. Non poteva. Non poteva essere arrivato troppo tardi.

Senza aspettare di vedere se Karina fosse a posto, Hollywood si avvicinò a Kassie. Le prese una mano e scoprì che Blade non mentiva. Lui stava sudando per il caldo nella piccola baracca, ma le sue mani erano come il ghiaccio.

Ignorando i mormorii di Blade che diceva quanto gli dispiacesse, Hollywood portò una mano tremante sul suo collo. Dovette ingoiare la bile che gli era risalita in gola prima di riuscire a parlare. «Sta bene» disse.

«Hollywood, so che vuoi crederlo ma...»

«Ha *sempre* le mani fredde, Blade» continuò. «Sempre. Non so perché. Forse cattiva circolazione o qualcosa del genere, ma per lei è una cosa normale.» Girò la testa e lo guardò negli occhi. «Il suo polso è debole, ma starà bene. Me lo sento.»

Mentre Hollywood metteva entrambe le mani attorno a una di quelle di Kassie, Blade prese l'altra e cercò di scaldarla, proprio come stava facendo il suo compagno. «Scusa, amico» disse. «Non riuscivo proprio a immaginare per quale altro motivo potesse essere così gelata quando qui dentro non fa per niente freddo.»

«Va tutto bene» lo rassicurò Hollywood. «Puoi regalarle un paio di guanti per Natale.»

«Metto in lista» ribatté Blade con un sorriso, che svanì subito quando disse: «Ma sta sanguinando troppo. Dobbiamo girarla e vedere cosa le ha fatto quel coglione.»

Hollywood annuì e lo aiutò a girarla sul fianco mentre Beatle le teneva fermo il collo. Entrambi gli uomini imprecarono vedendo gli squarci nella maglietta e la quantità di sangue sotto di lei.

«Sta bene?» chiese Karina dall'altra parte della stanza.

Senza distogliere lo sguardo dalla donna che amava più di ogni altra cosa al mondo, Hollywood rispose con fermezza: «Starà bene, Karina.»

«Ma c'è così tanto sangue» insistette lei.

«È forte. Non ha affrontato tutto questo per arrendersi ora. Giusto, Kass?»

Dopo averla girata in modo che fosse sdraiata a pancia in giù, Hollywood si chinò e le parlò direttamente all'orecchio mentre Blade tirava fuori uno dei suoi sempre presenti coltelli e tagliò la parte dietro della maglietta di Kassie per vedere con cosa avevano a che fare.

«Gli hai fatto il culo, eh?» le chiese, tenendole una mano nella sua mentre l'altra era appena posata sulla nuca. «Hai fatto tutto ciò che dovevi, hai fatto scappare Karina mentre tu sei rimasta per assicurarti che il bastardo non sarebbe mai più stato una minaccia.»

Lanciò un'occhiata a Blake che era disteso immobile qualche metro più in là, e notò il sangue che gli usciva dall'occhio. Cercando di evitare di guardarle la schiena, Hollywood si sporse di nuovo e disse: «Gli hai trafitto l'occhio, vero? Ottimo lavoro. Sono orgoglioso di te, tesoro. Io...»

«Elicottero tra sessanta secondi» li informò Ghost attraverso gli auricolari. «Hollywood, salite tu, Karina, Blade e Kassie. Il resto di noi resterà qui. Aspetteremo per vedere se qualcuno si presenta per un incontro ed elimineremo anche quella feccia.»

Hollywood annuì, senza distogliere lo sguardo dal viso di Kassie. Voleva vedere qualche segno che dimostrasse che era presente. Che stava combattendo per tornare da lui.

«Due ferite da arma da taglio. Sembra che una abbia bucato il polmone. L'altro è troppo alto per aver colpito qualcosa di vitale, ma non posso esserne sicuro.» dichiarò Blade.

Hollywood sentì Ghost trasmettere le informazioni ai medici nell'elicottero, ma non riuscì a distogliere lo sguardo dalle orribili lacerazioni nella carne di Kassie.

Aveva promesso di tenerla al sicuro e di prendersi cura di lei. Chiuse gli occhi e fece un respiro profondo. Doveva tenere sotto controllo le sue emozioni, non le sarebbe stato d'aiuto in quel momento se avesse perso la testa.

«Credo che sia più semplice coprirla e lasciare che se ne occupino i ragazzi dell'elicottero» disse Blade, mentre le risistemava la maglietta sopra le ferite.

A Hollywood sembrò di nuovo di essere dentro a un lungo tunnel. Tutto intorno a lui era ovattato e percepiva le voci degli altri solo in parte. Tutta la sua attenzione era rivolta a Kassie. Fece un passo indietro, lasciando che Blade, Beatle e Truck la prendessero in braccio, facendo una smorfia quando lei gemette mentre la spostavano. Le tenne una mano dietro la testa mentre uscivano dalla baracca e andavano verso l'elicottero, che era atterrato a breve distanza.

La polvere era densa ma Hollywood non si preoccupò nemmeno di cercare di proteggersi la bocca. Si accovacciò, facendo invece tutto il possibile per proteggere Kassie. Salì sull'elicottero e aiutò i suoi compagni di squadra a sollevarla dentro. I due medici all'interno presero subito il controllo e

Hollywood si sistemò di nuovo dietro la testa di Kassie. Blade salì dopo aver aiutato Karina. Lei si trascinò all'indietro per avvicinarsi a Hollywood e alla sorella e si rannicchiò al suo fianco.

Lui le mise un braccio intorno alle spalle e mise l'altro dietro la testa di Kassie mentre i medici facevano il loro lavoro. Sentì l'elicottero sollevarsi in aria e sentì vagamente Truck chiedere a Beatle attraverso l'auricolare se pensava che Kassie ce l'avrebbe fatta.

La sua risposta lo fece sorridere per la prima volta dopo ore.

«Cazzo sì, ce la farà. Lei è una di noi. Dura come l'acciaio.»

CAPITOLO VENTI

HOLLYWOOD ERA SEDUTO con un braccio attorno a Karina nella sala d'aspetto di un ospedale di San Antonio. Non sapeva quale fosse, ma non aveva importanza. Kassie era in sala operatoria. Blade aveva avuto ragione. Una delle coltellate aveva perforato un polmone e l'altra, sebbene brutta, non aveva colpito organi vitali. Blake aveva mancato il cuore soltanto per due centimetri. Era penetrato in un muscolo e le avrebbe fatto male per un po', ma non era in pericolo di vita.

Hollywood aveva chiesto ai dottori di controllare anche se fosse stata violentata. Karina aveva insistito sul fatto che Blake non l'aveva toccata in quel senso, ma Kassie era stata con lui per molto tempo durante il viaggio verso Laredo. Avrebbe potuto fermarsi e aggredirla lungo la strada. Hollywood voleva che i dottori facessero l'esame mentre era incosciente, così da non ricordarlo. Non voleva aggiungerle ulteriori traumi se poteva evitarlo.

I dottori avevano detto che non appena avessero avuto sotto controllo il resto delle ferite, avrebbero fatto un esame fisico approfondito per essere sicuri che non avesse altri problemi di cui preoccuparsi... incluso determinare se avesse subito violenza sessuale.

All'inizio in sala d'attesa c'erano stati solo loro tre, Hollywood, Blade e Karina. Poi era arrivato Rock con altri due uomini. E in seguito, altre persone riempirono la stanza in modo costante. Alla fine il personale aveva spostato il gruppo sempre più numeroso in una piccola sala conferenze.

Prima che se ne rendesse conto, c'erano quasi una ventina di persone in attesa di vedere come stesse Kassie.

«Chi è tutta questa gente?» Karina sussurrò a Hollywood a un certo punto, dopo aver salutato tutti con tono sommesso. Si erano avvicinati a loro a turno per scambiare qualche parola e far sapere che stavano pregando per Kassie, ma Hollywood non sapeva chi fosse la maggior parte di quella gente.

Rock sentì la sua domanda e rispose: «Queste sono alcune delle persone più in gamba che abbia mai conosciuto. Laggiù» indicò un lato della stanza con il mento, «ci sono i miei amici delle forze dell'ordine. Daxton, Quint, Cruz, Wes, Hayden, Conor e Calder. La donna dai capelli rossi è Hayden, un poliziotto, le altre sono le fidanzate.»

Si voltò per indicare l'altro lato della stanza. «E anche quelli sono miei amici. Sono pompieri. Sledge, Crash, Chief, Squirrel, Taco, Driftwood, Moose e Tiger. La fidanzata di Sledge non è qui, ma quella di Crash è.... quella con il cane, Adeline.»

«Beth non è qui?» chiese Hollywood. «Perché? Ci sono altri problemi?»

Rock scosse la testa. «No. È agorafobica... be', lo era. Ci sta lavorando, ma da quello che mi ha detto Sledge, si sente più a suo agio vicino al computer, a seguire ciò che succede da lì e a trasmettere informazioni a Tex.»

Hollywood sentì Karina appoggiarsi contro di lui e la strinse più forte. «Stai bene?» le chiese, anche se conosceva la risposta. Aveva la sensazione che si sentisse più o meno come lui. Sopraffatta, stanca, impaziente e terrorizzata che il dottore entrasse nella stanza e dicesse loro che Kassie non ce l'aveva fatta.

Non sapeva quanto tempo fosse passato da quando era stata portata in sala operatoria, ma sembrava una vita.

Proprio quando pensò che la stanza non potesse diventare più affollata di così, la porta si aprì ed entrarono i genitori di Kassie, seguiti da Fish.

Karina balzò in piedi e corse dal padre e la madre. Si abbracciarono a lungo sulla soglia poi Fish prese Donna per il gomito e condusse il gruppo a una fila di sedie lì vicino.

Hollywood si alzò per andare a parlare con loro e strinse la mano a Fish. «Grazie per averli portati qui.»

«Scusa» disse lui, senza guardarlo negli occhi.

Hollywood tenne ben stretta la mano dell'amico e aspettò che lo guardasse. «Non hai nulla di cui scusarti, Fish.»

«Avrei dovuto restare lì e assicurarmi che Karina tornasse a casa sana e salva.»

«No. Non avevi motivo di sospettare nulla. Dean era stato neutralizzato e abbiamo pensato che la minaccia fosse finita.»

«Però...»

«No» insistette con più decisione. «Non è colpa tua.»

I due uomini si guardarono per un lungo momento prima che Fish finalmente annuisse. Hollywood gli lasciò andare la mano e guardò i genitori di Kassie. «È ancora in sala operatoria. Non sappiamo molto, ma non ho alcun dubbio che starà bene. È una guerriera.»

«Avresti dovuto vederla, papà» disse Karina con voce tremante. «Dal momento in cui è entrata nella baracca dove Blake mi aveva nascosto, ha preso il comando. N-non ha perso tempo, mi ha slegata e ha trovato un modo per farmi uscire.»

Jim Anderson accarezzò i capelli di sua figlia e le baciò la tempia. «Scommetto che è stata uno spettacolo da vedere.»

Karina annuì e posò la testa sulla spalla di suo padre.

«Grazie per averci chiamato, figliolo» disse Jim Anderson a Hollywood. «Abbiamo ricevuto il messaggio che avrebbe dovuto essere di Karina, ma entrambi sapevamo che c'era qualcosa che non andava. Prima di tutto, non sarebbe mai rimasta fuori tutta la notte, e secondo, non sembrava nemmeno scritto da lei. Anche se da un lato la tua chiamata non ci ha impedito di preoccuparci, dall'altro, sapevamo almeno di non essere pazzi, e che stavi facendo tutto il possibile per trovarla. Sai dirmi altro su Kassie?»

Hollywood fece per dire ciò che sapeva all'uomo che stava ancora stringendo tra le braccia la figlia più piccola, ma furono interrotti da un medico arrivato sulla soglia.

«Siete gli amici e familiari di Kassie Anderson, immagino?» Alle risposte affermative, il dottore continuò: «Si rimetterà del tutto. L'intervento è andato bene. Abbiamo riparato il polmone perforato e ricucito entrambe le ferite sulla schiena. Sarà un po' fastidioso per lei e dovrà stare in ospedale per un po' per essere sicuri che non ci siano complicazioni.

È stata picchiata piuttosto forte. Ha un rene contuso, un paio di costole fratturate e diversi lividi sulla schiena e sulle cosce.» Si voltò e guardò dritto in faccia Hollywood, facendogli sapere senza dirlo in modo esplicito che non era stata stuprata. «Non abbiamo riscontrato altre lesioni gravi. Sebbene avrà parecchi dolori per diverse settimane, è una donna molto fortunata.»

Hollywood chiuse gli occhi per il sollievo. Le sue ferite erano orribili, ma almeno non doveva aggiungerci l'angoscia psicologica di essere stata violentata. Non c'era dubbio che avrebbe avuto bisogno di parlare con qualcuno di ciò che aveva passato... essere rapita e quasi morta, traumatizza una persona, ma almeno avrebbe potuto aiutarla ad affrontarlo.

«Possiamo vederla?» chiese Donna ansiosa.

«È in terapia intensiva in questo momento» disse il dottore. «Posso autorizzare due visite da dieci minuti. Ma un massimo di due persone alla volta» li avvertì. «Non sarà sveglia, quindi la cosa migliore che potete fare è andare a casa e dormire un po'. Se passa una notte tranquilla, domani vedrò di trasferirla in una stanza normale.»

«Grazie» sussurrò la mamma di Kassie. «Possiamo andare adesso?»

Hollywood avrebbe voluto protestare, insistere di avere il permesso di vederla, ma doveva farsi da parte e lasciare che suoi i genitori si rassicurassero che la figlia sarebbe stata bene.

«Sì, se volete seguirmi» disse il dottore e si voltò di nuovo verso la porta.

Con sua grande sorpresa, Donna toccò il braccio di Hollywood e gli sussurrò «Faremo presto così potrai entrare tu».

Si guardarono negli occhi e vide in quelli della donna comprensione ed empatia, insieme al sollievo di sapere che sua figlia sarebbe guarita.

«Grazie» riuscì a dire in tono soffocato. Non avrebbe potuto pronunciare altro nemmeno se la sua vita fosse dipesa da quello.

«Resta qui con Hollywood» disse Jim a Karina. «Quando torniamo, andremo a cercare un hotel dove passare la notte.»

«Mi scusi, signore» si intromise una voce maschile dietro di loro.

Si voltarono verso l'uomo alto e biondo che aveva parlato.

«Sì?» rispose Jim.

«Mi chiamo Conor Paxton. Sono un guardiacaccia del dipartimento *Texas Parks & Wildlife*. Sono un conoscente di Hollywood... e volevo offrire la mia ospitalità a lei e alla sua famiglia. Ho una casa non troppo lontana da qui. Siete più che benvenuti se vi va di rimanere lì.»

«Oh, ma... non so se dovremmo. Non vorremmo approfittare» protestò debolmente Donna.

«Per favore» li incoraggiò Conor. «Posso portarvi lì stasera, farvi sistemare e poi passerò la notte a casa del mio amico TJ» indicò l'ex soldato della Delta Force lì accanto. «Non è un palazzo, ma penso che starete più comodi che in un hotel.»

Jim scambiò uno sguardo con Donna, poi guardò l'uomo di fronte a lui e il gruppo di persone sedute nella stanza, poi di nuovo sua moglie. «Ci farebbe piacere, grazie» disse a Conor, poi gli strinse la mano.

«Aspetterò qui mentre fate visita a vostra figlia.» Fece un cenno col capo alla famiglia e a Hollywood poi indietreggiò, dando loro spazio.

Jim porse la mano a Hollywood, e sembrò che tutti nella stanza stessero trattenendo il respiro. Con lentezza, mise la sua in quella dell'uomo più anziano e se la strinsero.

«Grazie per aver trovato le mie bambine» disse in tono tranquillo Jim.

«Prima di tutto non avrei dovuto permettere che si trovassero in quella posizione» gli disse Hollywood con sincerità.

Jim non gli lasciò andare la mano, invece la strinse più forte. «Forse, o forse no. Ma ciò che è fatto è fatto. Non possiamo cambiare il passato, tutto ciò che possiamo fare è andare avanti. Ma dimmi una cosa...»

«Tutto quello che vuole» rispose subito, pensando che il padre di Kassie fosse molto più indulgente di quanto sarebbe stato *lui* se si fosse trovato nella stessa posizione.

«Devo preoccuparmi che accada di nuovo? Quegli uomini hanno finito di terrorizzare la mia famiglia?»

Fece per rispondere, ma arrivò prima Fish. Si avvicinò a Hollywood e disse con fermezza: «Questo, o qualcosa di molto simile non accadrà più, signore. Le sue figlie sono libere di vivere la loro vita come vogliono, *con* chi vogliono.»

Jim finalmente lasciò andare la mano di Hollywood e socchiuse gli occhi verso Fish. «Ho la tua parola?»

«Assolutamente» rispose senza esitazione. «Richard Jacks, Dean Jennings e Blake Watson e tutti i loro amici, non saranno più un problema per la vostra famiglia, da oggi in poi.»

«Bene.» E quello bastò. Come se la parola di Fish fosse stata legge, lo stress sul viso di Jim scomparve come cancellato da una gomma. «Grazie per averci tenuti informati su ciò che stava succedendo e per averci accompagnato qui» continuò. «Eravamo preoccupati da morire. Sapere che tu e i tuoi amici eravate consapevoli di ciò che stava accadendo, e anche di dove fossero le nostre figlie, ha reso l'intera esperienza... non bella, ma almeno migliore. Ho sempre rispettato gli uomini e le donne che lottano per il nostro Paese. Sono felice di sapere che l'ex di Kassie era un'eccezione, non la norma.»

«Sì, signore» disse Fish. «Purtroppo ci sono bastardi in ogni professione, comprese le forze armate statunitensi, ma non c'è nessuno di cui si possa fidare più degli uomini e delle donne che ci sono in questa stanza.»

«Se siete pronti» disse il dottore dalla porta. «Dovremmo andare.»

Hollywood osservò i genitori di Kassie seguire il medico. Una delle donne presenti si avvicinò e convinse Karina a sedersi con lei e le sue amiche. Hollywood non sapeva chi fosse, ma era contento che qualcun altro si prendesse cura di lei in quel momento.

Ogni fibra del suo essere avrebbe voluto essere con Kassie, per guardare il suo petto alzarsi e abbassarsi. Per vedere di persona che stava davvero bene.

———

«Ehi, Kass» disse Hollywood sottovoce venti minuti dopo. I

suoi genitori erano tornati nella sala d'aspetto e poco dopo se n'erano andati con Karina e Conor.

Aveva ringraziato tutti coloro che si erano presentati in segno di supporto e aveva seguito l'infermiera fino alla camera di Kassie. I macchinari intorno a lei emettevano ronzii e suoni mentre monitoravano il respiro, la frequenza cardiaca e persino i livelli di ossigeno nel sangue.

Ma aveva solo occhi per lei. Aveva un grosso livido sulla tempia, e se ne stava formando uno sotto un occhio. Era sdraiata sulla schiena con la flebo nel braccio e l'ossigeno nel naso. Fu solo quando Hollywood le toccò il braccio che fece un sospiro di sollievo.

Caldo. Kassie era calda.

Si sistemò e le prese una mano tra le sue. Le sue labbra si contrassero. Fredda. Le sfregò piano le dita mentre le parlava: «Tua sorella sta bene. L'hai protetta da quel coglione che le stava facendo del male. È uscita da lì ed è corsa via come una pazza. Avresti dovuto vederla. Non pensavo che Coach sarebbe riuscito a raggiungerla.»

Si fermò e avvicinò la sedia il più possibile al letto. Si spostò finché non fu accanto alla testa di Kassie. Pronunciò le parole che sapeva non avrebbe mai detto se fosse stata sveglia e cosciente. Fino a quel momento, non si era reso conto di quanto fosse arrabbiato con lei. Era stato troppo preoccupato a trovarla e a procurarle l'assistenza medica di cui aveva bisogno. Ma vederla sdraiata sul letto d'ospedale, ferita, aveva riportato tutto a galla.

«Non sono mai stato così incazzato con nessuno in vita mia come quando mi sono svegliato e ho realizzato che eri sgattaiolata fuori. Avresti dovuto svegliarmi, tesoro. Non saresti qui se lo avessi fatto. Io e il mio team siamo addestrati per queste cose. Avremmo potuto occuparcene.»

Fece una pausa. Nel momento in cui le parole gli uscirono di bocca, fu come se la rabbia se ne fosse andata con loro.

«Odio vederti così. Ma voglio che tu sappia che ti aiuterò. Sarò al tuo fianco a ogni passo. Ti lamenterai di me, ti stancherai delle mie coccole e vorrai tornare alla tua vita di sempre prima ancora di essere pronta. Ma non c'è problema, perché io sarò lì per assicurarmi che tu faccia solo ciò che puoi fare. Ti amo, Kassie Anderson. Ti voglio sposare. Voglio darti tutti i bambini che riuscirai a crescere, e poi un altro paio. Non voglio vivere un altro minuto della mia vita senza di te.»

Non ci fu la minima reazione.

Hollywood sorrise. «Dormi, tesoro. Guarisci. Tornerò domani mattina e inizieremo la nostra vita insieme.»

Le sistemò con cura la mano vicino al fianco e la coprì. Fece lo stesso con l'altro braccio, assicurandosi di non disturbarla. Quando fu soddisfatto di come le aveva rimboccato le coperte, Hollywood si alzò e le mise una mano sulla guancia. Si chinò e le sfiorò con un bacio le labbra secche. Poi appoggiò la fronte sulla sua e mormorò: «Per fortuna il tuo ex ragazzo era un coglione e ti ha costretto a contattarmi su quel sito di incontri.»

Si baciò le dita e le posò sulle sue labbra, poi si voltò e lasciò la stanza con un gran sorriso sul volto.

CAPITOLO VENTUNO

SEI settimane dopo

«Per l'amor di Dio, Hollywood, vai.» borbottò Kassie.

«No. Non sei pronta.»

«Sto *bene*» confermò Kassie. «È passato un mese e mezzo. Il mio medico ha detto che avrei potuto riprendere la maggior parte delle normali attività. Ti amo, ma non ho più bisogno che tu mi stia incollato al fianco.» La sua voce si addolcì. «Devi tornare a lavorare, tesoro. Come mangeremo se non hai un lavoro che ti faccia guadagnare soldi per sfamarci?»

«Non voglio lasciarti» ammise Hollywood.

Erano nella cucina dell'appartamento sopra il garage. Hollywood avrebbe voluto portarla a casa sua, ma si sentiva più sicuro che Fletch ed Emily fossero solo a pochi passi se avesse avuto bisogno di aiuto con Kassie o se lei avesse avuto bisogno di qualcosa quando si trovava alla base.

Era rimasta in ospedale a San Antonio per una settimana,

poi aveva chiesto di essere trasferita ad Austin. Voleva che i suoi genitori e la sorella tornassero alla loro routine, e vivere nella casa di Conor Paxton a San Antonio non era normale per loro.

Aveva trascorso un'altra settimana a farsi cambiare bendaggi e a recuperare le forze all'Austin Memorial. I suoi genitori avrebbero voluto che stesse da loro mentre si riprendeva, ma Hollywood l'aveva convinta a trasferirsi temporaneamente a Temple.

Era in congedo per malattia dal lavoro e il pensiero di continuare a vedere Hollywood ogni giorno era impossibile da resistere. Mentre era ricoverata all'ospedale di Austin, era andato a trovarla ogni giorno e si era abituata a vederlo lì ogni volta che si svegliava.

Così l'aveva convinta a stare nell'appartamento sopra il garage e, in sostanza, Hollywood si era trasferito lì con lei.

Avevano avuto il loro primo litigio un mese dopo che era stata ferita, quando aveva scoperto da Rayne che il team avrebbe dovuto andare in missione, ma Hollywood si era assolutamente rifiutato di lasciarla e di conseguenza il resto dei ragazzi aveva seguito il suo esempio. Il loro comandante non ne era stato felice, per usare un eufemismo; non è che potessero proprio dire di no agli ordini. Ma Hollywood lo aveva fatto.

Kassie aveva urlato, pianto e ripetuto più volte agitata che sarebbe dovuto andare. Che non voleva che finisse sotto corte marziale o declassato o qualunque cosa potesse accadere se non fosse partito quando lo zio Sam gli ordinava di farlo.

Ma Hollywood si era rifiutato di cedere, adducendo al fatto che lei non stava abbastanza bene da rimanere a casa da sola per tutto il tempo in cui sarebbero stati via. Per fortuna Ghost, con la mente più lucida, aveva parlato con il leader dell'altra squadra Delta con cui avevano lavorato al rifugio faunistico e si erano messi d'accordo affinché completassero loro la missione.

Ma ora erano passate due settimane e Kassie si sentiva bene. Non era al cento per cento, ma molto meglio di due settimane prima. Riusciva a salire i gradini che portavano all'appartamento senza problemi, purché procedesse lentamente. Poteva persino mettersi il reggiseno da sola, il che per lei era un gran risultato.

Mise la mano sul braccio di Hollywood. «Sto bene. Lo giuro.»

Lui fece un respiro profondo e avvolse con attenzione le braccia intorno alla sua vita, attirandola contro il proprio corpo. «Ho trascorso le ultime quaranta notti e più con te, e ora non voglio passarne nemmeno una separati.»

«Lo so» lo blandì, facendo scorrere le mani su e giù sulla schiena e posando la guancia sul suo petto. «Ma devi.»

«Non voglio» disse ostinato.

«Lo so» ripeté Kassie. «Ma *devi*.»

Lo sentì strofinare il naso sui capelli vicino all'orecchio, poi sussurrare: «Sì.»

«Starò bene, Graham» insistette.

«Certo.» Hollywood allora fece un passo indietro e disse: «Devo mostrarti una cosa.»

«Ok?»

«Vai a sederti sul divano. Torno subito» le ordinò.

Lei alzò gli occhi al cielo, ma gli sorrise. Senza dire una parola, fece come le aveva chiesto. Era stato particolarmente autoritario sin da quando era tornata a casa dall'ospedale, ma dal momento che la maggior parte delle volte le aveva ordinato di fare cose che lei voleva o di cui aveva bisogno, non glielo aveva fatto notare.

Era quasi come se conoscesse il suo corpo meglio di lei. Riusciva a capire quando aveva esagerato ed era stanca, o sentiva dolore e aveva bisogno di una pillola. Avrebbe dovuto essere preoccupata che potesse leggerle nella mente, ma a essere sincera non le dispiaceva. Era bello stare a cuore a una persona in quel modo.

Si sedette piano sui cuscini del divano e attese il ritorno di Hollywood.

Tornò nel piccolo soggiorno un secondo dopo. Era andato in camera da letto e ora teneva in mano quella che sembrava una lettera.

Si sedette e gliela porse.

«Che cos'è?»

«Leggi e vedi» le disse. Si accomodò nell'angolo del divano e la attirò tra le sue braccia.

Kassie si sistemò finché la schiena non fu appoggiata a lui. Le sue braccia la strinsero attorno al petto e lei si rilassò di più. Avevano trascorso molte serate seduti in quel modo mentre guardavano la televisione o anche solo a parlare.

Per lei era stato un problema sdraiarsi sulla schiena per molto tempo e avevano scoperto che quella posizione era la più piacevole poiché le toglieva la pressione sulle ferite e sulle costole, ma le permetteva anche di stare accoccolata, il che ai suoi occhi era molto importante.

La lettera era già stata aperta, quindi tirò fuori il singolo pezzo di carta e cominciò a leggere.

Hollywood,

ciao dal bellissimo Idaho. È così tranquillo qui che a volte è quasi inquietante. Spero che tu e il resto della squadra verrete a trovarmi e mi aiuterete a inaugurare il barbecue che ho comprato l'altro giorno. È difficile trovare amici qui, dato che il motto dello stato sembra essere "lasciami in pace". Probabilmente lo odieresti perché è impossibile vedere la differenza tra un semplice survivalista paranoico sulla fine del mondo, e un vero terrorista che sta pianificando una distruzione su vasta scala.

Giuro che mi sento come se avessi gli occhi su di me tutto il tempo. Non sono sicuro se è solo perché sono il nuovo arrivato o se ci sia altro. Non sarebbe piacevole per me essermi trasferito qui per avere un po' di pace e tranquillità e ritrovarmi nel mezzo di qualche cellula terroristica dormiente dell'ISIS, no? Ma non preoccuparti, ho il numero di Tex sul tasto di chiamata rapida e Truck che mi telefona ogni settimana per chiacchierare come una ragazza. Lo sai che ve lo farei sapere se avessi bisogno di supporto.

Ad ogni modo, per favore, saluta tutti per me. Di' ad Annie che mi aspetto che i suoi genitori la portino qui a trovarmi. Ho un grande cortile e posso costruire il più enorme percorso a ostacoli che abbia mai visto.

Spero che Kassie stia guarendo bene. È una ragazza tosta e tu sei un fortunato figlio di puttana. Ho pensato che l'allegato potesse accelerare il processo di guarigione per lei. Almeno un po'.

~ Fish

Alla breve lettera era attaccato con una graffetta un ritaglio di giornale. Kassie scorse l'articolo e ansimò per lo shock. Guardò Hollywood a occhi spalancati. «È... è davvero finita?»

La sfiorò con un bacio e annuì. «È finita.»

Kassie rilesse l'articolo. In sostanza c'era stata una rivolta nella prigione federale di Leavenworth, e un detenuto e due guardie erano stati uccisi. La prigione era attualmente chiusa e non era autorizzato nessun visitatore fino a quando non fosse stata completata l'indagine. Si sospettava che le guardie uccise fossero state corrotte dai visitatori per trafficare oggetti di nascosto. Misteriosamente non era stata registrata alcuna telefonata, come doveva essere da procedura, e il governo stava "monitorando" l'aumento delle attività terroristiche a seguito delle informazioni che erano state trasmesse dai carcerati ai visitatori.

«Porca miseria» sussurrò.

«Non conosciamo i dettagli» le disse Hollywood «ma Fish ha lasciato intendere più volte che aveva connessioni con la prigione. Non sappiamo chi o come, ma sospettiamo che questa sia opera sua. Ha chiamato una o due persone che erano in debito con lui e se n'è occupato.»

«Ha fatto uccidere Richard?» gli chiese, in cerca di chiarimenti.

Hollywood annuì.

«Quindi, è davvero finita» dichiarò Kassie.

«È davvero finita.»

Lasciò cadere la lettera e l'articolo sul pavimento e si voltò verso Hollywood. La tenne per i fianchi mentre si metteva a cavalcioni su di lui e gli diceva: «Devi ritornare a vivere la tua vita. Mi piacerebbe che potessimo stare qui senza preoccuparci del lavoro o di altro, ma non possiamo. Dobbiamo mangiare. Voglio tornare a lavorare. Ho già parlato con il mio capo ad Austin e ha detto che pensava che non sarebbe stato un problema trasferirmi qui. Hanno sempre bisogno di manager, e io sono molto brava, se posso dirlo. Smetti di creare problemi al comandante e fai ciò che sai fare meglio.»

«Starai bene quando sarò via?» le chiese.

«Sì» gli rispose senza esitazione. «Mi mancherai e mi preoccuperò per te. Ma starò bene. Emily e Annie sono qui. E ho visto Rayne e Harley praticamente un giorno sì e uno no. Non ho mai avuto dei così buoni amici prima. Richard è riuscito in qualche modo a manipolarmi e a farmi allontanare dalle persone a cui importavo. È davvero bello avere di nuovo delle amiche. Qui c'è gente che si prenderà cura di me.»

«Tra qualche giorno hai un appuntamento dal dottore, permetterai a una delle ragazze di portarti?»

«Sì, se ti farà sentire meglio.»

«Lo farà» disse subito.

«Allora sì» replicò con fermezza. «Sono stata ferita ed è stato brutto, ma tu mi hai salvato e mi hai aiutato a guarire. Voglio che la nostra relazione funzioni, ma perché accada, dobbiamo tornare a vivere come prima.»

«No, non voglio tornare a vivere come prima» le disse Hollywood. Portò una mano sul suo viso. «Voglio il *nuovo* noi. Noi che viviamo insieme. Che ceniamo insieme. Che andiamo in giro con i nostri amici e ridiamo fino a farci venire mal di pancia.»

«Anch'io» ammise Kassie, inclinando la testa, appoggiandola alla sua mano.

«Sono contento che l'altra squadra abbia preso la missione precedente, ma dirò al comandante che per questa ci sono.»

«Bene. E devi sapere che chiederò al medico quando pensa che potrò fare sesso.»

«Non sei pronta» protestò Hollywood.

«Sapevo che l'avresti detto» disse con una risata. «E non lo sono. Non oggi. Ma lo sarò. Presto. Ti amo, Hollywood. Non riuscivo nemmeno a *immaginare* di essere in intimità con te fino a poco tempo fa. Ma lo voglio. Voglio te. Voglio tutto di te.»

Le dita di Hollywood le strinsero i fianchi, ma allentò subito la presa. «Ti amo così tanto, Kass» sussurrò. «Non sapevo che avrei potuto preoccuparmi di qualcosa o qualcuno quanto faccio con te. Sì, voglio fare l'amore, ma sono più terrorizzato di farti del male.»

«Non te lo permetterò.»

«Sarà meglio» ringhiò. Poi sospirò e disse: «Partiamo domani pomeriggio.»

Lei sussultò, ma si controllò subito. «Bene. Stasera possiamo stare accoccolati qui, poi domani puoi andare a fare il culo a qualcuno.»

Sorrise, ma Kassie capì che era forzato.

«Devi tornare in sella Hollywood» lo rimproverò. «Probabilmente non mi accorgerò nemmeno che te ne sei andato.»

Sapevano entrambi che era una bugia, ma lui lasciò perdere. «Sono orgoglioso di te, Kass. Hai affrontato l'inferno, ma non lasci trasparire quanto ti è costato. Ti ho vista parlare con tua sorella per ore, poi chiamare tua madre per farle sapere come stava l'altra figlia in modo che potesse tenerla d'occhio. Poi, subito dopo, accogliere Annie e ascoltare per ore le sue chiacchiere. Per favore... prenditi cura di te mentre sono via. Non sarò qui per mandare a casa Annie, o per dirti di prendere una pillola per il dolore. O per interromperti quando vuoi parlare con tua madre per ore.»

«Lo farò. Te lo prometto. Sai per quanto tempo starai via?»

Hollywood arricciò il naso e scosse la testa. «Potrebbe essere un giorno o settimane. Dipende.»

«Be', cerca *tu* di non farti ferire. L'ultima cosa di cui abbiamo bisogno è stare male entrambi. Sarebbe brutto avere il via libera per poter fare finalmente sesso, solo per avere *te* in panchina.»

Hollywood rise. «Non succederà.»

«Ti amo» gli disse, appoggiandosi al suo petto.

La abbracciò. «Ti amo anch'io, Kass.»

Chiuse gli occhi e si lasciò avvolgere dall'amore che si riversava dall'uomo sotto di lei.

Due settimane dopo

. . .

Hollywood aprì la porta dell'appartamento sopra il garage ed entrò. Era stato via molto più tempo di quanto pensasse, ma le loro missioni a volte erano così. Un terrorista non saltava fuori dicendo "Ehi sono qui!" mentre cercava di scappare.

L'appartamento era silenzioso, Hollywood appoggiò a terra la sua sacca da viaggio e andò verso la camera da letto. Doveva stringere Kassie tra le braccia e vedere di persona che stava bene.

Aprì la porta e guardò dentro incredulo. Il letto era vuoto. Fatto, come se nessuno avesse dormito lì per giorni.

Proprio mentre iniziava a farsi prendere dal panico, il suo telefono suono con la notifica di un messaggio.

Fletch: È qui.

Sospirando di sollievo, Hollywood si girò e tornò alla porta d'ingresso. Non sapeva perché Kassie fosse nell'altra casa, ma non aveva importanza. Forse si era sentita sola. Forse si era preoccupata per lui ed Emily le stava dando il suo sostegno morale. Forse era *Emily* ad essere preoccupata e Kass le stava dando il *suo* sostegno morale. Qualunque cosa fosse, non gli importava. Se era felice e stava bene, non aveva importanza in quale letto dormisse, finché lo faceva insieme a lui.

Fletch lo stava aspettando davanti alla porta mentre attraversava rapidamente il prato. Non appena entrò, la chiuse e attivò l'allarme, poi gli indicò il corridoio verso una delle stanze degli ospiti. Hollywood fece un cenno con il mento e andò da quella parte.

Aprì la porta e la luce del corridoio illuminò Kassie, profondamente addormentata nel letto matrimoniale. Chiuse piano la porta e si tolse la maglietta e i jeans. Tenendo addosso solo i boxer, scivolò sotto le coperte dietro di lei e vi si rannicchiò contro. Le circondò la vita con un braccio e le baciò con delicatezza la spalla prima di appoggiare la testa sul cuscino accanto alla sua.

Kassie non si svegliò, ma si spostò fino a quando il sedere non fu ben premuto contro di lui. Hollywood sentì il cazzo pulsare, ma era troppo stanco perché gli diventasse davvero duro. Per la prima volta in due settimane, si rilassò completamente. Tutto era di nuovo perfetto.

Un mese dopo

Kassie era in piedi davanti a Hollywood completamente nuda. Nelle ultime due settimane, avevano lentamente iniziato a reintrodurre l'intimità nella loro relazione. Avevano cominciato baciandosi sul divano. Poi erano passati alla masturbazione reciproca e poi al sesso orale. Due giorni prima si erano fatti la doccia insieme, e Hollywood l'aveva stretta tra le braccia mentre usava la doccetta per farla venire in modo più violento di quanto avesse mai fatto in vita sua. Poi lei si era messa in ginocchio e gli aveva mostrato il suo apprezzamento.

La sera precedente avevano fatto un lungo bagno caldo insieme. Quando aveva iniziato ad accarezzarglielo, lui l'aveva portata sul letto e l'aveva leccata facendole provare un altro incredibile orgasmo, poi Kassie lo aveva fatto venire con una sega.

Ma quella sera era determinata ad avere Hollywood dentro di lei. Si sentiva benissimo. Il dottore aveva detto che poteva fare ciò che voleva, purché non facesse male. Le costole erano guarite. Le ferite sulla schiena ora erano solo brutte cicatrici, ma era viva, quindi non gliene fregava niente.

Lo desiderava. Da morire.

Hollywood per cena aveva grigliato le bistecche da Fletch poi, dopo che Annie aveva mostrato loro le nuove mosse che aveva imparato alla lezione di Taekwondo si erano scusati e se n'erano andati.

Non appena chiusa la porta, Hollywood le aveva messo subito le mani sotto la maglietta e gliel'aveva sfilata dalla testa. Kassie avrebbe voluto urlare di gioia, ma si era trattenuta.

Ora era arrivato il momento. Era in piedi accanto al letto mentre lui si sfilava i jeans e i boxer. Inspirò.

«Non riuscirò mai a capacitarmi di quanto sei bello» gli disse, accarezzandogli il petto.

Le afferrò i polsi e fece uno sbuffo. «Se pensi che ti lascerò toccarmi con quelle dita ghiacciate prima che abbia la possibilità di scaldarle, sei pazza.»

Lei sorrise e gli si avvicinò di più. Portò le mani dietro di sé e le braccia di Hollywood le seguirono senza lasciarle andare i polsi. Strofinò i capezzoli contro il suo petto coperto da una leggera peluria e ansimò alla sensazione. Chiuse gli occhi e lo fece di nuovo, sentendoli inturgidirsi di più.

«Sei tu che sei bellissima, Kass» le disse con dolcezza. Lo guardò negli occhi e non vide altro che amore.

«Fai l'amore con me, Graham.»

«Con piacere.»

Trascorsero l'ora successiva nell'estasi sessuale più intensa che avesse mai sperimentato. Tutto il suo essere fu divorato da Hollywood, che si prese il suo tempo, imparando ogni centimetro del corpo di Kassie, scoprendo cosa le piaceva e cosa la eccitava. La fece venire con le dita, poi di nuovo con la lingua. Infine le permise di conoscere il suo di corpo.

Alla fine, quando nessuno dei due riuscì più a sopportare l'attesa, Hollywood si infilò un preservativo e si mise a carponi incombendo su di lei.

Allargandole le gambe con le sue, si tenne appoggiato con una mano sul letto, e portò l'altra attorno al cazzo. Si spinse in lei fino a quando fu dentro solo la punta, poi si fermò.

«Di più, Graham» lo supplicò.

«Guardami» le ordinò.

Lo fissò negli occhi mentre con una mano gli premeva il sedere per cercare di avvicinarlo di più a sé, e con l'altra afferrava il lenzuolo al suo fianco.

«Ti amo» dichiarò lui.

«Ti amo anch'io» rispose Kassie.

«Dimmi che mi sposerai e mi permetterai di darti quei bambini che desideri tanto.»

Non era una domanda, ma gli confermò ciò che voleva sentire. «Sì. Assolutamente.»

«Almeno tre.»

«Cosa?» gli domandò, cercando di sollevare i fianchi per farlo muovere, ma lui si limitò a tirarsi indietro, senza darle ciò di cui aveva bisogno.

«Tre bambini. Non mi interessa di che sesso.»

«Qualunque cosa vuoi» sospirò.

«Qualsiasi cosa voglia?» chiese, ma si mosse di un centimetro.

Inarcando la schiena in estasi, lei annuì.

«Voglio che tu sia felice, Kassie. Quello è ciò che voglio. Tre bambini, dodici, non ha importanza. Se vuoi trasferirti in Alaska e vivere di quello che ci offre la terra, è ciò che faremo. Se vuoi lasciare il tuo lavoro per essere una mamma a tempo pieno, è ciò che farai. Se vuoi continuare a lavorare, ci organizzeremo anche con quello. Posso vivere ovunque, fare qualsiasi cosa, essere qualsiasi cosa, finché so che sei contenta e vivi la vita che hai desiderato nell'ultimo decennio.»

«Graham» gemette Kassie. «Tutto questo è dolcissimo, ma ciò che desidero al momento è che tu mi scopi.»

Lui sorrise e poi disse: «Ogni tuo desiderio è un ordine» e sprofondò in lei fino a quando non poté andare oltre.

Kassie sospirò sollevata e alzò i fianchi. «È molto più bello di quanto immaginassi.»

«Anche per me, amore. Anche per me» concordò.

«Adesso... fammi tua, tesoro» gli ordinò.

«Ora, chi è autoritario?» scherzò, continuando a sorridere.

Kassie strinse i muscoli interni più forte che poté e guardò il sorriso di Hollywood svanire.

«Non stai giocando in modo leale» si lamentò mentre si tirava indietro per poi spingersi di nuovo dentro di lei.

«La vita è ingiusta» gli disse. «Più veloce. Ho bisogno che ti muova di più.»

Hollywood a quel punto decise che aveva finito di parlare, perché si concentrò subito a fare l'amore con lei. Iniziò in modo lento e tranquillo, per assicurarsi che fosse davvero pronta e che non le facesse male. Poi accelerò le spinte, tenendo gli occhi fissi sul suo seno mentre rimbalzava con i suoi movimenti ritmici.

Quando Kassie capì di essere vicina, lo guardò negli occhi e disse: «Forte, Graham. Scopami forte. Non mi farai del male. Non ho mai provato niente di così meraviglioso in tutta la mia vita.»

Prendendola in parola, smise di trattenersi e cominciò a spingersi con forza in lei. Il continuo impatto violento della loro pelle faceva un suono quasi osceno nella stanza silenziosa. Kassie inarcò la schiena e portò una mano dove erano uniti.

Accarezzò il cazzo di Hollywood mentre scivolava dentro e fuori di lei e, dopo aver usato i suoi umori per lubrificarsi le dita, le portò al clitoride. Cominciò a strofinarsi in modo frenetico e gettò la testa indietro, gemendo.

Lo percepì cambiare un po' posizione ma non riuscì a concentrarsi su quello dato che stava per arrivare al culmine.

L'orgasmo la travolse, rabbrividì e si contorse nelle sue braccia.

«Guardami, Kass» ordinò Hollywood.

Incontrò i suoi occhi e rimase a bocca aperta da quello che vide. Era bellissimo. Bellissimo nel modo più assoluto. Ogni muscolo del suo corpo era teso ed era molto visibile sulla fronte una vena mentre le diceva a denti stretti: «La cosa migliore che abbia mai fatto è stata rispondere al tuo messaggio. Ho il mondo proprio qui nel mio letto e non sono mai stato più felice.»

Poi socchiuse gli occhi, si spinse di nuovo dentro di lei e si fermò mentre veniva.

Kassie tremò ancora in preda ai postumi del proprio orgasmo e guardò pigramente Hollywood tornare in sé. Lui sorrise e chiuse gli occhi per un lungo momento, poi si girò sulla schiena tenendola per i fianchi in modo che rimanessero uniti.

Si rannicchiò sopra di lui e ci volle un po' prima che i loro respiri tornassero alla normalità.

«Non ti ho fatto del male, vero?» le chiese con tenerezza.

«Nemmeno lontanamente» gli rispose decisa.

«Bene. Perché sembra che alla mia ragazza piaccia farlo in modo un po' violento.»

Kassie cercò di non arrossire, ma sapeva di non esserci riuscita. «Non l'avevo mai fatto così prima.»

«Deve essere merito del mio cazzo magico» le disse Hollywood.

Lei ridacchiò. «Spara brillantini quando vieni?»

Rise. «Non che io sappia.»

Rimasero lì ancora per un momento. Kassie andò con il naso sotto la sua mascella. Inspirò e sospirò contenta prima di chiedere: «Dodici bambini?»

«Più o meno.»

Lei scosse la testa. «Cominciamo con due o tre e poi vedremo.»

«Ci sto.»

Kassie si morse il labbro, poi chiese titubante: «Hollywood?»

«Sì, tesoro?»

«Voglio dei figli. E non mi dispiacerebbe averli prima o poi, ma i miei genitori sono un po' all'antica. L'unica ragione per cui non hanno detto nulla sul fatto che praticamente convivi con me è perché stavo male. Ma...»

«Non ti metterò incinta finché non avrai il mio anello al dito, tesoro.»

«Oh, ok. Bene. Perché mio padre perderebbe la testa se gli dicessi che diventerà nonno prima di potermi accompagnare all'altare.»

«I miei genitori hanno una casa al mare nella Carolina del Nord» la informò.

«Ah, sì?» Sollevò la testa in modo da poter vedere il suo viso.

«È bellissimo lì.»

«Ci scommetto.»

«Ho sempre immaginato di sposarmi vicino all'oceano. A piedi nudi. Con il vento che soffia tra i capelli della mia sposa che indossa un semplice abito bianco.»

Gli occhi di Kassie si riempirono di lacrime mentre si raffigurava nella mente il loro matrimonio.

«So che è molto lontano da qui, e l'organizzazione sarebbe complicata, ma mia sorella adorerebbe aiutare, e anche mia madre. Potremmo far venire in aereo i tuoi genitori e Karina e avere una piccola cerimonia in famiglia.»

«Non vuoi invitare i tuoi amici?» gli chiese. «Vorrei che Rayne, Emily e gli altri ci fossero.»

«Sì, assolutamente, se vuoi li inviteremo. Ma non sorprenderti se dovessero essere in stato d'allerta per tutto il tempo.

Dopo l'esperienza al matrimonio di Emily e Fletch, probabilmente saranno un po' guardinghi.»

Kassie aveva sentito parlare dei quattro uomini armati che avevano pensato fosse una bella idea fare una rapina durante il ricevimento di nozze, senza avere la minima idea che tra gli ospiti ci fossero alcuni degli uomini più letali al mondo.

«Non posso biasimarli. Pensi che potremmo organizzare una festa informale in seguito, così da festeggiare anche con tutti quelli che non riusciranno a venire?»

«Assolutamente sì.»

Kassie rimase in silenzio per un attimo, poi chiese: «Abbiamo appena organizzato il nostro matrimonio?»

«Sì.»

«Almeno mi hai chiesto di sposarti?»

«Non importa.»

«Come non importa?» chiese incredula, sollevandosi con i gomiti sul suo petto e ignorando la smorfia di Hollywood quando affondarono.

Senza dire una parola, la girò con attenzione fino a stenderla di nuovo sulla schiena, sotto di lui, e le portò le mani sopra la testa stringendole nella sua forte presa. «Kassie Anderson, mi renderai l'uomo più felice del pianeta e mi sposerai? Mi permetterai di darti dei bambini da viziare e amare? Mi lascerai semplificarti la vita e tenerti al sicuro per tutto il tempo in cui vivremo?»

«Be', quando la metti in questo modo... sì.»

«Ti amo» sussurrò Hollywood mentre si abbassava su di lei.

«Ti amo anch'io» rispose Kassie.

Venti minuti dopo, celebrarono il loro fidanzamento con un orgasmo.

Tre mesi dopo

. . .

«È bellissima» disse Diane Caverly a suo figlio mentre si trovavano sulla spiaggia, vicino alla pista da ballo improvvisata.

Kassie stava ballando con suo padre, e ondeggiavano avanti e indietro. Era a piedi nudi e il suo abito lungo fino al polpaccio le ruotava attorno mentre si muovevano. Il vestito era senza maniche e aveva lo scollo tondo davanti e dietro. Si era preoccupata che potesse essere visibile una delle cicatrici sulla schiena vista la scollatura, ma quando aveva chiamato Hollywood per chiedergli se pensava che sarebbe andato bene, l'aveva rassicurata sul fatto che a lui non fregava niente delle sue cicatrici, e che per quanto lo riguardava, avrebbe potuto mostrarle entrambe perché significavano che era sopravvissuta alla cosa peggiore che la vita avesse provato a infliggerle e, di conseguenza, ne era uscita più forte e doveva esserne orgogliosa.

«Lo è» concordò Hollywood.

«Sono felice per te» gli disse.

«Lo so.»

«Grazie per averci dato tutto questo.»

Sapeva che intendeva il matrimonio in spiaggia, ma quello che sua madre non capiva era che lo aveva fatto per lui e Kassie, quanto per la sua famiglia.

«Prego» replicò semplicemente.

«Ti vedo bene. Felice.»

«*Sono* felice.»

«È tutto ciò che una madre potrebbe chiedere» disse Diane a suo figlio, sorridendo.

La melodia lenta e sdolcinata, aveva lasciato posto a una canzone allegra e banale degli anni '80. Emily, Rayne, Harley e Kassie iniziarono a urlare, ridere e danzare come pazze. Osservando i suoi amici, Hollywood vide Fletch, Ghost e

Coach scuotere con affetto la testa davanti a quello spettacolo.

Sorrise raggiante quando guardò sua moglie e la vide sogghignare e piegare il dito come per chiamarlo. Andò subito da lei, memorizzando la sensazione della sabbia soffice sotto i piedi e il vento che gli soffiava tra i capelli.

Ignorando i suoi amici che avevano rivendicato le loro donne in modo simile, quando si avvicinò le afferrò il dito e la attirò a sé. Kassie gli sorrise radiosa.

«Hai le mani fredde.»

«Che cosa hai intenzione di fare al riguardo?» lo stuzzicò.

Se le portò alla bocca, soffiò sulle dita e le strofinò tra le sue. Poi la informò di ciò a cui stava pensando dal momento in cui l'aveva vista camminare verso di lui sulla spiaggia.

«Tra circa un'ora, quando sarà un momento accettabile per lasciare il nostro ricevimento di nozze, oltrepasserò con te in braccio la soglia della nostra camera d'hotel, ti leccherò fino a farti avere il primo orgasmo, quindi ti scoperò senza preservativo per la prima volta, riempiendoti con il mio seme. Poi *mi scoperai* finché perderemo la testa.»

«Non vedo l'ora di rimanere incinta» sussurrò Kassie mentre ballavano al ritmo veloce della canzone come se fosse di nuovo il loro primo ballo.

«Non ho mai fatto sesso senza preservativo» la informò Hollywood. «Non ho mai visto il mio sperma uscire da una donna. Non vedo l'ora di sperimentarlo con te.»

Lei arricciò il naso. «Ah... odio dovertelo dire, Romeo, ma non è sexy.»

«Certo che lo è» ribatté. «Ogni goccia che fuoriuscirà da te potrebbe essere quella che avrebbe trasportato lo spermatozoo nel tuo utero non più protetto. È sexy da morire.»

Kassie alzò gli occhi al cielo. «Mah. Se ti piace così tanto, allora potrai essere quello che ripulisce tutto quando facciamo sesso.»

«Ci sto» accettò subito.

«Cosa? No, Hollywood, stavo scherzando. Io...»

«Non puoi rimangiartelo» la interruppe. «Ora è compito mio assicurarmi che tu sia pulita e felice dopo aver fatto l'amore. Dovrò ispezionarti molto attentamente ogni volta per assicurarmi di aver fatto un buon lavoro.»

Kassie gli diede un pugno sul braccio. «Smettila. Ci sono i nostri genitori.»

Hollywood non disse nulla, ma si limitò a sorriderle.

Alla fine, mise da parte l'esasperazione e si abbandonò di nuovo contro di lui.

Mentre la musica continuava a suonare intorno a loro e le rispettive famiglie chiacchieravano e ridevano insieme, Hollywood guardò il cielo buio e ringraziò la sua buona stella per la vita che gli era stata concessa.

Cinque settimane dopo

Kassie si sedette sul letto e tamburellò nervosamente le dita contro la coscia.

Hollywood le prese la mano e la strinse con tenerezza. «Rilassati, Kass.»

«Non ci riesco. Quanto tempo è passato?»

«Circa trenta secondi» le rispose con un sorriso.

«Cavoli» gemette. «È così stressante.»

Hollywood rise di gusto. «Penso che sopravvivrai ai prossimi due minuti e mezzo» disse in tono ironico, poi aggiunse in tono serio: «Kass, guardami.»

Lei sollevò gli occhi e incontrò i suoi.

«Rilassati. Non è la fine del mondo.»

«Lo so. Ma voglio davvero tanto che sia positivo.»

«Anch'io. Ma se non lo è, non è un grosso problema.»

«Ok.»

«Ok.»

Cercò di non agitarsi mentre aspettava che passassero i successivi due minuti. Finalmente, Hollywood disse: «È ora.»

Kassie balzò in piedi e corse verso il bagno. Era stato stupido lasciare il test lì dentro e aspettare nell'altra stanza, ma dato che sua madre usava sempre la frase "Pentola guardata non bolle mai", aveva pensato che potesse applicarsi anche in quel caso.

Sapendo che Hollywood era subito dietro di lei, andò dritta al lavandino e guardò. Non certa di vederci bene, sbatté le palpebre e poi il corpo si afflosciò; tutti i muscoli si rilassarono mentre fissava lo stick su cui aveva fatto pipì meno di cinque minuti prima.

«Kass?» domandò Hollywood.

Lei prese il test di gravidanza e lo sollevò in modo che potesse vederlo mentre si voltava.

«Positivo» sussurrò.

Hollywood fece un sorriso enorme. «Ciao, mamma» disse sottovoce.

«Ciao, papà» replicò.

Poi la prese tra le braccia e risero di pura gioia.

«Certo che hai dei "nuotatori" davvero fantastici» scherzò Kassie.

«No, è merito del tuo utero fertile» ribatté lui.

«Non so se sia di buon auspicio per il futuro» gli disse quando smise di farla girare.

«In che senso?»

«Sono rimasta incinta nel momento in cui hai smesso di usare il preservativo. A meno che non fossi serio quando hai parlato dei dodici bambini, dovremo stare attenti»

«Non stavo del tutto scherzando» le disse cauto.

Kassie sapeva di avere un sorriso da pazza in faccia, ma non riusciva a smettere. Aveva desiderato per tutta la vita di essere madre. Conoscere Annie e vedere che bambina meravigliosa fosse, lo aveva ulteriormente rafforzato. Oh, non era stupida, sapeva che essere genitori non era tutto risate e abbracci, ma non vedeva l'ora di sperimentarlo lei stessa.

«Improvviseremo» disse a suo marito.

«Fantastico. Quando possiamo dirlo agli altri?» chiese.

Il sorriso di Kassie svanì e arricciò il naso. «Dovremmo aspettare almeno altri due mesi circa. Quando il bambino avrà superato le dodici settimane, ci sono maggiori possibilità di portare a termine la gravidanza.»

«Allora aspetteremo» disse tranquillo.

Kassie inclinò la testa. «Riuscirai ad aspettare? Non sono sicura che tu sappia mantenere un segreto con i tuoi amici.»

«Io?» chiese, con le sopracciglia inarcate fingendosi offeso. «Appartengo al team di soldati più *segreto* e agguerrito di questo Paese. Certo che riesco a mantenere un segreto!»

«Vedremo» disse lei allungando la parola, poi lo abbracciò di nuovo. «Sono così emozionata.»

«Anch'io amore. Penso che questa cosa meriti un festeggiamento.»

Kassie sorrise mentre Hollywood la conduceva fuori dal bagno e nella camera matrimoniale verso il letto. Era immenso e aveva una testiera e pediera enormi. Era stato il primo mobile che avevano comprato insieme quando si erano trasferiti nella loro nuova casa dopo il matrimonio.

Mentre Hollywood le mostrava quanto fosse felice di aspettare un figlio da lei, Kassie non poté far altro che pensare a quanto fosse grata per la sua meravigliosa vita.

Una settimana dopo

Era tardi, come al solito. Molto tardi o presto. Dane "Fish"

Munroe fece il giro del negozio di alimentari prendendo il cibo di cui aveva bisogno per la settimana. Non era un gran cuoco, ma aveva un barbecue e un forno a microonde... non sarebbe morto di fame. Aveva iniziato a fare la spesa la sera tardi perché c'erano meno persone in giro. Non era che Rathdrum fosse una metropoli movimentata comunque, ma da quando si era trasferito in Idaho, la sua capacità di stare in mezzo alla gente era diminuita.

Odiava permettere a ciò che era successo a lui e alla sua squadra di influenzarlo. Ma era così. Non solo, ma stava diventando paranoico come molte delle persone che vivevano nella zona. Non stava ancora costruendo un bunker nel suo cortile, ma aveva iniziato a pensare di essere seguito. Fish sentiva degli occhi su di lui in continuazione, soprattutto lì nel supermercato.

Si guardò intorno, non vide nessuno ma la sensazione non spariva. Completò i suoi acquisti il più velocemente possibile e si affrettò verso il suo pick-up. Odiava essere paranoico, ma quando sentiva i peli sulla nuca rizzarsi, sapeva che sarebbe successo qualcosa e non si era mai sbagliato.

Guardando nello specchietto retrovisore mentre usciva dal parcheggio, Dane non vide nulla di insolito. Nessuno lo aveva seguito e non aveva incontrato anima viva fino a casa. Cercando di scrollarsi di dosso la sensazione che la sua vita stesse per cambiare Dane decise, mentre entrava in casa, che avrebbe dovuto essere più vigile. Si era fatto dei nemici nel corso della sua carriera militare. Sapeva che Truck e il suo team gli avrebbero coperto le spalle se necessario, e avrebbero potuto raggiungere l'Idaho nel giro di poche ore, ma doveva rimanere vivo se voleva che avessero la possibilità di aiutarlo.

Mentre si addormentava quella notte, Dane si chiese per la prima volta se trasferirsi in Idaho fosse stata una cattiva idea. Si sentiva perso, senza uno scopo. Dopo essere stato congedato per ragioni mediche, si era reso conto che gran parte della sua identità era legata al fatto di essere un soldato della Delta Force. Lui proteggeva gli altri. Ma ora non aveva nessuno da proteggere. Non copriva più le spalle a nessuno. Era veramente solo, in tutti i sensi. E lo odiava.

––––––

Nel supermercato, all'insaputa di Dane, un paio di occhi lo stavano osservando. Proprio come facevano ogni volta che andava in città. La donna era curiosa riguardo a lui. Molto curiosa. Poteva dire, semplicemente guardandolo, che non era del posto. Era troppo... grande... per quella piccola parte del mondo. Si capiva solo da un'occhiata che era una persona speciale. Destinata a grandi cose. Eppure, eccolo lì.

La donna era piccola. Molto piccola. Tanto che chiunque l'avesse vista, avrebbe pensato che non rappresentasse una minaccia, giustamente. Si era mimetizzata alla perfezione tra la gente della piccola città, ed era proprio quello il suo obiettivo. I suoi capelli castani non erano niente di straordinario e gli abiti che indossava erano fatti per essere comodi e resistenti piuttosto che per attirare l'attenzione.

Lo aveva visto una notte e aveva suscitato subito il suo interesse. Aveva iniziato a seguirlo, per imparare il più possibile... da lontano. Il desiderio di conoscerlo, di scoprire tutto di lui, la stava divorando.

Bryn Hartwell era un autentico genio. Era venuta in quella piccola città nel mezzo del nulla per un motivo. Immaginò che fosse così anche per l'uomo del supermercato. Lo avrebbe tenuto d'occhio. Osservato. Protetto. Forse alla fine avrebbe avuto il coraggio di avvicinarsi e salutarlo. Forse.

Rimase vicino alla grande vetrata del negozio per diversi minuti dopo che il suo pick-up uscì dal parcheggio. Dove stava andando? Aveva qualcuno che lo aspettava a casa? Qual era il suo nome?

Scuotendo la testa, Bryn si rimproverò. Di sicuro lui non avrebbe mai voluto conoscere un tipo strano come lei. Nessuno lo voleva.

*

Libro 6, Salvare Bryn, in arrivo !

Shielding Aspen (Oct 2020)
Shielding Riley (Jan 2021)
Shielding Devyn (May 2021)
Shielding Ember (Sep 2021)
Shielding Sierra (TBA)

Badge of Honor: Texas Heroes Series

Justice for Mackenzie
Justice for Mickie
Justice for Corrie
Justice for Laine (novella)
Shelter for Elizabeth
Justice for Boone
Shelter for Adeline
Shelter for Sophie
Justice for Erin
Justice for Milena
Shelter for Blythe
Justice for Hope
Shelter for Quinn
Shelter for Koren
Shelter for Penelope

SEAL of Protection: Legacy Series

Securing Caite
Securing Brenae (novella)
Securing Sidney
Securing Piper
Securing Zoey
Securing Avery
Securing Kalee (Sept 2020)
Securing Jane (Feb 2021)

SEAL Team Hawaii Series

Finding Elodie (Apr 2021)
Finding Lexie (Aug 2021)
Finding Kenna (Oct 2021)
Finding Monica (TBA)
Finding Carly (TBA)
Finding Ashlyn (TBA)

Ace Security Series

Claiming Grace
Claiming Alexis
Claiming Bailey
Claiming Felicity
Claiming Sarah

Mountain Mercenaries Series

Defending Allye
Defending Chloe
Defending Morgan
Defending Harlow
Defending Everly
Defending Zara
Defending Raven

Silverstone Series

Trusting Skylar (Dec 2020)
Trusting Taylor (Mar 2021)
Trusting Molly (July 2021)
Trusting Cassidy (Dec 2021)

SEAL of Protection Series

Protecting Caroline
Protecting Alabama
Protecting Fiona
Marrying Caroline (novella)

Protecting Summer
Protecting Cheyenne
Protecting Jessyka
Protecting Julie (novella)
Protecting Melody
Protecting the Future
Protecting Kiera (novella)
Protecting Alabama's Kids (novella)
Protecting Dakota

BIOGRAFIA

L'autrice best seller del *New York Times*, *USA Today,* e *Wall Street Journal*, Susan Stoker ha un cuore grande come lo stato del Texas, dove vive, ma questa tipica ragazza americana ha trascorso gli ultimi quattordici anni vivendo nel Missouri, in California, in Colorado, e nell'Indiana. È sposata con un ex militare dell'esercito, che ora la segue in tutto il Paese.

Ha debuttato con la sua prima serie nel 2014, seguita dalla serie SEAL of Protection, che ha consolidato il suo amore per la scrittura, e la creazione di storie in cui i lettori possono perdersi.

Se ti è piaciuto questo libro, o qualsiasi libro, per favore considera di lasciare una recensione. Gli autori lo apprezzano più di quanto tu possa immaginare.

www.stokeraces.com
susan@stokeraces.com